KB267206

댄형 설서린

대형 설어린 10

설봉 新무협 판타지 소설

초판 1쇄 찍은 날 § 2004년 7월 28일
초판 1쇄 펴낸 날 § 2004년 8월 8일

지은이 § 설봉
펴낸이 § 서경석

편집장 § 문혜영
편집 § 장상수 · 김민정 · 최하나
마케팅 § 정필 · 강양원 · 이선구 · 김규진 · 홍현경

펴낸곳 § 도서출판 청어람
등록번호 § 제1081-1-89호
등록일자 § 1999. 5. 31
어람번호 § 제2-0410호

주소 § 경기도 부천시 원미구 심곡1동 350-1 남성B/D 3F (우) 420-011
전화 § 032-656-4452 팩스 § 032-656-4453
http://www.chungeoram.com
E-mail § eoram99@chollian.net

ⓒ 설봉, 2003

값 8,000원

ISBN 89-5831-199-1 04810
ISBN 89-5505-684-2 (SET)

대형 설서린

설봉 新무협 판타지 소설

10
완결 졈마전(正魔傳)

도서출판 청어람

목
차

10 정마편(正魔篇)

파란(波瀾)

1

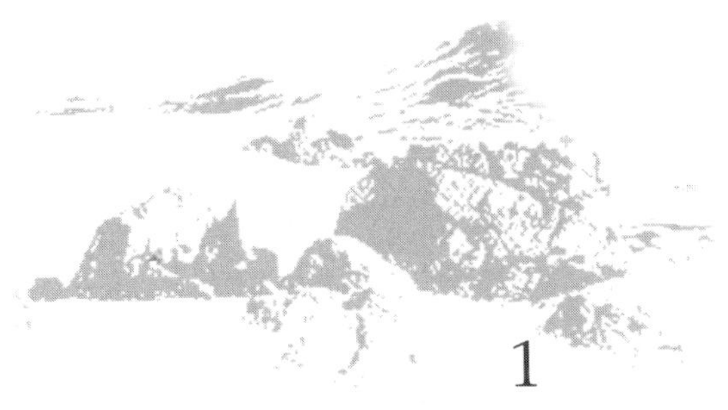

파란(波瀾)

　만산홍엽(滿山紅葉), 산이란 산은 온통 붉고 노란빛으로 휘감겼다. 하늘은 높고 푸르렀으며, 땅에서는 오곡이 알차게 무르익었다.

　수확의 계절인 가을은 사람들의 인심마저 훈훈하게 녹여주었다. 거지들도 동냥하기 편했고, 길을 오가는 길손들도 잠자리를 걱정하는 일이 없었다.

　벼이삭 하나만 주우면 한 끼 식사를 해결할 수 있다는 말이 오갈 정도로 대풍년이다.

　오직 일밖에 모르는 무뚝뚝한 농부들의 입가에도 환한 미소가 머금어졌다.

　그러나 교가 농군들은 웃고 있을 수만은 없었다.

　한참 낫질을 하던 농부가 허리를 쭉 펴며 말했다.

　"솔밭에서 싸움이 벌어지는 모양인데?"

“또?”

다른 농부가 뒤따라 허리를 펴며 솔밭을 바라봤다.

소나무가 우거져 있는 야트막한 동산은 무인들이 싸우기에 최고로 적합한 장소였다.

솔밭 한가운데는 십여 장 넓이의 공간이 있어서 움직이기에 넉넉했다. 구경 온 사람들도 소나무 뒤쪽에 은신하면 싸움 광경을 빼놓지 않고 볼 수 있기에 굳이 위험을 무릅쓰고 앞쪽으로 나갈 필요가 없었다.

사람들의 간섭을 받지 않고 마음껏 싸울 수 있는 장소.

그렇기에 예전에는 파락호들 간에 일전을 불사하는 장소로 애용되던 곳이기도 하다.

지금은 무인들의 겨룸 장소가 되었다.

'솔밭으로 가자!' 는 말은 '너 아니면 나, 한쪽만 살 수 있다' 는 말로 의미가 바뀌었다.

파락호들이 싸울 때는 어쩌다 실수가 있을 때만 사람이 죽었지만, 무인들이 드나들기 시작한 이후로는 하루도 피가 마를 날이 없는 땅으로 변질되었다.

그곳에서 또 날카로운 도검의 울림이 번져 나온 것이다.

“제길! 하루도 싸우지 않는 날이 없으니……. 예전에는 이렇지 않았는데 어쩌다 이 모양이 되었는지…….”

먼저 도검 소리를 들은 농부가 허리를 숙여 낫질을 하며 말했다.

“그러게 말이야. 오늘은 몇 명이나 죽어 나갈지……. 저 사람들도 그래. 하고많은 땅 놔두고 하필이면 왜 이곳에 와서 저 지랄들을 하는 건지 모르겠어.”

다른 농군도 솔밭에서 시선을 거두며 낫질을 시작했다.

싸움도 한두 번 일어나야 관심거리가 되지 요즘처럼 일상이 되어버리면 오히려 지겨운 법이다.

농부들은 무인들이 싸우거나 말거나 무르익은 벼이삭을 베어내느라 구슬땀을 쏟아냈다.

"원수는 외나무다리에서 만난다더니. 흐흐흐! 네놈을 여기서 만날 줄이야."

덩치 큰 거한이 머리 위로 철추를 빙빙 돌리며 음충맞게 말했다. 눈으로는 진한 살기를 줄줄 뿜어내면서.

"죽고 싶어서 안달났군. 죽은 사람 소원도 들어준다는데 산 사람 소원 하나 못 들어줄까. 죽고 싶다면 죽여줘야지."

마주 선 무인이 귀찮다는 표정을 숨기지 않고 말했다.

그는 매우 피곤해 보였다. 먼 길을 걸어왔는지 산발한 머리는 흙먼지로 가득했으며 입고 있는 누더기 옷에도 땟물이 자르르 흘렀다.

"흐흐! 등만 노리는 주제에 주둥이만 살았군. 어디 이놈아, 내 등도 노려봐라."

"그렇지 않아도 그럴 참이야."

철추 돌리는 소리가 웅웅 울렸다. 다른 사내가 뽑아 든 검에서는 시퍼런 한광이 서릿발처럼 매섭게 뿜어져 나왔다.

솔밭에는 이들 외에도 사람들이 많았다. 어떤 사람은 소나무에 등을 기댄 채, 또 어떤 사람은 아예 드러누워서 싸움을 지켜보았다.

그들 표정은 한결같이 무심했다. 누가 죽고 누가 살든 관심거리가 되지 않는다는 표정들. 단지 싸움이 벌어졌으니 구경이나 하겠다는 방관자적 태도.

싸움을 구경하는 사람들은 으레 잡담을 쏟아내기 마련이다. 돈을 거는 모습도 종종 볼 수 있다. 하지만 솔밭에 모인 사람들 중 이야기를 주고받는 사람들은 없었다.

구경하는 사람들의 특색은 또 있다.

모두가 무인이다. 병장기를 휴대했든 휴대하지 않았든 눈에서 뿜어내는 광망이 예사롭지 않다. 최소한 한두 번쯤은 사람을 죽여본 자들이다.

"이놈!"

철추를 든 자가 성난 멧돼지처럼 달려들었다.

창창! 쒜엑! 부우웅……!

두 사람 중 한 사람은 죽어야 끝날 싸움.

"휴우!"

신검서생은 긴 한숨을 뿜어냈다.

솔밭 공지에서 벌어지는 싸움은 눈에 들어오지 않았다.

사납게 철추를 휘두르는 자, 요리조리 피하며 허점을 노리는 자, 솔밭 곳곳에서 눈에 힘을 주고 싸움을 지켜보는 무인들…….

모두가 낯선 사람들이다.

간주(簡州) 기가(崎家)의 소가주(小家主)로 무림을 횡행할 적에도 이름이나 별호를 들어본 적이 없는 자들이다. 비밀 집단에 소속된 무인들이라서가 아니다. 이들은 수년 혹은 수십 년 동안 무림을 떠돈 자들이다.

무림에 파묻혀 살고 있으나 별호조차 알려지지 않은 사람들.

무림에서는 이런 자들을 낭인(浪人)이라 부른다.

낭인은 낭인(狼人)이다. 이리처럼 사납고 거칠다. 발목 다친 토끼를 보면 군침을 흘리며 다가서는 이리처럼 이윤이 있는 곳이라면 천 리를 마다하지 않고 달려갈 사람들이다.

낭인들이 파리가 꼬이듯 모여든다는 것은 좋은 현상이 아니다.

하루에도 서너 차례씩 솔밭에서 일어나는 피바람이 좋은 증거다. 이런 일들은 낭인들이 모여들지 않았다면 결단코 일어나지 않았을 일들이다.

'신흥 문파가 태동하니 꼬여드는 것이겠지. 틀이 잡힌 문파에는 기대지 못하니……. 운이 좋아 잡아먹을 수 있으면 잡아먹는 거고, 상상 이상으로 강한 문파면 의지하려 들겠지. 이들에게는 손해 볼 게 없는 장사야.'

솔밭 공지에서 벌어지는 싸움은 지루했다. 철추를 든 자는 힘만 믿고 무지막지하게 달려들고, 상대하는 자는 거한의 힘이 빠지기를 기다리는 눈치였다.

신검서생은 솔밭에 모여 구경하는 무인들을 살펴보았다.

태반이 낭인으로 추측되는 자들이지만 개중에는 무심히 지나쳐서는 안 될 자도 눈에 띄었다.

좌측으로 십여 장 떨어진 곳, 땅에 주저앉아 등을 소나무에 기대고 발은 편하게 쭉 뻗고 있는 자.

그의 허벅지에 올려져 있는 기형도(奇形刀)가 거슬렸다.

검도 아니고 도도 아니고… 검이라 할 수도 있고, 도라 할 수도 있고…… 검보다는 도에 가까운 병기.

신경 쓰이는 것은 그의 기형도뿐만이 아니다. 그는 신검서생처럼 싸움에는 관심을 두지 않고 솔밭에 모인 낭인들을 두루 살펴보고 있다.

‘그렇군. 도림…….’

지천도를 알지 못했다면 무인의 정체를 꿈에서조차 짐작해 내기 힘들었겠지만, 지천도의 무공을 상세히 알고 있는 그에게 기형도의 모양새는 한 가지 파지법을 떠올리게 만들었다.

삼지집도법(三指執刀法)!

도림 특유의 파지법이지 않은가. 세 손가락으로 도를 잡으니 도의 중량도 가벼워야 할 테고, 유난히 기형도를 많이 사용하는 문파도 도림이지 않은가.

이자도 신흥 문파의 냄새를 맡고 달려온 것은 분명하다. 하나 목적은 다르다. 낭인들은 실질적인 떡고물을 챙기고자 달려왔지만 이자는 신흥 문파의 면면을 살피고자 왔다.

현재 교가에는 두 부류의 무인들이 몰려 있다.

도림 무인으로 짐작되는 자는 신검서생과 눈이 마주치자 씩 웃었다. 그 웃음 속에는 강한 자만이 띠울 수 있는 여유와 자신감이 배어 있었다.

그가 몸을 일으켜 다가왔다.

“싱거운 싸움이지 않소?”

“…….”

“앞으로도 백여 초는 더 갈 것 같구만. 결국 철추를 든 저 자는 등에 검을 맞을 테고.”

사내가 중얼거리는 말은 나지막했지만 술밭에 모인 사람들 귀에는 천둥 소리처럼 크게 들렸다.

사내의 음성은 싸움에 열중하던 두 무인의 귀에도 똑똑히 들렸다.

“타앗!”

철추를 든 자가 거센 고함을 내지르며 지금까지와는 전혀 다른 맹공을 퍼부었다.

상대하던 자가 주춤 뒤로 물러섰다.

철추를 든 자는 쫓아가지 않았다. 오히려 뒤로 훌쩍 물러서서는 도림 무인을 무섭게 노려보았다.

"네놈이 방금 뭐라고 주둥아리를 놀린…… 음……!"

철추를 든 자의 음성은 점점 잦아들더니 종래에는 신음으로 바뀌었다. 황소처럼 씩씩거리던 기세등등함도 순식간에 사라져 버렸다.

"도…… 림에서 왔소?"

"쯧! 병기를 든 무인이 그런 걸 따지나?"

"이 싸움은 저자와 나 사이에 벌어진……."

"네가 죽는다니까."

싸움은 끝났다. 철추를 든 자나 상대하던 자나 도림 무인의 말에 조그만 항거도 하지 못했다. 구경하던 자들도 슬그머니 몸을 빼기 시작했다.

사천무림에서 도림의 명성에 정면으로 대들 만큼 용기있는 자는 흔치 않았다.

"우리 술이나 한잔하지 않겠소? 여기서 나와 대작할 사람은 당신뿐인 것 같은데."

도림 무인이 신검서생을 쳐다보며 물었다.

신검서생은 대꾸도 하지 않고 몸을 돌렸다.

무인들과 교분을 쌓을 생각은 눈곱만큼도 없다. 교가에 몰려드는 낭인들의 실태가 어떤지 두 눈으로 확인하고자 나선 길일 뿐이다.

무시를 당한 도림 무인의 눈가가 가늘게 좁혀졌다.

"호오! 뜻밖인데? 술을 받지 않다니. 그럼 도는 어떤가? 도림의 도도

무시할 텐가?'

'아직은 풋내기. 네 몸에서 도림이라는 글자를 떼어냈을 때 진정한 무인으로 거듭날 것.'

신검서생도 한때는 이자와 같았다. 간주 기가의 소가주, 사천무림의 후기지수라는 글자에 얽매어 세상을 발 아래로 굽어보았다. 능력이 닿지 않는 곳에 올라서서 아래를 굽어보았으니 얼마나 위태로웠던가.

도림 무인이 그런 상태다. 기도로 미루어 상당한 무공을 지닌 것만은 인정한다. 실제로 그의 도는 상당히 날카로울 게다. 하지만 비락봉에서 죽음의 수련을 한 자신에게는 풋내기에 지나지 않는다.

신검서생은 도림 무인이 했던 말을 그대로 해줬다.

"네가 죽어."

도림 무인의 손가락이 꿈틀거렸지만…… 도를 뽑지는 못했다.

교가에 낭인들이 몰려듦으로써 가장 극심하게 타격을 받은 사람들은 사팔, 돌주먹 등이 이끄는 파락호 무리, 적묘 패거리다.

적묘 패거리는 낮이고 밤이고 할 것 없이 밖에 나갈 엄두를 내지 못했다. 어쩌다 답답함을 견디지 못하고 밖에 나갔던 자들은 어김없이 피투성이가 되어 돌아오곤 했다.

"아이구! 이것 참, 주먹이 근질거려서. 거 한주먹거리도 안 되는 놈들인데 왜 참고 있으라는 거야!"

돌주먹이 분기를 참지 못하고 으르렁거렸다.

"참으라면 참아야지. 우리가 지금 그런 어린아이들 상대할 배분인가. 안 그래?"

사팔이 능글맞게 웃으며 말했다.

독사의 엄명은 음풍사장으로 하여금 옴짝달싹 못하게 만들었다.

생각 같아서는 단숨에 달려나가 교가를 어지럽히는 낭인 무리를 말끔히 쓸어내고 싶지만 움직이지 말라니 어쩔 도리가 있는가. 적묘 패거리는 뇌궁이 간여하지 않은 파락호만의 집단인 것처럼 두들겨 패는 대로 맞을 뿐이다.

당연히 적묘 패거리의 원성은 높았다.

"식칼까지 깨졌습니다. 언제까지 참고만 있으라는 겁니까? 나서지 않으시겠다면 우리라도 나서게 해주십시오. 설치고 다니는 놈들 중에 몇 놈은 우리랑 별반 다를 게 없는 놈들이니……."

"주둥이 다물어."

"우리를 몰아붙일 때의 형님들은 신과 다를 바 없었습니다. 아주 강했죠. 우리가 왜 순순히 형님들께 무릎을 꿇은지 아십니까? 싸움에 져서 항복한 것은 아닙니다. 무공을 익힌 무인들과 싸움을 하게 되면 으레 깨지는 것은 우리죠. 그럴 때마다 왜 무릎을 꿇는지 아십니까? 우리 세계를 잘 알고 있기 때문에 항복했습니다. 우리를 가장 잘 감싸줄 것 같아서. 그런데 이게 뭡니까? 저희 우둔한 머리로는 도무지 이해를 할 수 없습니다. 형님들이 나서면 저들쯤은 단숨에 몰아낼 것 같은데 방관만 하는 이유가 뭡니까?"

"주둥이 다물라고 했지!"

답답하기는 돌주먹도 마찬가지였다.

계두는 돌주먹보다는 온화했다.

"이번 일은 한꺼번에 정리될 테니 너무 걱정 마라. 아무렴 가만히 손 놓고 있겠나. 봐, 우리는 몇 명 깨진 것뿐이지만 어린 쪽은 당장 생계에 타격을 받고 있잖아. 곧 정리될 거야."

사정은 어련도 다를 바 없었다. 낭인들은 교가의 동태를 살피다가 점차로 이윤이 될 만한 곳을 기웃거리기 시작했다.

그들 눈에 가장 먼저 들어온 곳이 어련이리라.

금사강 유역에서 자연적으로 발달된 어시장을 비롯하여 수로(水路)의 모든 것은 말 그대로 보물덩어리였다. 움직이는 사람 하나하나마다, 그들이 한 걸음씩 움직일 때마다, 아니, 숨결 하나까지 모두 은자로 환산되어 돌아오는 것으로 보였으니.

이런 곳에는 대체로 이권을 챙기는 집단이 존재하기 마련인데, 금사강 유역에는 아무런 집단도 존재하지 않았으니 낭인들 눈에는 무주공산(無主空山)처럼 보였으리라.

사실 이십육호리가 제거된 후, 어련은 활동을 중지하다시피 했다. 무력을 사용할 만한 사람도 없었지만 그만한 사건이 발생하는 일도 거의 없었다.

어련은 지금까지의 규율에 따라 자연스럽게 돌아갔고, 혹여 문제가 발생하면 일수일살과 신검서생이 간단명료하게 정리하곤 했다.

낭인들 눈에 깊숙이 웅크려 있는 일수일살과 신검서생이 보이지 않는 것은 어쩌면 당연할지도 모른다.

낭인들은 금사강 어민들을 장악하기 위해 피를 불렀다.

그들의 싸움은 처절하기까지 해서 솔밭에서처럼 금사강에서 핏물이 흐르지 않는 날이 없었다. 고래 싸움에 새우 등 터진다고 낭인들 싸움에 녹아나는 사람들은 어련 사람들이었고.

어련, 적묘 패거리…… 모두 뇌궁이 움직이기만 하면 사태가 깨끗이 정리될 것을 믿어 의심치 않았지만, 당장 맞부딪치는 무력에는 속수무책이었다.

뇌궁의 고민은 마단에 있었다.

마단은 멸혼촌 골인들을 풀어주는 대가로 무림에서의 활동 금지를 요구했다. 또한 뇌궁은 이를 승낙했다. 서로 간에 말로 주고받거나 약조를 한 것은 아니지만, 이는 마단이 철망을 풀 때부터 꼭 지켜야만 할 암중묵계다.

은밀히 움직이는 것 정도는 이해가 되지만 내놓고 무림 활동을 개시하면 마단이 가만있지 않는다. 그들은 골인들의 비밀을 지키기 위해서라면 교가에 모인 무인들 전부를 도륙할 수도 있다. 그리고 그럴 만한 능력이 있는 사람들이다.

낭인들을 정리하면 입소문은 바람을 타고 천 리를 갈 것이다.

교가에 신흥 문파가 탄생했다!

소문이 퍼지기 시작하면 낭인들이 문제가 아니다. 사천무림의 정통 문파들이 기웃거리기 시작할 게다. 지금은 암중으로 탐색을 하고 있지만, 소문이 난 후에는 공식적으로 내방을 하게 된다.

비무를 하고자 찾아오는 자들도 많아질 게다. 갓 출도한 사천오주의 무인들은 위명을 떨치는 재물로 뇌궁을 선택할지도 모른다.

소문은 곧 뇌궁의 정상적인 무림 활동을 의미한다.

뇌궁 무인들의 생각은 두 패로 갈렸다.

한쪽은 일수일살, 신검서생 등의 정상인들로 당당하게 개파선언(開派宣言)을 하자는 쪽이었다. 마단이 쳐오면 대응한다. 죽고 사는 것은 하늘의 문제, 더 이상 숨어 지낼 수는 없다. 하루아침에 무공이 대성하는 것도 아닌데 언제까지 숨어 있어야 하는가. 십 년, 이십 년의 세월이 흐른다고 해도 조금 더 나아졌을 뿐 마단을 상대하는 데는 지금과 다를 바 없을 게다.

지금 개파하고 마단과 부딪치자.

다른 한쪽은 지천도를 비롯한 골인들로 마단과의 싸움을 먼저 끝낸 후에 무림에서 활동을 하든 은거를 하든 선택하자는 쪽이었다.

마단의 존재가 무림에 알려지면 불안만 가중된다. 사천오주가 마단의 존재를 알고 있으면서도 침묵을 지키는 것은 그런 이유 때문이다. 지금 개파를 하고 마단과의 싸움이 표면으로 드러나면, 최악의 경우겠지만 오히려 아군이라 생각했던 사천오주에게서까지 공격을 받을 우려가 있다.

마단과의 싸움이 먼저다.

갑론을박(甲論乙駁), 양쪽의 의견은 팽팽했다.

"낭인들이 모여든다는 것은 이미 소문이 나기 시작했다는 겁니다. 우리가 움직이든 움직이지 않든 우리 존재가 드러났다는 거죠. 말이 났으니 다 해봅시다. 파락호들을 치고 어련을 접수할 때는 이런 사태까지 예상했던 것 아닙니까? 소문이 나지 않으리라고 생각했습니까?"

일수일살이 격한 논조와는 달리 차분하게 말했다.

철시도 차분했다.

"그렇다고 꼭 개파를 하고 나설 필요는 없죠. 낭인들쯤은 조용히 처리할 수도 있으니까요. 병법에 쇄성(鎖城)이라는 것이 있죠, 자물쇠를 걸어 잠그듯이 철저하게 걸어 잠그는. 쇄성에서 가장 중요하게 여길 것은 아주 작은 정보도 흘러나가지 않게 하는 것이에요. 무언가 있는데 들어갈 수도 없고 캐낼 수도 없다. 이 정도면 충분하지 않나요? 우선 마단부터 정리해야 돼요. 자칫하면 교가가 무림 전장이 될 수도 있어요."

삼지는 침묵했다. 끝나지 않을 논쟁이 이어지고 있지만 마천옥, 혜월, 대물은 약속이나 한 듯이 입을 굳게 다문 채 열지 않았다.

"궁주님, 아무래도 이 문제는 궁주님께서 결정해야 될 것 같습니다."

공은 독사에게 넘어왔다.

독사는 깍지 낀 손을 턱에 댄 채 깊은 사색에 잠겨 있었다.

바늘 떨어지는 소리도 들릴 만큼 조용한 침묵이 흘렀다. 깊은 적막은 서로 간에 흘려내는 숨소리마저 들리게 만들었다.

한참 만에 깍지 낀 손을 푼 독사가 혜월을 쳐다보며 물었다.

"현문은 너무 약했어. 그렇지 않소?"

"그래요."

혜월이 고개를 끄덕였다.

"공동묘지 지하에 건축된 미로만 보더라도…… 그 정도로 미로를 설치할 수 있는 문파라면 우리가 겪은 것보다 적어도 서너 배는 강했어야 해요. 궁주님이 자유롭게 드나들 수 없는 곳이었어야 맞죠."

"그만한 무공으로 어떻게 그 오랜 세월 동안 마단과 맞설 수 있었을까? 그것이 현문의 전부라면 마단은 마음만 먹으면 무림을 피로 물들일 수 있다는 말인데."

마단이 사천무림 최강 문파는 아니다. 표면적으로는 최강 문파처럼 보이지만 천 년 명맥을 이어오는 정도 무림의 실체는 생각 밖으로 넓고 깊다.

하지만 현재의 마단이 사천무림을 휘젓기 시작한다면 아마도 사천무림인들 중 거의 절반은 죽을 것이라는 게 뇌궁 무인들의 공통된 생각이다.

그만한 죽음이라면 사천무림이 와해될 수도 있는 치명적인 타격이다.

그런 마단을 현문이 막아왔다. 한데 현문의 무공이라는 것이 현재 사천무림에서 현문이 차지하고 있는 위치, 중소문파의 범주에서 벗어나지 못하고 있지 않은가.

무엇인가 다른 것이 있다.

의문은 반드시 명쾌하게 풀어내야 한다. 세상사는 인과(因果)가 있는 것으로, 모든 의문은 설명으로 풀어낼 수 있다. 설명이 되지 않는다는 것은 알지 못하거나 숨기고 있기 때문이다.

현문의 모든 것을 보았다. 비밀 총단도 보았고, 현문 최고 배분인 칠잔앙의 모든 것도 보았다. 그들은 아무것도 보이지 않았지만 어떨 때는 느낌이 눈으로 본 것보다 더 정확할 때도 있다.

칠잔앙은 강한 무인들이나 독사가 상대할 수 없는 초인들은 아니었다. 천 자 배 무인들도 마찬가지다. 그들과 뇌궁 무인들이 손속을 겨룬다면 승패를 장담할 수 없다.

강한 문파이긴 하지만 그 정도로는 마단을 상대할 수 없다. 그런 무공으로 지금까지 마단을 상대해 왔다는 것이 도무지 납득되지 않는다.

마천옥이 신중하게 입을 열었다.

"의문은 풀어야 합니다. 마단이나 현문이 우리와 상관없다면 지나칠 수도 있는 일이나, 직접적으로 연관이 있는 이상 반드시 풀어야 합니다. 하지만 우리로서는 풀 길이 없군요."

혜월이 마천옥의 말을 받았다.

"일을 푸는 방법은 세 가지가 있죠. 시간이 흘러서 풀어질 일 같으면 기다리는 것이 상책. 영원히 미궁에 빠질 일이라면 무리를 하면서라도 일단 풀어내고 보는 것이 상책. 시간이 흘러도 풀리지 않고 억지로 풀어낼 수도 없는 일이라면 자연적으로 풀어지게끔 주변 환경을 조성하는 것이 상책.”

대물이 혜월의 말을 이었다.

“목마른 놈이 우물 찾는 것 아니우. 목마른 쪽이 우리라고 단정 짓지 말고 저쪽이 더 목 마렵게 만들면 되는 거지.”

혜월의 말과 대물의 말은 상통했다. 마천옥은 서두만 꺼냈지만 그도 같은 말을 하고 있는 듯이 보인다.

“저쪽이 더 목 마렵게 만들라…….”

“궁주님, 다행히 우리는 죽음을 어렵게 생각하지 않습니다. 생즉사(生卽死) 사즉생(死卽生)이라고 했으니, 해볼 만한 가치는 충분하다고 봅니다. 마단, 현문, 사천무림…… 모두 극단적으로 움직일 테니까요. 여하튼 결판은 날 겁니다.”

“모두 죽을 수도 있다는 말이군.”

“십중팔구 전부 죽을 거예요, 마단과 전면전이 벌어지면.”

혜월이 대답했다.

“이렇게 살아서는 살아 있어도 죽은 것과 다를 바 없으니까.”

대물이 거들었다.

모두가 나서자는 의견이다. 일수일살을 주축으로 한 정상인들의 의견도 나서자는 것이고, 지천도를 비롯한 골인들도 상대는 다를지언정 나서자는 쪽이었다.

독사는 잠시 더 생각하다가 결단을 내렸다.

“사천무림 전 문파에 요청출석개파뇌궁전례(邀請出席開派雷宮典禮)를 전하도록. 세부 계획은 집원주가 알아서 하고.”

2

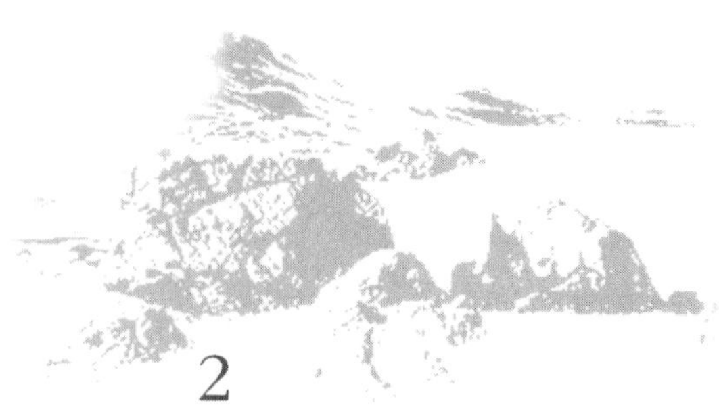

파란(波瀾)

사천무림이 꿈틀거리기 시작했다.

요청출석개파뇌궁전례(邀請出席開派雷宮典禮).

장소는 무인들의 미답지(未踏地)인 교가다. 문파명은 뇌궁이며, 궁주는 난생처음 들어보는 만무대형(萬武大兄) 설서린(薛瑞麟)이다.

"오만방자하기 짝이 없는 놈이군."

동천제일검(東川第一劍) 백문고(白文固)는 홍첩(紅帖)을 와락 구겨 버렸다.

교가라면 사천행도사(四川行都司)와 동천부(東川府)의 경계에 위치한 도읍으로 익히 알고 있다.

경계에 위치한다고는 하지만 엄연히 동천부에 속한 곳.

동천제일검 백문고는 그 점을 용납할 수 없었다.

자신이 건재하고 있는데, 자신의 땅에서 인사 한마디 없이 불쑥 홍첩을 내민다는 게 말이 되는가 말이다.

더군다나 만무대형이라니!

중원에 무공이란 것이 태동한 이후, 감히 만무대형이라는 별호를 사용한 자는 없었다. 천하제일검(天下第一劍), 천하제일권(天下第一拳) 등등 천하제일이라는 말을 별호로 사용한 사람들은 각 시대마다 존재했지만, 그들은 무인이라면 누구라도 인정할 만한 고수들이었다. 그들 또한 무림에서 평생을 보낸 끝에 말년에 가서야 간신히 '천하제일'이라는 별호를 사용했다.

천하제일이라는 별호는 본인 스스로 갖다 붙인다고 되는 것이 아니다. 무림동도가 무공, 인품, 무림에 대한 공헌도 등을 인정하고 존중의 의미로 선물할 때에만 사용할 수 있다.

누가 감히 천하제일이라는 말을 함부로 사용한단 말인가.

그것뿐이면 말을 하지 않는다. 천하제일보다 의미가 깊은 만무대형이라니! 그럼 동서고금(東西古今)을 통틀어 최강자라도 된단 말인가.

"설서린이라고 들어봤나?"

주변을 둘러보며 물었다.

그의 주변에는 동천부에서는 초강고수로 인정받는 세 명의 의형제가 있다. 동천제일검을 만나기 전에는 각기 자신이 동천부에서는 제일 강하다고 자부했던 무인들이다.

"교가가 꿈틀거린다는 말은 들었지만, 하하! 만무대형이라니…….
배짱이 두둑한 놈인가, 모자란 놈인가?"

의형제들은 일고의 가치도 없다는 듯 경멸해 버렸다.

무공 조금 배워놓고 천하제일이라도 된 듯이 우쭐거리는 자가 만든 문파이겠거니 하는 생각에서 벗어날 수 없었다.

동천제일검이 존재하는 동천부에서 신흥 문파를 창건한다니 어떻게
신경을 조금 써보려 해도 도무지 신경 쓸 구석이 생기지 않았다.

홍첩 내용은 차치하고, 홍첩을 가져온 자만 봐도 그렇다.

대체로 홍첩 전달은 자파의 무공을 어느 정도 수련해 낸 문도를 시
키기 마련이다. 타 문파에 자신을 알리는 첫인상이 홍첩을 전달하는
문도에게서 결정되기 때문이다.

동천제일검에게 홍첩을 가져온 자는 도무지 무공이란 것을 알기나
하는지 의문스러울 정도였다.

"뇌궁의 궁규(宮規)는 무엇이냐?"

"궁규요? 그게 뭡니까?"

"네놈이 장난하자는 게냐?"

"저, 전 심부름만 할 뿐인뎁쇼."

"심부름?"

"홍첩을 전달하는 대가로 은자 한 냥을 받기로 하고……."

더 생각해 볼 것도 없었다.

"무림을 우습게 아는 놈이 나타났군."

동천제일검의 눈가에 노기가 떠올랐다.

*   *   *

삼원 도인(三元道人)은 홍첩을 받아 든 순간, 눈을 부릅떴다.

"교가…… 뇌궁…… 만무대형 설서린……."

단편적으로 흘러나온 음성도 침울했다.

삼원 도인의 표정은 금편암(金鞭岩)을 바라보며 다과를 즐기던 도인

들에게는 뜻밖이었다.

삼원 도인이 격동할 때도 있었던가?

무엇이 삼원 도인을 이토록 놀라게 만들었을까?

소림사(少林寺)가 무너지기라도 했단 말인가? 아니면 아미파(峨嵋派) 장문인이 변괴라도 당했단 말인가?

삼원 도인의 표정 변화라는 것이 눈을 부릅뜨는 정도에 지나지 않았지만, 평생 삼원 도인과 함께 지내온 사람들에게는 몇십 년 만에 처음으로 보는 반응이었다.

"장문인, 무슨 일입니까?"

백운각주(白雲閣主)가 궁금함을 참지 못하고 물었다.

당대 청성파 장문인 삼원 도인의 표정은 시간이 흐를수록 딱딱하게 굳어갔다.

또 한 사람, 안색이 굳어가는 사람이 있다.

칠백무원(七柏武院)의 원주인 삼공 도인(三空道人).

삼공 도인도 충격을 크게 받은 듯 들고 있는 찻잔이 부들부들 떨려왔다.

웬만해서는 심중에서 일어나는 격동을 추스를 줄 아는 사람들이다. 그만한 수양은 쌓아온 사람들이다. 오늘 당장 죽는다고 해도 담담하게 죽음을 맞이할 만큼 도력(道力)도 높다.

그런 사람들이 평상시와는 전혀 다른 행동을 보이고 있으니 답답함을 넘어서 불안하기까지 하다.

"설서린이란 자에 대해서 어느 정도까지 알고 있는가?"

장문인의 음성이 잔잔하게 가라앉았다.

"설서린이란 이름은 처음 듣습니다."

“칠백…… 무원에서도 아는 것이 없단 말인가?”

“백비. 백비에서 벗어난 자란 것밖에는…….”

삼공 도인의 대답은 앉아 있던 도인 열두 명의 심장을 격탕시키기에 충분했다.

“백비! 백비에서 벗어난 사람들이 있단 말이오?”

“이럴 수가! 어떻게 그만한 일을 까마득히 몰랐을꼬!”

도인들의 눈길은 장문인과 삼공 도인에게로 쏠아졌다, 섭섭함과 당혹감을 담고서. 섭섭함은 마단과 관계되는 중차대한 일을, 그것도 백비에서 빠져나온 사람이 있는데도 말해 주지 않았다는 것이고, 당혹감은 백비에서 빠져나온 자들이 무엇인가 일을 벌이고 있다는 직감이 들었기 때문이다.

“냉설과는 아직도 연락이 닿지 않는 모양이로군.”

“그렇습니다.”

상황은 의외로 심각했다.

칠백무원의 일 처리는 잔혹한 면이 없지 않다. 방금 장문인과 칠백무원주가 나눈 말처럼 오랜 기간 동안 연락이 닿지 않으면 가차없이 살검을 쳐낸다.

연락이 두절된 데는 나름대로 사정이 있을 것이다. 그들 모두가 변절자로 생각되지는 않는다.

그럼에도 살검을 쳐낸다.

칠백무원의 활동 영역이 청성파 같은 정도문파로서는 발을 들여놓지 말아야 할 곳까지 들여놓는 일이 다반사로 벌어지고 있으며, 정도를 벗어나는 행위도 왕왕 일어난다.

그런 일들은 결코 청성파와 연관되어서는 안 되며, 칠백무원의 존재조차 드러나서도 안 된다.

오랜 기간 연락이 닿지 않는다는 것은 그만큼 심한 감시를 받고 있다는 말과도 같으며, 신변 노출의 위험성도 크다고 볼 수 있다.

그런 연유로 칠백무원은 살검을 뽑았다.

지금 같은 경우, 냉설은 당연히 죽었어야 한다.

아직까지 냉설이 살아 있다는 것은 칠백무원의 무인들이 그의 종적을 찾아내지 못했거나 접근하기가 용이하지 않다는 것을 의미한다.

이것은 심각한 상황이다.

칠백무원 무인들이 아직까지 이렇게 고전한 적은 없었다. 반대로 말하면 백비에서 빠져나온 설서린이라는 자가 치밀하거나 은밀하거나 아니면 칠백무원 무인들조차 어쩌지 못할 만큼 강하다는 것을 뜻한다.

"설서린이란 자가 백비에서 사람들을 데리고 빠져나왔네. 한참 된 이야기지. 현재 교가에 머물고 있는데… 우린 얻어낸 것이 아무것도 없네. 몇 명이나 되는지, 어떻게 빠져나왔는지, 마단과는 어떤 관계를 유지하고 있는지."

"현문에서도 연락이 없었습니까?"

백운각주가 물었다.

장문인 삼원 도인은 백운각주의 말을 못 들은 듯 하던 말을 이어 나갔다.

"그자가 교가에서 뇌궁이란 문파를 개파한다는군. 이건 참석해 달라는 초대장일세."

"미친놈이거나 마단의 주구겠군요."

노군각(老君閣)을 담당하고 있는 노군각주가 툭 쏘아붙였다.

"후자이겠지. 백비를 빠져나온 것만으로도 감지덕지해야 할 처지에 개파라니. 마단의 지원을 받지 않고서는 불가능한 일이야.”

천사동주(天師洞主)가 더 이상 생각해 볼 것도 없다는 듯 단정적인 어투로 말했다.

“어떻게 할 생각이십니까?”

칠백무원주가 장문인에게 물었다.

“기다려 봐야겠지. 마단을 등에 업었든 업지 않았든 백비를 빠져나온 자가 개파를 한다는 것은 간단한 일이 아닐세. 일단 기다려 보고… 자넨 칠백무원 무인들에게 특차령(特次令)을 내려두게. 어쩌면…… 아닐세. 그런 일은 없어야겠지.”

도인들의 마음은 무거웠다.

장문인이 말을 하다 말았지만 뒷말이 무엇인지쯤은 짐작하고도 남는다.

설서린이 마단 주구라면 마단이 드디어 무림에 나섰다고 봐도 된다. 현문이 밀린 것이다. 또 그것은 사천무림이 마단과 전면전을 치러야 한다는 말도 된다.

설서린이 마단 주구가 아니더라도 싸움은 벌어진다. 백비에서 빠져나온 설서린 일당을 마단이 내버려 둘 리 없다. 개파까지 하는 마당에서는 더 더욱. 지금까지 전례가 그렇다. 마단은 백비로 들어선 자들을 단 한 명도 내놓지 않았다. 죽은 시신마저도.

전자의 경우는 마단과 사천무림의 싸움이, 후자의 경우에는 마단 대 현문의 싸움이 되리라. 현문이 싸울 경우에는 사천오주도 가만히 있지 못할 것이고, 결국은 전면전이 되는 것인가.

앞으로 풍길 진한 피비린내가 도인들의 후각을 자극했다.

그날 저녁, 장문인 삼원 도인은 전서 한 통을 받았다.

"현문입니까?"

삼원 도인은 고개를 끄덕였다.

"가보셔야겠군요."

"가봐야겠지."

"불행 중 다행으로 전자는 아니었군요."

현문이 제대로 움직이고 있으니 마단에 밀렸다고는 볼 수 없다.

"현문이 밀렸다면 진작 연락을 취해왔을 걸세. 현문이 다급하게 전서를 보내온 것으로 봐서는 현문도 설서린의 행동을 짐작하지 못한 듯하이."

"칠백무원 무인들을 교가로 집결시켜 놓겠습니다."

칠백무원주의 말에 삼원 도인은 손을 휘휘 내저었다.

"아니, 아니, 그러지 말게. 불이 일어나면 가장 먼저 다치는 사람은 불 속에 있는 사람일세. 그 다음으로 다치는 자는 불 가까이 있는 사람이 되겠지. 싸우더라도 무공은 제대로 펼쳐 봐야 되지 않겠나. 성난 파도는 비껴가고 뒤를 노림세."

"누군가는……."

"제일격은 다른 문파에게 내주도록 하세. 함부로 달려들 싸움이 아냐. 교가에 들어간 무인들에게도 활동을 일체 중지하도록 전갈을 띄우게. 아니, 아주 교가에서 빠져나오라고 하게."

삼원 도인과 칠백무원주는 싸움을 기정사실화했다.

＊　　　＊　　　＊

구월(九月) 보름, 사천오주의 장문인이 한자리에 모였다. 중소문파로 분류된 문파들 중에서는 유일하게 현문만이 자리를 함께했다.

장소는 삼태의 현문 총단.

사천오주가 중소문파인 현문 총단에 모였다는 사실만으로도 말하기 좋아하는 호사가들에게는 크나큰 이야깃거리임이 틀림없다.

사천오주 장문인들의 회합은 소문나지 않았다. 자파 문도들조차 자신들의 장문인이 어디에 있는지 알지 못했다. 장문인들의 움직임은 지극히 은밀했다.

"한 잔 드시지요. 찻잎을 뜨거운 물에 데쳐서 만든 자비차(煮沸茶)입니다. 맛이 아주 그만이죠."

차 시중을 드는 사람은 소천검객이었다.

아미파(峨嵋派) 장문인 정혜 사태(靜慧師太), 청성파 장문인 삼원 도인, 도림주 화염도(火焰刀) 방소곤(房紹坤), 당문주 흑발백염(黑髮白髯) 당학용(唐學湧), 무천문주 쌍수파천(雙手破天) 허척신(許滌新), 그리고 오천검객.

사방이 암석으로 둘러싸인 밀실에는 그들 열 명밖에 없었다.

집채만한 바위를 반으로 쫙 갈라놓은 것 같은 탁자에는 대황촉 스무 개가 환한 빛을 밝혀냈다.

"향이 아주 싱그럽습니다. 소천검객의 다도(茶道)는 최고봉이라고들 하던데 허언(虛言)이 아니었나 봅니다."

정혜 사태가 찻잔을 들어 향기를 음미하며 말했다.

"허허! 어린아이 장난에 불과하죠. 사태께서야말로 진정한 다도인이 잖습니까. 저야 심심풀이로 즐기는 정도죠."

좌중은 화기애애했다. 언제나 날카로운 눈빛을 번뜩이던 쾌천검객까지도 환한 미소를 머금고 대화에 참여했다.

"무천문은 날로 강성해지는 것 같습니다. 안중(安仲)에도 분타(分舵)를 여셨더군요."

"허허허! 조그만 가옥 한 채 얻어서 두어 명 앉혀놓은 것뿐입니다. 알아서 해보라고 했는데, 잘할지 염려됩니다. 무공이 일천해서 괜히 망신만 당하는 건 아닌지……."

"무슨 말씀을. 제이각(第二閣) 정주(正主)들의 무공이 일천하다면 저 같은 사람은 어디 부끄러워서 얼굴이나 들겠습니까."

일다(一茶), 이다(二茶), 삼다(三茶).

자비차가 세 번 우려지는 동안 화기애애한 분위기는 지속되었다.

삼다가 끝나고 소천검객이 새 찻잎을 준비할 때 빙천검객이 본론을 꺼냈다.

"짐작하시는 대로 교가 뇌궁은 백비에서 빠져나온 무인들로 구성된 문파입니다."

"……."

조용했다. 다기(茶器)를 씻는 소리가 유난히 크게 들렸다.

"알고 계시는 분도 있고 모르시는 분도 계시지만, 뇌궁은 여기 계신 사천오주 모두와 관계가 있습니다."

"음……!"

삼원 도인이 침음했다.

"살아 있었군……. 아미타불!"

정혜 사태가 눈을 감으며 손으로는 염주를 굴렸다.

"허허! 문주께서 잘못 아신 것 아닙니까? 우리 무천문은 백비를 건드린 자가 없는 것으로 알고 있는데요. 단 한 명도 말입니다."

무천문주가 미간을 찡그리며 말했다.

빙천검객은 무천문주를 보며 빙긋이 웃었다.

"독사라고 기억하십니까?"

"독사?"

"영은촌 독사로 불렸는데…… 영은촌에서는 제법 알아주던 파락호였지요."

무천문주는 고개를 설레설레 흔들었다. 알지 못한다는 의사 표시였고, 진정 알지 못했다.

사천오주의 일각(一角)을 차지하고 있는 무천문의 문주다. 촌구석의 일개 파락호 따위를 알 리가 없지 않은가.

"그럼 한가장은 아십니까?"

"음……!"

무천문주가 고개를 끄덕이며 신음했다. 그의 얼굴에 무엇인가 알지 못할 불길한 그림자가 드리워졌다.

"독사가 한가장의 소장주를 죽이는 일이 벌어졌죠."

"음! 그런 일이……!"

"한가장은 무천문에 도움을 청했고, 무천 무인이 독사를 곤궁하게 만든 모양입니다."

그럴 수 있다. 한가장 소장주가 죽었다면, 무천문에 많은 은자를 기부하고 있는 한가장이니 도움을 청할 수 있다.

'제오각주…… 독단으로 처리했군. 보고 한마디 없이.'

생각은 그렇지만 보고를 했어도 결과는 변하지 않을 것을 알고 있다. 일개 파락호에게 한가장 소장주가 죽었다면 무천문주 본인이라도 무인 서너 명쯤은 보내주었으리라.

"저희는 제오각 왕애검이 주도한 것으로 알고 있습니다."

역시 제오각이었다.

"쫓고 쫓기는 와중에 독사의 연인이 죽었고, 중간에 몇 가지 일이 있었지만 독사가 백비를 찾아 들어갔죠. 그가 다시 나와서 창설한 문파가 뇌궁. 그의 이름이 설서린입니다."

"마단과 연관이 있소이까?"

현문주는 고개를 끄덕이며 대답했다.

"아주 많이. 현재 독사의 무공은…… 부끄럽습니다만, 저희 현문에서는 상대할 자가 없습니다."

"엇!"

"어떻게 그런 일이!"

모두가 놀란 표정이 역력했다.

일개 파락호에서 무인으로. 거기까지는 이해할 수 있지만 현문에서 상대할 무인이 없을 정도로 강하다는 대목은 도무지 납득할 수 없다. 무공은 속성할 수 있는 게 아니다. 절대로!

빙천검객의 눈길이 삼원 도인에게 향했다.

"장문인께서는 알고 계시는지요?"

삼원 도인이 끄덕였다.

당문주.

마찬가지로 고개를 끄덕였다.

도림.

"옛날에 사제가 백비에서 실종된 일이 있었는데. 맞소이까?"

"지천도… 살아 있습니다. 지금 뇌궁에 있죠."

"음……!"

도림주의 신음이 끝나기도 전에 정혜 사태가 입을 열었다.

"저희 아이 하나가 백비를 찾아간 것으로 알고 있는데요?"

"불명(佛名)은 허운(虛雲), 세속명이 연미심(淵靡沁). 뇌궁에서는 삼화 중 한 명이지요."

"아미타불! 아미타불……!"

"뇌궁이 개파를 하게 되면 불똥이 사천오주 모두에게 튈 겁니다."

현문주는 무림대란을 예고하고 있다.

마단이 두려운 것은 아니다. 어떤 면에서는 일찌감치 없애 버렸어야 할 문파인지도 모른다. 마단은 언제 터질지 모를 화약과 같으니까. 마단이 존재하는 한 발을 쭉 뻗고 편히 잠들 수 없으니까.

마단을 현문에 위임한 채 방치한 것은 사천무림의 장래 때문이다. 아니다. 그것은 명분상으로 내세운 허울에 불과하고 실질적인 이유는 자파의 안위를 염려해서다.

일 대 일이면 필패(必敗), 이 대 일이면 양패구상(兩敗俱傷), 삼 대 일이면 미세한 우위(優位), 사 대 일이면 우위 선점, 오 대 일이면 필승(必勝).

어처구니없게도 마단을 제거하기 위해서는 사천오주 모두가 연수를 해야 한다.

사천오주 연수합공 시 예상되는 피해는 각 문파의 절반인 오 할(五割) 사(死).

마단은 터무니없이 강한 문파다. 움직이지 않고 암흑 속에 웅크리고 있기에 망정이지, 무림에 나선다면 단숨에 사천오주뿐만이 아니라 구파일방의 질서까지 무너뜨릴 문파다.

그런 문파를 현문이 혼자 막아서고 있으니 제반 일에 대해서 십분

양보하는 게다.

사천오주는 알고 있다, 현문이 한 세대를 넘길 때마다 전 세대 무인들의 태반이 죽는다는 것을. 무림에 전혀 알려지지 않은 죽음이 마단과 싸운 결과라는 것을. 죽은 자들 대부분이 사천오주의 장로와 손속을 겨뤄도 비등할 고수라는 것을.

각 문파에서 맞이할 죽음을 현문이 대신하고 있는 게다.

빙천검객이 말을 이었다.

"뇌궁이 개파하면 마단은 십 중 십, 나섭니다. 이번 일도 전과 같이…… 우리 현문이 정리하겠소이다."

"마단과 전면전이 될 수도 있을 터인데…… 괜찮겠소이까?"

삼원 도인이 걱정스럽게 물었다.

빙천검객이 웃으며 말했다.

"하늘의 계시인지 다행히도 얼마 전에 전전대 문주님의 죽음과 함께 실전되었던 단파(短波)를 복원해 냈소이다. 단파가 존재하는 한 일인일살(一人一殺)만은 분명히 해낼 수 있소이다."

"그런 일이 있었군요."

무천문주가 신음했다.

사실 현문의 전력은 사천오주 일파(一派)와 엇비슷한 정도에 지나지 않는다. 예상 승률처럼 마단과 부딪치면 필패의 형국이다. 그럼에도 지금까지 마단과 대등한 입장에서 싸울 수 있었던 것은 바로 죽음의 무공인 단파가 있었기 때문이다.

육신에 한 올의 진기마저 남아 있지 않은 상황에서도 적을 격살할 수 있는 구명신초(救命神招), 필살초(必殺招).

단파가 펼쳐지면 그 누구도 죽음을 피할 수 없다. 사천오주의 장문인들도 죽음을 피해가지는 못한다. 상대를 죽일 수 있지만 자신 역시 죽게 된다. 더군다나 현문도는 마치 사람이 아닌 양 죽음을 두려워하지 않는다.

묵천신공만 있는 현문은 사천오주와 엇비슷한 정도이지만 단파를 포함시키면 사천제일이라고 인정하지 않을 수 없다.

뇌궁 개파라는 사건은 마단과 현문의 전력을 다한 전면전으로 이어질 공산이 크다.

싸움이 끝난 후 몇 명이나 살아남을까? 이 자리가 오천검객과 마주앉는 마지막 자리는 아닐지. 과거 전례로 보면 겨우 십여 명만 살아남고는 했는데…….

그런데도 마단은 타격을 받았을지언정 여전히 굳건하게 건재하니 괴물들만 모인 문파이지 않은가.

"장문인들께서는 괴로우시겠지만 뇌궁 궁도들이 각 문파에서 파문당한 문도들이라고 공표해 주셨으면 합니다."

뇌궁을 사천무림 전체 의견으로 버리자는 주문이다.

다행이다, 공적(公賊)으로 지목하지 않은 것만도.

"알겠소이다."

당문주 당학용이 힘들게 말했다.

머리 속에 엽수낭랑의 얼굴이, 당문삼기의 모습이 스쳐 지나갔지만 어쩔 수 없는 노릇이다. 현문의 주문이 공적으로 지목하는 것이라면 그것만은 말릴 생각이었는데 버리는 선에서 그쳤으니 천만다행이지 않은가.

'스스로 살아야 한다. 용서해라, 아무 도움도 주지 못하는 것을.'

무천문주는 삼태를 벗어나자마자 말을 세차게 몰았다.

삼태에서 팔십여 리 떨어진 사홍(謝紅)에 도착하는 데 걸린 시간은 한 시진.

무천문주는 익숙하게 길을 더듬어 사홍 외곽에 있는 거대한 저택으로 들어섰다.

"돌아오셨습니까!"

그의 앞에 장년인 두 명이 귀신처럼 불쑥 나타났다.

무천문주의 눈길이 그중 한 명에게 향했다.

"오각주, 영은촌 독사라고 기억하나?"

무천문 제오각주는 잠시 생각하는 듯하더니 옅은 미소를 지어냈다.

"하하! 한가장에 망나니 아들이 하나 있었죠. 이름이…… 한… 뭐라고 했는데…… 한림! 한림이라는 아들이 있었는데……."

"한림을 죽인 독사가 설서린이다."

"예? 하하하! 그럴 리 없습니다. 독사는 죽었다고 보고받았는데. 독사, 그 파락호가 뇌궁 설서린이란 말입니까?"

"웃지 마라. 현문에서도 상대할 자가 없는 고수라니까."

"그… 럴 리가요!"

"사각, 오각! 너희는 지금 곧장 교가로 가라. 절대 싸움에 휘말리지 말고 어떤 일이 벌어지는지만 관찰해라. 특히 마단의 실체를 확실하게 파악해 내라. 마단의 실체만 파악할 수 있다면 사각, 오각이 전멸해도 좋다. 단, 그 외에 일에는 단 한 명의 목숨도 아껴라."

"알겠습니다!"

장년인 두 명이 나타날 때와 마찬가지로 귀신처럼 사라졌다.

무천문주는 하늘을 쳐다보며 중얼거렸다.

“현문이 단파를 복원시켰다……. 마단…… 구름 속에 가려져 있다
면 구름 위로 올라서야 볼 수 있겠지. 좋은 기회야, 좋은 기회. 마단을
가장 정확히 알 수 있는 기회…….”

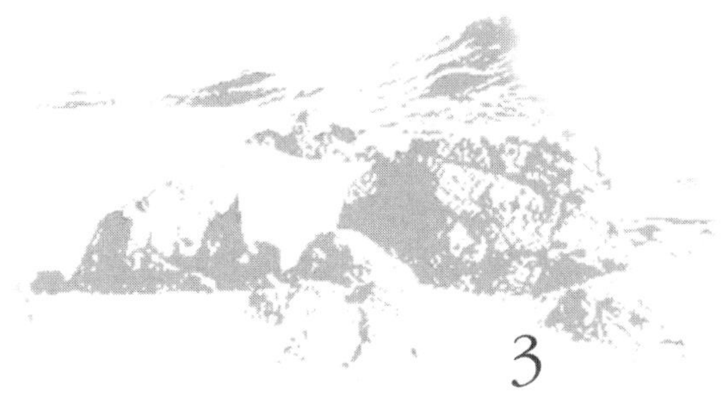

3

파란(波瀾)

화젯거리가 많은 무림이지만 뇌궁 개파처럼 입방아에 오르내리는 이야깃거리도 드물 것이다.

사천무림인치고 뇌궁 개파에 대해서 모르는 사람은 없었다.

"삼공, 앞으로 냉설은 우리 청성파 문도가 아니오."

"버리시는 겁니까?"

"칠백무원은 오래전에 냉설을 처리했어야 옳았소."

청성파 장문인 삼원 도인과 칠백무원주 사이에 오간 대화다.

이 대화는 무림에 알려지지 않았다. 하지만 사천오주 중 네 문파에서 약속이라도 한 듯 일제히 포문을 열었다.

"지천도는 도림에서 파문당한 자다. 그가 천 명을 죽이는 살인자든 천 명을 살리는 부처님이든 우리 도림과는 상관없다. 그가 뇌궁 문도가 되어서 돌아왔지만 도림이 상관할 이유가 없다. 도림 문도는 지천도를 살필 것이며, 도림 무공을 사용하면 즉각 처단하라!"

"엽수낭랑 당안령과 당문삼기 당한, 당옥, 당호를 파문한다. 그들이 당문 무공으로 세상을 어지럽히면 즉참하라!"

"허운은 본 아미파에서 파문된 지 오래이며……!"

"우리 무천문은 한가장과의 관계를 청산한다. 이유는 한가장의 딸인 한청이 뇌궁에 있기 때문이다. 무천문은 각 문파에서 파문된 자들로 구성된 뇌궁을 인정할 수 없으며……!"

사천무림의 태산북두인 아미파, 당문, 도림, 무천문에서 터져 나온 일갈은 사천성을 쩌렁 울렸다.

덕분에 뇌궁은 세상에 알려진 지 한 달이 되지 않아서 일약 명물이 되어버렸다.

지천도, 젊은 사람은 모르지만 나이 든 무인들은 고개를 끄덕일 만한 강자다. 그가 뇌궁에 있다. 당문십비, 당문십독인 당문삼기도 뇌궁에 있다. 아미파에서 파문된 신니(神尼)도 뇌궁에 있으며, 영은촌 제일 갑부인 한가장의 딸도 뇌궁에 있다.

뇌궁을 주목하지 않으려야 않을 수 없는 부분들이다.

사천무림인의 이목은 교가로 쏠렸다. 하지만 뇌궁에서 보낸 홍첩에 응답하거나 개파에 참석하기 위해 움직이는 무인들은 없었다. 사천오 주가 발표한 내용들은 뇌궁을 공적으로 지목한 것이나 다름없으니까.

"우리도 돌아가야 되는 것 아니오?"

무심검(無心劍) 진원하(陳遠霞)는 불안한 듯했다.

자신들이 아무리 동천부를 쥐락펴락하는 고수들이라지만 사천오주에 비할 바는 아니지 않은가.

“막내, 무섭나?”

동천제일검 백문고가 씁쓸하게 웃었다.

출발할 때만 해도 무림을 우습게 여기는 작자를 단단히 혼내줄 생각이었다.

그러나 길을 오면서 생각이 달라졌다.

무인들의 미답지인 교가는 흙 속에 묻힌 진주였다. 다른 건 차치하고 어련을 장악할 수 있다는 것만으로도 바싹 구미를 당기게 만들었다. 교가가 이런 줄 알았다면 진작 선수를 치는 것인데…….

교가가 가까워지면서 어련의 힘이 더욱 절감되었다.

객잔 주인들은 그들이 오는 것을 알기라도 한 듯이 반갑게 맞이했다. 다루에 들러도 마찬가지였고 오가는 상인들도 자신들을 보고 놀라지 않았다.

자신들의 행로(行路)를 미리 알고 있으며, 끊임없이 소식이 오간다는 것을 뜻한다.

“우리가 누군지 알고 있나?”

“그러문입쇼. 동천제일검 백문고 어르신 아니십니까.”

“우리가 올지 어떻게 알았나?”

“헤헤! 저희뿐 아니라 근방 백여 리 안에 있는 사람들은 모두 알고 있을 겁니다요. 어련 사람들 없는 곳이 어디 있나요.”

“어련이 왜 무인들의 동태에 관심을 갖지?”

“헤헤헤! 잘은 모르지만, 지금은 뇌궁에 흡수된 것으로 알고 있는뎁쇼.”

“뇌궁에?”

“벌써 석 달도 더 된 이야깁니다요.”

무력으로 어련을 장악하는 것은 어렵지 않지만, 그들의 결속력을 무너뜨리고 한편으로 끌어들이는 것은 쉽지 않다.

그 순간 막연히 만무대형 설서린이라는 자가 녹록치 않을 것이라는 생각이 들었다. 그런데 이제 분분히 난무하는 소문까지 듣게 되자 쉽게 상대할 수 없는 자라는 생각이 무럭무럭 솟구쳤다.

그런 생각은 걸음을 내디딜수록 더해갔다. 교가로 들어서는 경계령, 칠성고개에 올라서서 교가를 내려다보자 자신감은 더욱 없어졌다.

파락호에서 무인으로 변신했다는 설서린은 무시해도 좋다. 하지만 도림에서 파문되었다는 지천도나 당문에서 파문된 당문삼기는 영 자신이 없었다.

'동천제일검 백문고' 하면 그래도 사천무림에서는 제법 알아주는 사람이 많다. 하지만 당문삼기는 무인치고 모르는 사람이 없을 정도로 유명하다. 지천도 역시 무림에서 사라진 지 오래되어서 그렇지 옛날에는 당문삼기에 못지않게 위명이 높았던 자다.

명성에서만은 한 수 아래라는 것을 인정하지 않을 수 없다.

'좋아! 가보자. 인생에서 한번쯤은 도박을 해보는 것도 괜찮겠지. 지천도와 당문삼기가 강하다지만 나도 강하니까. 승패는 부딪쳐 봐야 아는 것 아닌가.'

어련은 무인 집단이 아니기에 정복당하지 않을 줄 알았다. 하지만 뇌궁에게 흡수된 적이 있으니 자신이라고 흡수하지 못하리란 법은 없다. 만약 그렇게만 되면… 사천오주와 맞먹는 문파를 키워낼 수도 있다. 어련이 가진 보이지 않는 힘과 막대한 은자가 지원된다면.

"가자. 지천도는 내가 맡을 테니 너희는 당문삼기를 한 명씩 맡아. 이름난 자들이니 조심해서 상대하고."

동천제일검은 말을 끝내자마자 검을 뽑아 들었다.

교가는 아직도 멀다. 칠성고개에서도 내려가야 하고, 그 후에도 삼사 리는 더 가야 교가로 들어설 수 있다.

그가 검을 뽑아 든 것은 주위에서 알지 못할 살기가 풍겨오기 때문이다.

"웬 놈이냐!"

그의 말이 끝나기 무섭게 머리 위에서 솔개 한 마리가 덮쳐들었다.

동천제일검은 본능적으로 검을 휘둘렀다. 본능적이라고는 하지만 다년간 불철주야 수련한 검공이 충분히 녹아 있는 일초다.

쉬익!

덮쳐 오던 솔개는 반 토막으로 갈라져 피를 흩뿌렸다.

'강한 자다!'

동천제일검의 경각심이 최고조로 끌어올려졌다.

솔개는 반 토막으로 갈라지지 않았다. 그가 환상을 보았던 것은 솔개가 도저히 피할 수 없는 위치에서 신형을 꺾어 날아올랐기 때문이다.

창! 차앙!

무심검을 비롯한 의형제들이 분분히 검을 뽑아 들었다.

전면에 서 있는 사내가 보여준 한 수 경신법(輕身法)을 보고 생전에 처음 만나는 최강 고수라는 점을 직감했기에.

"뇌궁에서 온 놈이냐!"

보통 사람보다 머리 하나는 더 큰 사내, 너무 말라서 뼈만 남은 것처럼 보이는 사내가 동천제일검의 힐문을 무시하고 기분 나쁜 웃음을 지어 보였다.

생전 웃음이라고는 지어보지 못한 자가 억지로 쥐어짜는 웃음.

‘누구지? 이런 자는 소문도 들어보지 못했는데…….’

상대가 누군지 알아내는 것은 상대의 무공을 알아내는 것과도 같다. 상대가 어떤 무공을 사용하는지 알게 되면 싸움도 한결 유리해진다.

그러나 아무리 머리를 굴려봐도 눈앞에 선 자의 인상착의와 일치되는 자가 떠오르지 않았다.

“동천제일검, 삼합일검(三合一劍), 태을검(太乙劍), 무심검. 일명 동천사검(東川四劍).”

‘우리를 알고 있어!’

경각심이 극을 향해 치달렸다.

깡마른 사내가 말했다.

“오늘 일진이 어떤가?”

“무슨 말이냐!”

“일진이 좋으면 내가 죽을 것이고 일진이 사나우면 너희가 죽겠기에 묻는 말이지.”

“뭐라고! 건방진 놈! 어디서 굴러온 개뼉…….”

“귀찮다. 가랏!”

쉬이이이이익!

깡마른 사내는 다시 솔개가 되었다. 이번에는 단지 위세만 떨치는 솔개가 아니라 목숨을 위협하는 지극히 위험한 솔개다.

“커억!”

무심검. 심장을 밖에 끄집어내 놓기에, 검을 떨치기에 동귀어진(同歸於盡)의 각오가 되어 있지 않으면 상대할 수 없다는 그가 너무 빨리 단 말마를 내질렀다.

무심검은 검을 놓쳤다. 두 손으로 목을 움켜잡고 넋 빠진 사람이 무형의 힘에 이끌리듯 비틀비틀 걸어나갔다. 핏줄기는 그의 손아귀를 비집고 솟구쳐 나왔다.

"컥!"

삼합일검도 짧은 비명을 토해냈다. 하늘에서 허공으로, 허공에서 땅으로, 땅에서 하늘로……. 일순간에 내리긋는 검초가 너무 빨라서 삼합일검이라고 불리는 그였지만 풀썩 무릎을 꿇고 말았다.

'너무 빠르다!'

동천제일검은 자신감을 잃어버렸다.

사내는 자신들이 상대할 수 있는 자가 아니다. 이 정도의 무공이라면 능히 일파의 장문인이 되고도 남을 자다.

"아악!"

태을검이 비명을 내지르는 순간, 동천제일검은 처음으로 검을 뻗어냈다.

태을검의 오른쪽 귀에 무엇인가가 쑤셔 박히는 것을 보았다. 그리고 순간적으로 사내의 종적을 잡아냈다. 너무 빨라서 언제 거기 서 있는가 하는 의심도 치밀었지만, 지금은 그런 생각을 하고 있을 시간이 없다. 또 그동안 부단히 수련한 무공은 치미는 의심을 깊숙이 눌러 앉히고 반사적으로 검을 쳐내게끔 만들었다. 하지만,

"흑!"

동천제일검은 앞가슴에서 불이 지펴지는 듯한 통증을 느끼고 헛바람을 토해냈다.

엉겁결에 고개를 숙여 가슴을 쳐다보자 가슴 한가운데서 조금 오른쪽, 심장 부근에서 붉은 핏물이 솟구쳐 나오고 있지 않은가.

'어, 언제…… 도대체 누구기에…….'

의문은 말로 표현되지 못했다. 한마디라도 내뱉고 싶었지만 비릿한 것이 목구멍을 거슬러 올라오더니 입 밖으로 뿜어져 나갔다.

"꺽! 꺼억!"

동천제일검은 삼합일검처럼 무릎을 꿇고 말았다. 그리고 풀썩 꼬꾸라졌다.

광안은 숨을 죽였다.

'무슨 일이야?'

잔심마도가 광안을 따라 숨을 죽이며 수화(手話)로 물어왔다.

광안은 잔심마도의 손짓마저도 신경이 쓰였다. 손을 움직이면 옷자락이 펄럭이고, 펄럭이는 옷자락은 미세한 소리를 흘려낸다.

광안은 천천히 손가락을 들어 입에 댔다.

'쉿! 조용히 해!'

잔심마도는 더 묻지 않았다.

동고동락(同苦同樂)을 시작한 게 한두 해가 아니다. 이제는 눈빛만으로도 서로의 의사를 읽어낼 수 있다. 광안이 무엇인가를 본 것이 틀림없고, 분명히 좋지 않은 일일 게다.

잔심마도가 조용히 숨을 죽이자 광안은 온 신경을 곤두세워 멀리 떨어진 고갯마루를 주시했다.

'무섭도록 빨랐어.'

다시 생각해 봐도 소름 끼치도록 빨랐다. 멀리 떨어져 있어서 현장에서만 느낄 수 있는 긴박감은 맛보지 못했지만, 쾌검으로 절정에 오른 일수일살과 부딪쳐도 결코 뒤지지 않을 빠름이었다.

일수일살은 검이 빠르다. 하지만 상대는 신법이 빨랐다.

누가 이길까? 검이 이길까, 신법이 이길까? 일검이 성공하면 검이 이기는 것이요, 일검이 실패하면 신법이 이기게 되리라.

일수일살이 저자와 부딪치면 별호대로 일수일살을 해야만 무사할 수 있다.

자신 역시 옛날의 광안은 아니다. 비락봉에서 죽음의 수련을 한 덕분에 중원 어디서도 활보할 자신이 생겼다. 하지만 저처럼 빠른 자와는 상대하기 싫다. 좀 더 솔직하게 말하자면 자신이 없다. 저자를 상대하기 위해서는 마구오신이 모두 모여 일심으로 천마구금진을 펼쳐야 한다.

무공이란 사용할 때와 사용하지 않을 때가 있는 법이다.

저자에게는 사용해서는 안 된다.

무인 네 명을 단숨에 도살해 버린 깡마른 사내는 나무 위로 솟구치더니 몸을 숨겼다.

광안은 몸을 움직이기가 싫었다. 조금이라도 움찔거린다면 당장 들켜 버릴 것 같았다.

'이런 사정이 있었군. 어쩐지……. 그런데 왜? 무엇 때문에? 말해 봐라. 넌 어디서 온 놈이냐.'

깡마른 사내가 대답할 리는 없다. 그의 대답을 듣기 위해서는 조금 더 가까이 다가가야 하고, 지척에서 사내가 움직이는 모습을 살펴야 한다. 그가 사용하는 무공에서, 혹은 그가 입고 있는 옷에서 어느 문파 출신인지 짐작해 내는 방법밖에는 없다.

'더 이상 거리를 좁히는 것은 무리야. 발각되면 빠져나오지 못한다. 저토록 빠른 놈이라면 우리가 두어 걸음 옮기는 동안 일이 장을 달려올 거야. 발각되면 싸우는 수밖에 없어.'

나아가려니 위험 부담이 너무 크고 물러서자니 오기가 생긴다.

요즘 들어서 어련 사람들이 무참하게 살육당하고 있다. 배를 몰고 나갈 때는 멀쩡하던 사람이 한두 시진이 지난 후에는 피투성이가 되어 뱃전에 나뒹군다.

적묘 패거리도 수난을 당하고 있다.

어찌 된 일인지 교가를 벗어난 사람은 다시 돌아오지 않는다.

이제 이유를 알았다.

저들이…… 광안이 본 사람은 깡마른 사내 한 명뿐이지만, 그들이 교가를 에워싸고 들어오는 자, 나가는 자를 도륙하고 있다.

좋다. 적묘 패거리는 주먹질이라도 했으니 죽는다고 하자. 어련은 왜 죽이는가. 그들은 평생 물고기 잡는 일과 물품을 운송하는 일에만 매달린 양민들인데.

그들뿐만이 아니다. 뇌궁과는 전혀 상관없는, 뇌궁의 개파에 참석하고자 달려온 무인들까지 도륙하고 있다.

'마단인가, 현문인가? 둘 중에 하나겠지.'

이대로 물러서기는 아무래도 섭섭하다. 교가가 포위되었다는 사실을 알아낸 것만도 큰 수확이지만, 이들이 누구인지 알려면 누군가는 다시 와서 확인해야 한다.

'마도, 어떤 놈들이 교가로 들어서는 무인 넷을 죽였다.'

광안은 수화로 말했다.

'뭐야? 어떤 놈들인데?'

잔심마도가 소리나지 않도록 천천히 수화를 했다.

'그건 모르지. 알아볼까? 한 가지 명심할 것은 절대 싸워서는 안 된다는 거야. 우리 둘이서는 상대하기 벅찬 놈이야.'

'흐흐! 농담이겠지. 놈이 사천오주 장문인이라도 된단 말이야?'

'농담이 아니니 진지하게 들어. 싸워서도 안 될 뿐 아니라 발각돼서도 안 돼. 발각되면 싸울 수밖에 없어. 무섭게 빠른 놈이라 도주는 불가능해.'

잔심마도의 얼굴이 딱딱하게 굳었다. 광안의 진지한 표정은 괜한 우려나 농담이 아니라고 말한다.

'그래도 알아볼 생각 있어?'

'무슨 말을 하는 거야? 알아봐야지.'

잔심마도가 씩 웃었다.

광안과 잔심마도는 그들이 알고 있는 은신법을 총동원하여 가장 은밀하게 접근했다.

속도는 더뎠다.

그들이 숨어 있던 곳에서 고갯마루까지의 거리는 삼십여 장.

평소 같으면 단숨에 치달려 올라갔을 거리지만, 반 각이 흐르도록 겨우 십 장을 나아가는 데 그쳤다.

'십여 장은 더 가야 돼, 움직이는 모습을 자세히 지켜보려면.'

깡마른 사내의 얼굴을 봐야 한다. 얼굴로 신분을 알아낼 수 있으면 다행이고, 알지 못하는 자라면 무공으로 추측해 내야 한다. 생전 처음 보는 낯선 무공을 전개한다고 해도 상관없다. 당장은 사내의 신분을 알아내지 못하겠지만 돌아가서 상세하게 이야기하면 누군가는 아는 사람이 있으리라. 뇌궁에는 무공에 대해서 폭넓게 알고 있는 사람들이 많으니까.

광안과 잔심마도는 다시 일 다경이라는 시간을 들여서 이 장을 나아갔다.

그때였다. 광안은 고갯마루에서 무엇인가 꿈틀거리는 것을 보았다. 그 움직임은 너무 찰나간에 나타났다 사라졌기에 광안 스스로도 착각이 아닌가 하고 되새겨 볼 정도였다.

'일곱! 일곱 개였어. 이건 착각이 아냐! 들켰다!'

위험이 감지되었다.

"뛰엇!"

광안은 버럭 고함을 지르자마자 전신 진기를 모두 이끌어 올려 두 발에 집중시켰다.

광안이 본 것은 착각이 아니었다.

일곱 움직임은 먹이를 사냥하는 늑대 무리처럼 일사불란하게 거리를 좁혀왔다.

'역시 신법으로는 안 돼!'

광안과 잔심마도는 도주를 포기했다. 경신법으로는 도저히 추적자를 따돌릴 재간이 없었다.

걸음을 멈추고 재빨리 창을 꺼내 조립했다.

삼단으로 분리되었던 창은 순식간에 장창이 되어 추적자를 겨눴다.

일곱 사내가 대전(對戰) 거리까지 달려오는 데는 그야말로 촌각, 사방을 에워싸는 데는 시간을 잰다는 게 무의미했다.

'이자들은 아냐!'

광안은 일곱 명 중에 자신이 봤던 깡마른 사내를 찾았지만 그는 보이지 않았다.

최강적으로 생각했던 사내가 보이지 않자 다소 안도가 되기는 했다.

하지만 이들도 무시할 수 없는 자들이다. 경신법이란 내력이 뒷받침되지 않고서는 충분한 속도를 낼 수 없는 것인데, 이들의 신법은 자신들을 능가했다.

내력에서도 뒤지지 않는 자들이다.

장창으로 번개를 잡아낼 수 있을까?

마해추룡의 월사창법은 원명(原名)이 광섬창법이다. 빛이 번쩍 하는 순간에 터져 나오는 빠르기 이를 데 없는 창술이다. 맹호삼점두삼창(猛虎三點頭三槍)이라는 말이 괜히 나온 것이 아니다. 맹호가 한 번 도약하는 순간에 삼 창을 내지르며, 정확히 세 점을 가격해야 한다.

빠름과 화교적초식(花巧的招式)이 지닌 특성인 세기(細技)까지 두루 망라된 명실 공히 천하제일의 창법이 월사창법이지 않은가.

충분히 신법을 잡아낼 수 있다.

광안과 잔심마도는 월사창법에 자신을 가졌고, 삼단으로 분리된 단창을 그대로 사용하지 않고 장창으로 이어 붙인 이유이기도 하다.

잔심마도가 말했다.

"광안, 난 천사초(穿梭招)를 전개할 생각이다."

"미쳤어! 천사초는 한 명을 상대할 때나 유용한 초식이야. 왜 그래?"

"잘난 척하지 마라. 네가 귀주사괴였을 때부터 난 한 수 위였어. 내 앞에서는 고양이 앞의 쥐처럼 꼼짝 못했으면서."

"좋아. 천사초를 전개한 다음에? 그 다음에는 어떡할 건데?"

"점(點). 최소한 한 놈은 더 죽일 수 있어."

광안은 잔심마도의 생각을 읽었다. 그리고 잔심마도가 격전을 앞두고 왜 이런 소리를 하는지도 알았다.

천사초는 맹렬하게 창을 전개해 가죽 북 뚫듯이 상대를 뚫어버린다.

일시간이지만 빈틈이 생기리라.

광안은 그 틈을 비집고 탈출해야 한다.

잔심마도가 전개한 다음 수, 점은 오로지 한 명만을 노리고 짓쳐 간다. 강유병제(剛柔並濟), 충만내경(充滿內勁)이 한 점이 쏠렸으니 한 명은 죽일 수 있으리라.

아니다. 잔심마도가 한 명을 죽이자고 점을 사용할 리 없다. 소(掃)를 사용하여 비로 쓸 듯이 쓸어버릴 게다. 그러면 또 잠깐의 틈이 벌어질 것이고.

잔심마도가 목숨을 버릴 때까지 얼마간의 거리를 벌릴 수 있을까?

십 장, 이십 장으로는 턱없이 부족하다. 최소한 사오십 장은 벌려놔야 추적을 따돌릴 수 있다. 그야말로 잔심마도가 월사창법을 전개하는 순간부터 전력을 다해 도주해야 약간의 기회라도 생긴다.

잔심마도는 그 점을 말하고 있다.

"잘났네. 내가 그럴 놈으로 보였던 모양이지?"

"잊었나 본데, 궁주님은 무적이야. 궁주님이라면 이놈들을 쓸어버릴 수 있을걸?"

"그럼 네가 가라."

"한심한 놈. 뇌궁에서 내 존재는 최하야. 내가 할 수 있는 일이 뭐가 있나? 하지만 네놈은 달라. 네놈은 아주 필요한 놈이야. 아직도 내 말뜻을 이해하지 못한다면 음풍사장의 닭대가리와 별호를 바꿔라."

잔심마도는 이미 뜻을 굳혔다.

그는 성큼성큼 걸어가 앞을 가로막아 선 자에게 말했다.

"너! 나와 같이 가야겠다."

"가? 후후후! 어딜 갈 수 있다고 생각하나?"

"갈 수 있지, 황천!"

쉐에에엑!

잔심마도는 말이 끝나기 무섭게 장창을 뻗어냈다. 그의 창은 그야말로 빛과 같아서 마지막 말인 '천!' 이라는 말이 끝날 무렵에는 벌써 가로막은 사내의 얼굴로 짓쳐들고 있었다.

쉬익!

사내는 당황하지 않고 옆으로 한 걸음 비켜섰다. 하지만 잔심마도의 창법은 맹호삼점두삼창이다. 순식간에 하나의 창이 세 개로 불어났고, 사내는 연신 두 걸음을 더 물러서야만 했다.

파라락……!

광안은 그 순간을 놓치지 않고 신형을 띄웠다.

'잘 가라!'

목청껏 외치고 싶은 말. 하지만 광안은 한마디도 내뱉지 못하고 입을 꾹 다물었다. 그가 목숨을 버리는 만큼 최선을 다해서 빠져나가야 한다.

잔심마도가 창을 몇 번이나 휘두를 수 있을까? 모르긴 몰라도 몇 번 되지 않을 것이고, 그 순간에 거리를 오십여 장이나 벌린다는 것은 만만치 않다.

광안은 입으로 새어 나오는 한 올의 진기까지 아꼈다.

그러나…… 광안은 채 오 장을 벗어나지 못하고 경악성을 내지르고 말았다.

"엇!"

눈앞에 무엇인가 희끗한 것이 스쳐 지나간다 싶은 순간 가슴이 화끈거렸다.

가슴에서 피가 흘러나온다.

기가 막히게도 손 한 번 써보지 못하고 베였다. 불행 중 다행이라면 중상이긴 하지만 목숨에는 지장이 없다는 것. 심장을 베이지 않았으니 말이다.

"내가 죽일 수 없었다고 생각하지 마라."

광안이 처음에 봤던 깡마른 사내였다.

"무공이 많이 증진했지만 아직 멀었다. 아쉬운 대로 무림에서는 사용할 만하군."

'날 알고 있다!'

광안은 두 눈에 온 신경을 집중했다.

언젠가 본 자라면 잊어버릴 리 없다. 상대가 자신을 알고 있으니 자신도 보긴 보았을 텐데, 깡마른 사내의 전신을 훑어보았지만 어디서 봤는지 도무지 기억나지 않았다.

이런 일은 처음이다, 누굴 보았으면서도 기억나지 않는 것은. 광안이 달리 광안인가. 눈이 특이하게 밝기도 하지만 한 번 본 것은 결코 잊지 않는 예리한 눈썰미도 한몫하는 것인데.

깡마른 사내와 몇 마디를 나누는 사이에 잔심마도가 달려와 광안의 상세를 살폈다.

일곱 사내는 잔심마도를 가로막지 않았다. 깡마른 사내 혼자서도 두 명을 처리할 수 있다고 생각하는지.

깡마른 사내가 말했다.

"뇌궁 문도는 건드리지 않는다. 운 좋은 줄 알고 가라. 다음에 만날 때는 상황이 바뀌었을 수도 있으니 몸조심해야겠지."

'뇌궁 문도는 건드리지 않아? 이놈들…… 뇌궁을 고립시키겠단 말

이군.'

　현문인가, 마단인가. 그것만이라도 알아내야 하는데 아무것도 알아낸 것이 없다. 소득이 전혀 없는 것은 아니다. 가슴에 난 상처는 깡마른 사내의 소속을 알아낼 수 있는 중요한 단초가 된다.

　"일검의 빚. 잊지 않으마."

　광안의 눈에서 광망이 쏟아져 나왔다.

암중에서 움직이는 손

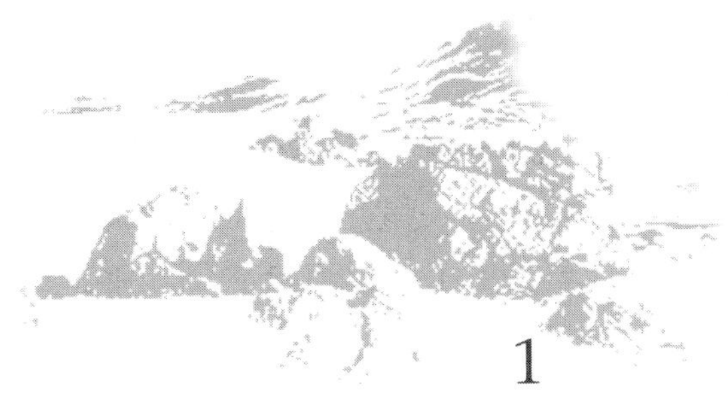

1

암중에서 움직이는 손

싸움이 벌어지기 직전은 유난히 조용하다.

귀뚜라미 울음소리도 또렷하게 들리고, 귓가를 스치고 지나가는 바람도 가깝게 느껴진다.

그러나 싸움 직전의 평온함은 평상시와 달라서 이상한 긴장감을 불러온다.

교가가 그렇다.

뇌궁은 전혀 움직이지 않았는데, 낭인들이 썰물 빠져나가듯이 사라져 버렸다. 정확히 말하면 낭인들은 사천오주가 뇌궁에 속해 있는 일부 무인들을 거론하는 순간부터 발길을 옮겨 버렸다.

사천오주가 버린 문파는 가까이 하지 않는 것이 신상에 이롭다는 판단쯤은 삼척동자도 할 수 있으니 당연한 행동이다.

문제는 은밀히 교가로 숨어들어 뇌궁을 살피던 무인들이 그림자조차 남기지 않고 종적을 감춘 것이다.

도림, 아미파, 당문이 선포한 대로라면 그들은 오히려 눈에 불을 켜고 뇌궁 무인들을 감시해야 한다. 자파의 무공을 사용하는지 사용하지 않는지 파악해 내서 사용한다면 문파의 명예를 지키기 위해서라도 파문자를 징계해야 한다.

"호호호! 약속이에요. 너무 속이 빤히 보이는 수(數)라서 읽는 것도 창피하네요."

한청이 환하게 웃으며 말했다.

이번 사천오주의 처치로 가장 곤란에 빠진 사람은 그녀다. 아닌 밤중에 홍두깨라고 난데없이 무천문이 한가장을 거론하는 바람에 그녀뿐만이 아니라 한가장까지 상당히 곤란하게 됐다.

만약 사천무림이 뇌궁을 공적으로 몰아붙인다면 한가장은 선대로부터 이어온 막대한 부를 포기해야 한다. 부귀만 포기하면 다행이다. 성난 무인들, 자칭 의협심에 불탄다는 무인들이 어떤 횡포를 부릴지는 명약관화(明若觀火)하다. 자칫 한가 식솔 모두가 목숨을 잃을지도 모른다.

마천옥은 애써 한청의 밝은 모습을 외면했다.

"사천오주가 뇌궁과 인연을 끊고 자파 무인들을 거둬들인다는 것은 대전(大戰)을 준비한다는 뜻이지. 미지의 무리가 교가를 에워싼 것도 알기 쉽고. 사천오주를 대신해서 뇌궁을 제거해 줄 문파라면 현문밖에 없는 것도 현실. 마단을 노리고 개파를 했는데, 엉뚱하게 현문이 걸려들었군."

대물은 대화에 끼어들지 않았다. 아까부터 무엇인가 이상한 듯 고개만 갸웃거렸다.

"대물, 뭐 생각나는 거라도 있나?"

"이상한 게 있는데 제 머리로는 해답을 생각해 낼 수 없어서……."

"뭔데?"

"이상하지 않나요? 현문은 독사… 아니, 궁주님을 만났죠. 무공도 저울질해 봤고. 우릴 칠 요량이었으면 차라리 요명산에서 결판을 내는 게 더 낫지 않았나 싶어서……."

"후후! 그렇게 말하는 걸 보니까 해답을 푼 것 같은데?"

"아이구! 제 머리로 무슨……."

"하하하! 말해 봐, 우둔한 머리로 생각해 낸 것을."

"그렇다고 그렇게 말할 게 뭡니까? 그냥 겸손하구나 하고 생각해 주시면 그만인걸."

"호호호! 지금 말하지 않으면 말할 기회도 없을 거예요. 우린 배가 고프거든요."

대물은 혀로 입술을 핥으며 말했다.

"파락호들 간에 왕왕 있는 일인데 말입죠. 파락호들은 이기고 지는 게 분명하거든요. 무인들이야 날씨의 영향도 받고, 지형도 고려해야 하고, 그날 몸 상태도 영향을 미치지만 파락호들은 만취하지 않는 한 강자가 약자에게 지는 법이 거의 없어요. 약자는 한마디로 밥이 되는 거죠. 어! 왜 일어서는……."

"배고프잖아."

진지하게 말을 늘어놓던 대물도 언제 말했냐 싶게 벌떡 일어섰다.

"흐흐! 아까부터 뱃속에 있는 거지들이 빨리 먹을 것 달라고 난리치고 있었는데. 자, 빨리 가죠."

마천옥과 혜월이 먼저 일어섰지만 문을 밀치고 나선 건 대물이 먼저

였다.

모두 알고 있다.

요명산에서 현문은 독사를 억류할 수 있었다. 독사의 무공이 진일보했지만 칠잔앙이 연수합격을 했다면 결과는 예측할 수 없다. 칠잔앙만 있는 것도 아니다. 암혼사를 깨우친 엽수낭랑을 곤궁에 몰아넣을 정도로 강한 무공을 익힌 불곰이 있다. 현문의 정화(精華)라고 할 수 있는 천 자 배 고수 오십여 명도 있다.

일잔앙은 현문 무공을 익힌 기념이라며 혜월을 놓아주었고 독사에게도 빠져나갈 기회를 주었다.

왜 그랬을까?

현문의 이번 행동을 이해하기 위해서는 그 의문부터 풀어내야 한다.

삼지는 의문을 풀지 못했다. 중원에서 가장 지혜가 뛰어나다는 비시문 지자(智者)가 두 명이나 있으면서도 마땅한 해답을 유추해 내지 못했다.

일잔앙이 독사에게 내건 제안은 불가사의(不可思議)하다.

다음으로 생각해 볼 것은 현문의 총체적인 힘이다.

독사가 보고 느낀 것, 삼지가 취합하여 정리한 내용은 놀랍게도 현문이 너무 약하다는 것이다.

겨우 이 정도에 불과했나 싶을 정도로 무력했다.

현문이 강한 문파인 것은 인정하지만 마단을 상대로 오랜 세월 동안 티격태격할 정도는 되지 않는다. 그들은 기껏해야 철망을 지키던 오공 사수의 수하들 정도밖에 상대하지 못한다.

이 부분도 해답을 찾지 못했다. 그나마 현실적인 추측이라면 마단은 절대무에만 집중하느라고 현문에 신경 쓰지 않았다는 정도다.

마단은 커다란 바위처럼 굳건하게 서 있는데 겁 모른 현문이 제대로 상황 파악도 하지 못하고 집적거린 상황.

그나마 현실에 가까운 추측이지만 말이 안 된다. 마단과 현문의 싸움이 그런 형태였다면 이토록 오랜 세월을 버텨오지 못했다.

'현문이 어떻게 마단을 상대할 수 있었나' 도 미궁에 빠졌다.

뇌궁 개파 사건은 현문 입장에서 보면 마단과 부딪칠 수 있는 절호의 기회다.

현문은 늘 마단을 없애고자 했다. 마단 총단을 알아내기 위해 애꿎은 사람들을 많이도 멸혼촌에 몰아넣었다. 넣기뿐인가. 자파 문도의 희생도 강요했고, 죽이기까지 했다.

마단이 틀림없이 출동할 뇌궁 개파에 현문이 개입하지 않는다면 그거야말로 또 하나의 의문이다. 현문 개입은 당연하다.

마단을 제거하는 데 온 초점이 모아진 현문으로서는 뇌궁 하나쯤 공적으로 몰아버리는 것도 대수롭지 않았을 게다.

또 하나, 대물이 말하고자 한 부분에 있다.

독사가 요명산을 방문할 무렵, 아니, 그전부터 진행해 왔는지도 모르지만, 현문은 무엇인가를 움켜잡았다.

파락호 세계에서 꼼짝 못하던 약자가 강자에게 대들 때는 어떤 힘이 뒤를 받쳐 주기 때문이다.

남몰래 이를 악물고 심신을 단련하여 강자를 이길 만한 힘을 길렀을 수도 있고, 아니면 강자를 이길 만한 후원자가 나타났을 수도 있다.

현문이 그런 경우다.

뇌궁 개파는 마단 출동, 그리고 현문 개입으로 이어지는 큰 싸움인 것을 알면서도 사천오주를 배제시켰다. 현문 혼자의 힘으로 마단과 맞서겠다는 것으로 둘 중에 하나로 결말지어진다.

현문이 뒷배경을 잡지 못했으면 오히려 당한다. 현문이 마단의 실력을 정확히 평가했다면 마단은 제거된다. 적어도 뇌궁을 치기 위해 달려왔던 마단 무인들은 뼈를 묻는다.

대물은 현문이 무엇인가를 얻은 쪽으로 말한 것이다.

"이제 그만 치료를 해야 돼요. 치료를 하지 않으면 목숨이 위험하다는 걸 몰라요?"

엽수낭랑은 초조했다.

광안의 상처는 상당히 중했다. 급한 대로 혈맥(血脈)을 막아 피가 흐르는 것은 멈춰놨지만 근본적인 치료를 해야 한다.

시간이 오래 경과해서인지 광안의 안색은 하얗게 탈색되었다. 입술은 멍이라도 든 듯이 파랗게 질렸고, 이마에서는 구슬 같은 땀방울을 흘려냈다.

의자에 앉아 침상에 드러누운 광안을 들여다보는 사람은 독사.

어찌 된 연유인지 독사는 하루 동안이나 상처 치료를 미루고 상처 부위만 쳐다보고 있다.

그의 입에서 간간이 흘러나오는 말은 의술의 대가인 엽수낭랑조차도 이해하지 못할 소리뿐이다.

"어떻습니까?"

"음……! 지, 지독합니다. 얼음 굴에 파묻힌 듯 오한이 치밀어서…… 추, 춥군요."

독사는 침묵에 들어갔다.

이런 식이다. 상처에서 전해지는 통증이 어느 정도냐고 묻고는 침묵

한다.

몰라서 묻는 것일까? 가슴을 베인 사람이 오한을 느끼는 것은 피를 많이 흘린 탓이다. 혈액 순환이 제대로 되지 않으니 심장의 기능이 저하되는 것이고, 저하된 심장은 피를 원활하게 공급해 주지 못한다.

악순환만 되풀이된다.

무인이라면 기본적으로 알고 있는 상식인데 왜 묻는 것일까?

광안의 입술이 질리다 못해서 흑색으로 변했다.

독사가 또 물었다.

"어떻습니까?"

"……."

광안은 대답하지 못했다.

광안은 눈을 부릅뜬 채 혼절해 버렸다. 무공이 아무리 강해도 깊은 상처를 입은 채 무대책으로 방치하면 범인이나 다를 바 없다. 그때는 체력 싸움이 되는 것이고, 시간을 약간 연장할 수 있을 뿐 혼절은 피하지 못한다.

치료를 미룰 요량이면 운기라도 하게 했어야 한다. 치료도 하지 않고 운기조차 못하게 했으니 지금 혼절한 것도 많이 버틴 셈이다.

"안 되겠어요. 무슨 일인지는 모르지만 치료부터 하고 난 다음에……."

광안을 잡아가던 엽수낭랑의 손은 갈고리같이 단단한 손아귀에 움켜잡혔다.

"아직은 아냐."

"이러다 죽는다고요! 하루예요. 벌써 하루가 지났어요!"

뒤쪽에 서 있던 통음이 신령의 귓가에 입을 대고 속삭였다.

“느낌이 어때?”

신령도 통음의 귀에 대고 말했다.

“어쩐지 불길해.”

“불길? 그럼 죽는다는 소린가?”

“그런 불길이 아니고…… 뭐랄까… 내 혼이 쫓겨나고 악마의 혼이 들어서는 느낌이랄까? 뭐, 그런 느낌인데…….”

“그 말이 그 말이잖아. 광안이 죽는다는 말.”

“나도 모르겠어, 이런 느낌은 처음이라서. 이런 불길한 느낌이 뭘 말하는 건지 도통 모르겠어.”

시간은 속절없이 흘러갔다.

광안은 혼수상태에서 깨어나지 못했고, 독사는 뚫어지게 지켜보기만 했다.

까악! 까아악!

어디선가 불길하게 까마귀가 울어댔다.

대낮에 듣는 까마귀 소리도 불길한데 한밤중에 들으니 더욱 불길하다. 마치 광안의 죽음을 재촉하는 듯이 울어대지 않는가.

밤이 지나고 새벽이 밝아왔다. 어둠이 슬며시 밀려나며 밝은 하늘빛이 그 자리를 채웠다.

“영아.”

엽수낭랑은 반쯤 포기한 상태로 멀거니 앉아 있다가 느닷없는 부름에 번쩍 고개를 쳐들었다.

“왜요?”

“와서 봐주겠어?”

엽수낭랑은 기다렸다는 듯 황급히 달려가 맥부터 짚었다.

‘응?’

엽수낭랑은 고개를 갸웃거렸다.

맥이 이상하다. 예상한 맥은 미맥(微脈)이다. 한데 광안의 맥은 활맥(滑脈)이다.

엽수낭랑은 정신을 가다듬고 다시 한 번 맥을 짚었다.

둥근 구슬이 손가락 아래서 굴러다니는 느낌, 분명히 활맥이다.

광안에게서 왜 일명 임신맥이라고도 하는 활맥이 나타나는 것일까?

‘담사(痰邪)와 상식(傷食)으로 나타나는 병인데 왜?’

광안의 입을 벌리고 혀의 상태와 구취(口臭)를 맡아보았다.

광안이 정신을 차리고 있다면 극심한 구토와 기침 때문에 미치겠다고 말할 것 같다. 소갈(消渴)이 나고 혀도 뻣뻣해진다면서.

‘활맥은 원기(元氣)의 쇠패(衰敗)를 의미. 간(肝)과 비(脾)에 열이 있다는 것인데……’

광안은 날 길이가 손바닥 정도 되는 소검(小劍)에 가슴을 찢겼다고 말했다. 공격은 단 한 번만 있었고, 그 다음에는 잔심마도에게 기대어 내처 달려왔다고 했다.

아무리 생각해도 활맥은 이해할 수 없다.

‘내가 손댈 수 있는 상처가 아냐. 호 오라버니가 손대야 해.’

당호는 당문십독이니 의술의 뛰어남은 거론하는 자체가 모욕이다.

엽수낭랑은 광안의 팔을 천천히 내려놓고 일어섰다. 그러자 독사가 말해 왔다.

“지금 생각을 말해 볼까? 내가 손댈 수 없는 상처다. 당호라면 어떨지. 괜찮게 알아맞혔지?”

독사는 거의 이틀간이나 상처를 돌보지 못하게 만든 사람답지 않게 편안해 보였다.

"이 상처에 대해서 알고 있군요."

독사가 기지개를 쭉 켜며 말했다.

"거의 이틀을 꼬박 앉아 있었더니 허리가 뻐근하네. 잠 좀 청해야겠어. 아! 상처 이야기를 하고 있었지? 벌써 잊었나 본데, 전에 인피(人皮) 두 장을 준 적이 있지?"

엽수낭랑은 깜짝 놀라 광안의 상처를 다시 살펴봤다. 이번에는 맥을 짚은 것이 아니라 가슴에 난 상처를 직접 살폈다.

검에 베어 쫙 벌어진 살갗이 시간이 지남에 따라 짙은 갈색으로 변색되어 있다. 아니다, 다른 점이 있다. 뚫어지게 들여다보지 않으면 보이지 않을 흔적, 선홍색 반점이 베인 살갗 곳곳에 종기처럼 돋아 있다.

손으로 살갗을 만져 봤다.

손가락에 전달되는 감촉은…… 땅에 묻혀도 썩지 않는 골인의 인피, 검에 베어도 베이지 않는 마단 무인의 인피와 흡사하다.

"이건!"

엽수낭랑은 깜짝 놀라 경악성을 토해내고 말았다.

독사가 말했다.

"상처는 자연적으로 치유될 거야. 마단은 음경지의를 살아 있는 사람에게 활용하는 단계까지 발전했군. 우리가 만날 마단 무인들은 끔찍한 괴물들이겠지."

"그, 그럼 교가를 포위한 자들이 마단 무인들이란 말입니까?"

통음이 입을 쩍 벌리며 물어왔다.

"광안을 벤 자…… 대충 짐작할 수 있겠어. 철망을 빠져나올 때 흡사한 사람이 있었지. 신신, 오공사수의 네 제자 중 한 명. 처음 광안과 잔심마도를 추적했던 일곱 명은 신신의 제자인 칠절풍이 되겠군."

독사의 말은 통음의 물음에 대한 확실한 답변이었다.

"맙소사! 현문이 아니고 마단이었네!"

"신신은 내게 보여주고 싶은 게 있었던 거야. 멸혼촌의 존재 이유였던 골인의 완성. 몽환소와 사활근맥단으로 탈태환골(奪胎換骨)시키고, 음경지의를 이용하여 금강불괴(金剛不壞)로 만든다. 삼류무인을 일약 최대 고수로 탈바꿈시킬 수 있는 획기적인 방법이지. 그게 완성됐어."

'아냐. 아냐! 그럴 리 없어!'

엽수낭랑은 광안의 상처에서 눈을 떼지 못했다.

독사의 말이 맞다. 마단의 공부는 완성되었다. 완성되지 않았다면 광안의 살결은 썩는 과정으로 진행되어야 한다. 하지만 상처는 낫는 과정으로 진행되고 있다. 손을 쓰지 않아도 상처는 자연적으로 회복되는 과정을 밟아 나가고 있다.

믿을 수 없지만 틀림없는 완성이다.

당문은 어떻게 되었을까? 당문에 인피와 음경지의를 전달했는데 성과를 얻어냈을까? 얻지 못했을 게다. 멸혼촌에는 당문제일독이라고 칭할 수 있는 당진도가 있었다. 몇십 년 동안 몽환소와 사활근맥단의 굴레에서 벗어나고자 몸부림쳤다.

당진도는 아무것도 얻지 못하고 죽었다.

당문이 사천제일독이라고는 하지만 인피와 음경지의에서 무엇인가를 얻어내려면 몇십 년은 소용되리라.

"자, 광안은 염려 말고 돌아가서 푹들 쉽시다. 쉴 날도 얼마 남지 않은 것 같은데."

독사가 태평스럽게 기지개를 쭉 켜며 방을 나섰다.

만월기루가 교가에 자리잡은 이후 처음으로 손님을 받지 않았다. 해가 서녘으로 넘어간 이후에야 활기를 찾기 시작했는데, 오늘은 대낮부터 오가는 사람들로 분주했다.

일문(一門)의 개파를 기루에서 한다는 것도 기문(奇聞)이다.

뇌궁은 여러 가지에서 화제를 뿌렸다.

"후원에는 상을 몇 개나 놓을까요?"

"전부 준비해, 예정대로."

혜월이 경대 앞에 앉아 머리를 매만지며 말했다.

그녀는 명목상 만월기루의 루주다.

오늘 그녀가 맡은 일은 총관(總管) 겸 지객주(知客主) 역할이다.

음식을 비롯하여 제반 준비를 하느라고 지난밤을 꼬박 밝혔지만 피곤한 몸을 잠시 뉘일 틈도 없이 분주하게 오가야 할 처지다.

어느 문파나 사람을 맞이하는 사람이 가장 바쁜 법이지 않은가. 더군다나 개파식에 필요한 모든 물품과 음식까지 도맡은 처지에서는 더더욱 그렇다.

하지만 실상은 그렇지 않았다.

오늘이 과연 개파식인가 싶을 만큼 손님이 방문하지 않았다. 오가는 사람들은 많지만 모두 물건을 나르거나 음식을 준비하는 사람들뿐이고 무인으로 짐작되는 사람은 코빼기도 비치지 않았다.

혜월은 꼭두새벽부터 두 시진째 거울 앞에 앉아 머리만 매만졌다.

개파식이 벌어지는 날, 이렇게 한가해도 되는 것일까.

기대는 애당초 하지 않았다. 교가에 머물던 사람들은 사천오주가 빼가고 들어오는 사람들은 마단이 막아선다. 그 틈을 비집고 들어서는 사람은 대단한 사람이리라.

만월기루의 각 방에 음식상이 빼곡이 차려졌다. 후원에는 차양막을 설치했고, 차양막 안에는 군웅들이 앉을 수 있는 의자가 가득했다.

후원 한쪽에는 사단(四段)으로 설치된 대(臺)가 있었고, 대 위에는 의자 십여 개가 놓였다.

정오.

군웅들 자리에는 수많은 사람들로 북적거렸다. 뇌궁 문도가 앉아 있을 자리에도 독사를 비롯해 십여 명이 자리했다.

"개파를 선언하시오."

독사의 명이 떨어지자 마천옥이 일어나 대 한가운데로 나갔다.

"무림동도 여러분, 먼 길을 마다 않고 와주셔서 감사합니다. 그럼 이제부터 뇌궁의 개파식을 거행하겠습니다. 갑신년(甲申年) 십일월(十一月) 초하루, 무림동도께서 지켜보시는 가운데 만무대형 설서린을 궁주님으로 모시고 뇌궁 개파를 선언합니다. 본 뇌궁은 정(正), 의(義), 신(信)을 중시하며……."

마천옥이 달변을 청산유수(靑山流水)로 뽑아냈다.

반 각 동안 이어진 마천옥의 선언이 끝나자 엽수낭랑이 나섰다. 자하부주의 입장에서 나선 것이다.

그녀는 순식간에 삼 장을 치달려 미리 준비해 놓았던 싸리나무에 일도를 쳐냈다.

싸리나무는 베어지지 않았다. 분명히 도광이 일렁거렸는데, 삼류무인이라도 가지 하나쯤은 잘랐을 법한데 싸리나무는 멀쩡했다.

엽수낭랑이 밝은 웃음을 지으며 싸리나무를 건드리자 멀쩡하던 나무가 추풍에 휘날리는 가랑잎처럼 우수수 떨어져 내렸다.

"와아!"

여기저기서 탄성과 함께 박수가 터져 나왔다.

다음으로 나선 사람은 살탑주 신검서생.

그는 철선(鐵扇)을 꺼내 들고 간주 기가의 섭공(攝功) 육초식을 시연했다.

"와아!"

"야! 최고다!"

곳곳에서 경탄이 터져 나왔다.

개파식에서 시연하는 무공은 문파의 실력을 과시하는 계기가 된다. 많은 사람들이 입에서 입으로 전달할 것이고, 뛰어난 무공 같으면 당장 무림 전체로 퍼지게 된다.

독탑주 당한이 수리검 시연을, 구탑주 신령이 창술 시연을 마치자 마천옥이 다시 나섰다.

"무림동도 여러분, 감사합니다. 감사합니다. 그럼 지금부터 변변치 않지만 준비된 음식이 있으니 마음껏 즐겨주시기 바랍니다. 잔치는 사흘간 지속될 예정이니 음식이 맛있다고 처음부터 너무 과식하지는 마십시오. 하하하!"

"좀 더 보여줘요!"

"하나만 더 봅시다!"

군웅들이 무공 시연을 보고 싶어서 고래고래 고함을 질러댔다.

무림인이라면 예의를 알 텐데 이들은 예의 따위는 전혀 아랑곳하지 않았다. 이들에게 예의를 기대할 수도 없는 것이 무공 시연은 어쩌다 한 번, 개파같이 중대한 때나 잠깐 선보인다는 사실 자체를 알지 못했기 때문이다.

대 위에 있던 뇌궁 고수들이 자리에서 일어서자 군웅 자리에 있던 사람들도 따라서 일어섰다. 더 이상은 졸라대도 볼거리가 없다는 것을 깨달았으니까.

사람들은 아리따운 기녀들에게 이끌려 기루 안으로 들어갔다.

곧 이어 흥겨운 악기 소리와 함께 왁자지껄 떠드는 소리가 만월기루 곳곳에서 새어 나왔다.

"끝났군요."

혜월이 독사를 보며 말했다.

"우린 저 사람들에게 빚이 있소. 며칠 되지는 않지만 최대한 대접해 주시오."

"걱정 마세요. 이 사흘간 잔치를 위해서 일 년 동안 벌어들인 것을 고스란히 내놨으니까요."

무림군웅들, 그들은 어린 사람들이었다. 검이라고는 한 번도 쥐어보지 못한 사람이 태반인 사람들.

무림인이 단 한 명도 참석하지 않은 뇌궁의 개파식은 십일월 초하루 미시 초(未時初)를 기해 마무리되었다.

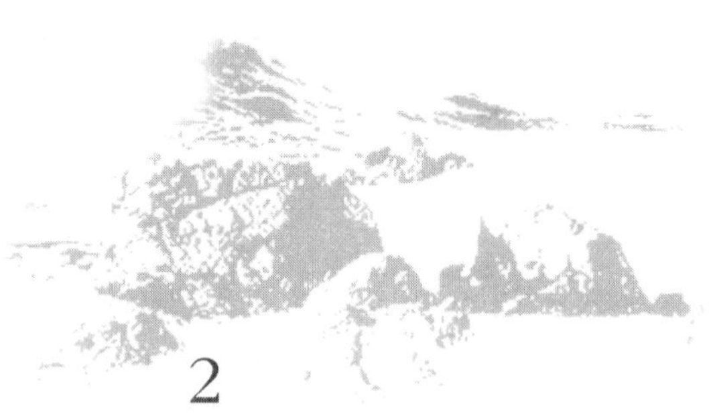

2

빛 한 점 없는 어둠은 칙칙한 죽음의 기운을 내포했다.

포근하다거나 부드럽다는 느낌을 주는 어둠도 있지만 태황전(太皇殿)의 어둠만은 늘 공포심을 자극했다.

어둠 속에서 젊고 강팍한 음성이 들려왔다.

"뇌궁이 개파를 했다고?"

"네."

"신신에게서 경고를 받았는데도 개파를 했다고?"

"네."

"현문 사정은?"

"천 자 배 무인들이 단파를 수련하고 있습니다."

오공사수는 습관적으로 지네를 꺼내 씹었다.

딱딱한 껍질이 으적 씹히며 텁텁한 내장 맛이 입 안 가득 퍼졌다.

"쯧! 뭐가 맛있다고……."

"한번 드셔보시지요. 처음에만 그렇지 입맛이 들리면 이놈만한 군것질거리도 없습니다."

"현문과 부딪칠 경우 예상 피해는 어느 정도인가?"

"그럴 생각이십니까?"

"생각 중이야."

"수무전(收武殿) 문도 전멸. 염라단(閻羅團)은 반사(半死). 이 정도일 겁니다."

"현문은?"

"글쎄요? 전례로 봐서 십이대는 동원하지 않겠죠. 그러니 십이대는 모두 살아남을 것이고, 십일대인 천 자 배는 한두 명 정도 목숨을 건질 겁니다."

"이번에는 우리의 절대적인 우세군."

"마령피(魔靈皮)를 완성했으니 당연한 결과겠죠. 염라단을 반쯤 계산한 것도 단파를 십성 수련해 냈다고 가정했을 때입니다. 십성에 미치지 못한다면 피해는 그보다 적을 겁니다."

"힘이 남는다면 현문 총단도 무너뜨려야겠군."

"대항할 만한 자는 칠잔앙과 불곰 외엔 없으니 무너질 수밖에 없습니다."

"석정하와 막세건의 무공은 어떤가?"

"이제 겨우 천 자 배 수준이랄까…… 아직 멀었습니다."

결과적으로 싸움이 벌어지면 현문은 무너질 수밖에 없다.

"다른 변수는?"

"일어날 것이 없습니다. 독사 그놈…… 하하! 참 묘한 곳에 자리를 잡았죠. 교가란 곳은 삼면이 산으로 둘러싸인 곳입니다. 다른 한쪽은 강이 가로막고 있죠. 외통수입니다. 공격하는 쪽은 물러설 곳이 있으나 뇌궁은 전멸하거나 물리치거나죠.”

“현문이 들어설 때 포위를 풀고 들어선 다음 가둔다. 포위망을 지속시키는 한 변수가 발생할 가능성이 없군.”

“그렇습니다.”

“좋아.”

“칠 생각이십니까?”

“생각 중이라고 했잖아. 다음은 뇌궁. 현재 독사의 무공 정도는?”

“글쎄요… 요명산에서 보여준 신위 같으면 저도 감당하기 힘들 것 같습니다.”

“그 정도인가?”

“그렇습니다.”

“겨우 막세건을 기도(氣度)로 누른 것뿐인데 너무 과장하는 것 아닌가?”

오공사수는 다시 지네 한 마리를 꺼내 으적거렸다.

“후후후! 정확히 평가했다는 소리군. 말로 해, 그놈의 지네 씹는 소리는 어제 먹은 것까지 게워내게 만드니까.”

“비위가 약하시군요. 하하!”

오공사수, 그는 마단주와 편안하게 말할 수 있는 단 한 사람이다.

마단주는 벗이 없다. 지인도 없다. 아내도 없고, 자식도 없다. 사람과 얼굴을 마주하는 일도 없다. 해가 뜨고 지는 하루라는 시간 동안 명령을 내리든 농담을 하든 입을 열 기회조차도 드물다.

어쩌면 세상에서 가장 고독한 사람일지도 모른다. 그렇기에 편안하게 말할 수 있는 자신에게는 썰렁한 농담까지 던지는 게다.

'어제 먹은 것을 게워낸다' 는 말은 마단주가 할 수 있는 최대의 농담이었다.

마단주와 같은 인생이라면 천하제일고수로 추앙받더라도 불행한 삶일 수밖에 없다.

오공사수는 마음이 아팠다.

"독사 그놈… 정말 전신(戰神)이었던 게군. 이해할 수 없단 말야, 암혼사로 어떻게 그런 성취를 얻을 수 있는지."

현재까지 무림에 전해진 무공 중 절대무는 존재하지 않는다는 게 마단의 정립된 의견이었다. 무림 태산북두인 소림사의 칠십이종절예도 절대무는 아니라고 규정지었다.

존재하지 않으니 창안해야 한다. 수많은 시행착오가 반복될 터이고 희생도 따르겠지만 시도해 볼 가치는 있다.

마단에서는 남아도는 것이 시간이다.

마단주가 무림제패에 뜻을 두지 않는 한 절대무의 완성은 유일한 삶의 낙(樂)이다.

다양한 방법으로 절대무에 도전했고, 대부분은 실패로 끝나고 말았다. 하지만 한 가지 방법을 시도할 때마다 새로운 희망으로 가슴이 부풀어 올랐다.

실패가 되었든 성공이 되었든 결과는 연연하지 않는다. 절대무를 향해 매진하고 있다는 과정을 즐기면 된다. 시간은 남아도는 것, 언젠가는 절대무를 완성할 날이 올 터이니.

그런데 독사는 현재 존재하는 무공인 암혼사로 누구도 꺾을 수 없는 강자의 위치로 올라서고 있다.

절대강자인가 아닌가는 냉엄한 심판이 남아 있지만 마단주와 더불어 가장 근접하고 있는 것만은 사실이다.

암혼사…… 이미 존재하고 있는 무공으로.

오공사수가 말했다.

"요즘 들어서 어쩌면 이미 존재하는 무공 중에 절대무가 있지 않을까 하는 생각이 듭니다. 수련자의 자질이 부족해서 그렇지 자질만 뛰어나다면. 독사는 암혼사를 수련했지만 현문도라면 누구나 알고 있는 묵천신공을 수련했어도 지금처럼 강해지지 않았을까 하는 생각이 드는군요."

"절대무는 없고 천하제일인은 있다는 말인가?"

"무공이란 상대적이니까요."

"생각해 볼 만한 말이군. 그전에 독사의 무공을 똑똑히 봐야겠어. 무천문 동태는 어떤가?"

"무천오각 중에서 사각과 오각이 은밀하게 교가로 집결하고 있습니다. 포위망에 근접하지 않는 것으로 봐서는 현문과 우리의 싸움을 관찰할 목적이 아닌가 싶습니다."

"후후후! 여우가 꾀를 부리고 있군. 관찰 가지고는 안 되지."

"무슨 말씀인지 알겠습니다."

오공사수는 가볍게 허리를 굽혀 보였다.

"불똥이 다른 문파에 튀지 않도록 조심하고. 사천무림이 모두 검을 뽑는다면 곤란해져."

"존명!"

"현문이 도착하기 전에 처리하는 게 좋을 거야."

"존명!"

“우리 힘은 차후 싸움을 대비해서 비축해 놓고 철저하게 무천문만의 힘으로 독사 힘을 보도록 해.”

“알겠습니다.”

“후후후! 누가 이길 것 같은가?”

“어른과 어린아이의 싸움입니다. 뇌궁은 서른 명도 안 됩니다. 그야말로 절대무를 익히지 않은 이상은… 이건 싸움이라고 할 수도 없습니다.”

“너무 염려하지 않아도 될 거야. 독사 그놈은 우릴 노리고 개파를 한 놈이니까. 우릴 상대하려는 놈이 무천문을 상대하지 못한 데서야 말이 되나.”

“패하면 어떻게 할까요?”

“뇌궁 생존자 모두 죽이는 게 좋겠지.”

“이기면 어떻게 합니까?”

“불가능한 일을 묻고 있군.”

“…….”

“이긴다면, 인정하기는 싫지만 절대무에 근접했다고 봐야겠지. 절대무를 수련했다면 하늘도 죽일 수 없지만, 근접한 자는 죽일 수 있어. 하늘의 죽음을 안겨주도록.”

빛 한 점 없는 어둠의 대청에서 독사의 운명은 결정되었다.

패자의 죽음과 승자의 죽음으로.

오공사수는 태황전을 물러난 후 한참 동안이나 멍한 표정으로 서 있었다.

처음에는 가볍게 시작한 대화였는데 나중에는 심각해지고 말았다.

독사에게 내려진 패자의 죽음은 현 상태 유지를 말한다.

독사가 무천문에 무너진다면 현문은 나설 일이 없어진다. 마단도 현문과 싸울 필요 없이 포위를 풀고 돌아오면 된다. 멸혼촌 잔당들이 모두 사라져 버렸으니 마단 내부의 일에만 신경 쓰면 된다.

그러나 독사가 무천문을 이겼을 경우에 내려진 승자의 죽음은…… 마단과 현문의 전면전이다.

무천문이 무너지면 현문은 불가분 뇌궁을 칠 수밖에 없다. 독사는 아귀처럼 달려드는 현문의 먹이가 되어 죽음을 맞이한다, 승자의 죽음을.

그런 후 마단과 현문의 전면전이 시작된다.

마단주는 도박을 걸었다. 독사와 무천문의 싸움 결과에 따라 현문과 싸울 것인지 말 것인지 결정하기로.

'피가 많이 흐르겠군. 후후후! 그나마 다행이지, 싸움터가 교가로 한정되었으니. 독사…… 정말 마음에 드는군.'

날씨가 부쩍 차가워졌다.

올 겨울은 몇몇 문파에게는 지독히 추운 겨울이 되리라.

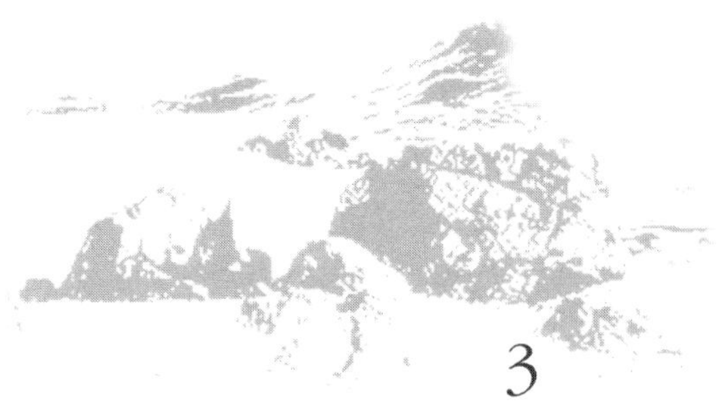

3

무천문에는 별채 형식으로 각기 독립된 전각 여섯 개가 육모를 이루며 서 있고 중심지에는 무천문주의 전각이 자리하고 있다.

마치 벌집과 같은 구조로 중원무림에서도 가장 독특한 구조다.

각 전각 사이에는 높은 담장이 쳐져 서로 간의 왕래를 금한다.

전각을 에워싼 담장에는 문이 두 개 있다.

무천문을 벗어나는 문과 문주의 전각으로 향하는 문. 전각에서 전각으로 이동하려면 밖으로 나가서 들어가던가, 문주의 전각을 거쳐서 들어가야 한다. 하지만 다른 전각으로 갈 일은 없다. 서로 간의 왕래를 금한 만큼 다른 전각에 갈 일도 없기 때문이다.

그런 연유로 같은 무천 무인끼리도 몇 년 동안 얼굴을 보지 못하는 경우도 생긴다.

무천 무인들은 각 전각의 이름을 알고 있다.

다섯 개는 제일각에서부터 제오각으로, 다른 하나는 연무각(緣武閣)
이라고 불린다.

무천문주가 거처하는 전각의 명칭은 청룡각(靑龍閣)이다.

청룡각을 출입할 수 있는 자는 정주(正主) 이상이며, 그 외에 자가
출입할 경우에는 유난히 많은 청룡상이 불을 뿜는다. 삼백예순다섯 가
지의 암기가 숨어 있는 청룡상이 무려 오십여 개나 즐비해 있으니 함
부로 들어설 엄두가 나지 않는 곳이다.

이런저런 이유로 무천 무인들은 다른 전각을 출입하지 않는다.

그들이 유일하게 자유로이 출입할 수 있는 전각은 연무각으로 독사
에게 죽은 한림처럼 무인의 자질도 없으면서 돈으로 무공을 사고자 하
는 자들을 거두는 곳이다.

다른 전각의 무인들과 안면을 익힐 수 있는 곳도 연무각뿐이다.

연무들을 수련시키다 보면 다른 전각에서 온 자와 만날 때가 있고,
그때만은 자유로이 교분을 쌓을 수 있다. 그러나 그것 또한 지극히 한
정된 몇 명에 해당될 뿐이지 대다수의 문도들은 자신이 소속된 전각이
무천문의 모든 것인 양 생각하며 생활한다.

제사각 무인들과 제오각 무인들은 십 년에 한두 번 있을까 말까 한
동행을 했다.

서로가 이름자는 들어봤고 개중에는 안면이 익은 자도 있지만 무리
대 무리로 섞이는 것은 무리였다. 같은 무천 무인이지만 어색한 감정
을 떨칠 수 없었고, 동행하기 편한 상대를 찾다 보니 같은 전각 무인들
끼리 뭉치는 결과를 가져왔다.

"숙영을 따로 하는 게 오히려 편하겠는데."

"그렇지? 나도 그 생각이야. 아까 사각 놈하고 이야기를 했는데, 사

각 놈들… 사각 무공이 제일 강하다고 씨부렁거리더만. 한 대 쥐어박고 싶은 걸 간신히 참았지."

"이야기는 뭐 하러 해."

"사각은 주로 무슨 일을 하는지 궁금해서 물어볼까 하고 말을 건넸지. 누가 그 따위 소리나 주절거릴 줄 알았나."

자신의 전각에 대한 자부심은 사각과 오각 무인들의 경쟁심을 유발시켰고, 도가 지나쳐서 약간의 실수도 용납하지 않는 지경에까지 이르렀다.

결국 제사각주와 제오각주는 숙영지를 분리하기로 결정했다.

제사각과 제오각은 교가로 들어가지 않았다.

어느 문파인지 알 수는 없지만, 일단의 무리가 교가를 포위하고 있다는 점을 간파해 냈다.

싸우려고 온 것이 아니다. 그들의 무공이 어느 정도인지 파악하기 위해서 왔다. 포위하고 있는 무리와 부딪칠 필요는 없다. 즐거운 기분으로 그들이 싸우는 모습을 지켜보기만 하면 된다.

그러나 마냥 즐겁지만은 않다. 사실 사각이나 오각 무인들 중 단순하게 무공 파악만 하기 위해 교가로 왔다고 생각하는 무인은 없다. 그 정도의 간단한 임무에 두 각의 정예인 백여 명이 총동원되어야 한단 말인가.

각주는 만일을 위해서라고 했다.

이쪽은 구경만 하려는데, 뜻하지 않게 시비가 붙게 되고 전장에 휘말릴 경우를 대비해서라고.

그 말도 믿지 않는다.

지금까지 경험상 문주님과 각주님의 말은 절반쯤 꺾어들어야 정신 건강에 좋다.

무엇인가 속 내용이 있으리라.

마단의 존재 자체를 모르는 무천문 무인들 대부분은 현문이 뇌궁을 초토화시킨다는 정도로만 생각했다. 또한 자신들의 용도가 어쩌면 현문의 뒤통수를 치는 일일지도 모른다고 비약해서 지레짐작할 뿐이었다. 설마 자신들을 일거에 쓸어버릴 수 있는 문파가 있으리라고는 까마득히 몰랐다.

"우린 요 앞 개울가에서 숙영한다."

제오각 제삼정(第三正) 정주(正主) 왕애검(王愛儉)이 수하들을 둘러보며 말했다.

"제길! 이젠 잠자리마저 빼앗기는 겁니까? 이런 법이 어디 있습니까? 이런 들판에 임자가 있는 것도 아니고 아무나 먼저 자리잡으면 그만이지, 꼭 그렇게 바깥쪽으로 밀어내야 속이 편하답니까?"

하련열(夏連悅)이 투덜거렸다.

상명하복(上命下服)을 문규(門規)에 넣을 만큼 규율이 엄격한 무천문에서 문도가 정주에게 투덜거리는 일은 있을 수 없다. 하지만 언제부터인가 제삼정에서는 그런 일이 벌어지기 시작했고 왕애검도 문제 삼지 않았다.

왕애검은 하련열을 상대하지 않고 다음 말을 이었다.

"숙영을 하니 불침번도 서야지?"

퉁 하면 텅이다. 왕애검의 말뜻을 이해하지 못할 사람은 아무도 없다. 오히려 너무 잘 이해해서 탈이다.

"해도해도 너무하네. 아, 우린 제삼정이잖아요. 제삼정부터 불침번을 서는 경우도 있답니까."

"하련열, 넌 너무 말이 많아. 기왕 할 것 좋은 기분으로 해라."

"기분이 좋아야 좋은 기분이 드는 거죠. 이런 푸대접을 받으면서 어떻게 좋은 기분이 듭니까."

정주가 미워서 하는 말은 아니다. 왕애검은 정주이자 사부이니 누구보다도 존경한다. 그냥… 그냥 너무 억울해서 쏟아져 나오는 말일 뿐이다.

정주가 각주에게 신뢰를 잃으면 수하들이 피곤하다.

고난이 시작된 것은 그때부터다. 옛날 영은촌의 독사를 추살하는 임무를 맡았을 때.

그 일은 일 같지도 않은 일이었지만 노느니 유람이나 하자는 심정에서 즐거운 기분으로 받아들였다. 그러나 무려 여섯 놈이나 놓치고 말았다.

독사, 불곰, 쇠스랑, 계두, 돌주먹, 대물, 사팔.

한림의 죽음과 연관된 놈들을 모두 놓쳐 버린 것이다.

하도 어처구니없는 일이라서 몇 년이 지난 지금까지도 그놈들의 이름 같지 않은 이름까지 기억하고 있다.

맞아 죽어 길바닥에 널브러져 있어도 동정조차 받지 못할 인간들을 추살하지 못한 대가는 혹독했다.

파락호들의 추적이 불가능해졌을 때 무천문은 사건을 접었다. 한가장으로부터 얻어낼 만큼 얻어냈고, 얻어낸 만큼 생색을 내줬으니 파락호들 몇 명 잡자고 눈에 불을 켤 이유는 없었다.

그러나 무천문에 돌아와 보니 대하는 모습들이 예전 같지 않았다.

따가운 눈총, 무언의 무시.

그깟 파락호 몇 명 잡지 못했냐는 무시를 넘어선 질책은 헤어나지 못할 올가미가 되어 제삼정을 휘어 감았다.

그때부터 모든 궂은일은 제삼정에게 떨어졌다. 더군다나 시함온(施涵蘊)에게 죽은 줄 알았던 독사가 버젓이 살아 있고, 살아 있는 것도 모자라서 뇌궁이라는 문파를 개파한다고 하니 입이 열 개라도 할 말이 없다.

"이인(二人) 일조(一組)로 한 시진 간격마다 교대해. 처음은 류취평(劉翠萍)과 범산(範山)이 서."

"이런 황량한 곳에 누가 온다고……."

류취평도 투덜거렸다. 그러나 명을 거역할 생각은 없어서 검을 들고 일어섰다.

류취평과 범산은 불침번을 선다는 사실도 망각하고 농을 주고받기에 여념없었다. 큰 나무에 등을 기대고 눕다시피 앉아서 이런 이야기 저런 이야기를 주고받았다.

"파락호가 몇 년 사이에 초절정고수가 되었다는 게 이해돼?"

"그게 어떻게 이해되나. 그럼 나는? 나는 병신이었단 말이야? 어떤 놈은 그동안에 초절정고수가 되었는데 어떤 놈은 불침번이나 서고 있으니 완전히 병신이네?"

"독사 그놈이 뇌궁 궁주라잖아."

"그것참…… 꼭 귀신에 홀린 것 같단 말이야. 독사 그놈, 허수아비 궁주 아냐?"

"허수아비 궁주?"

"왜 있잖아, 겉으로 껍데기를 내세우고 실질적으로 움직이는 자는 뒤에 숨어 있는."

"하기는……. 일이 이렇게 되어가는 걸 보니 현문이 공격할 것을 알고 있었나 보지? 그럼 누굴까? 암중에 숨어 있는 자는."

"잠깐……."

류취평이 범산의 말을 끊었다.

범산도 이상한 기미를 알아채고 검을 움켜잡았다.

저벅! 저벅……!

누군가 걸어오는 발자국 소리가 들렸다.

한두 명이 아니다. 무려 이십여 명에 이른다.

류취평이 손가락으로 아랫입술을 움켜잡고 휘파람을 불려고 했다.

"잠깐. 가만있어 봐. 저거 사각 같은데?"

"사각? 사각이 왜 여길 와?"

"낸들 아나."

어둠 속에서 뚜벅뚜벅 걸어오는 자들은 백색 무복을 입었다. 조금 더 가까이 다가와 얼굴을 식별할 수 있을 정도가 되었을 때는 가슴에 새겨진 천(天) 자(字)도 보였다.

천수(天手), 무공이 일정 경지에 이르러서 무천문 이름으로 무림 활동을 해도 좋다고 인정받은 무인. 현재 연무각을 제외한 오각 무인들은 전부 천수다.

사천무림에서 무복에 '천'이라는 글자를 새겨 넣는 문파는 모두 세 군데다. 한 군데가 무천문이고, 다른 한 군데는 천류문(天流門)으로 '천류'라는 글자를 새겨 넣는다. 또 한 군데는 비천문(飛天門)으로 '비천문'이라는 문파명을 새겼다.

그것도 오래전 이야기다. 사천오주 중 일주인 무천문이 가슴에 '천'
을 새겨 넣자 천류문은 소맷자락으로 위치를 바꿨고, 비천문은 아예 글
자를 빼버리고 대신 문양을 넣었다. 무천문에 대한 예의로.

현재는 무복 가슴에 '천'이라는 글자를 새겨 넣은 문파는 무천문밖
에 없고, 천 자가 새겨진 무복을 입을 수 있는 사람은 천수들뿐이다.

범산이 긴장을 풀며 말했다.

"사각이 이곳엔 웬일이야?"

사각 무인들은 말이 없었다. 한 걸음 두 걸음 묵묵히 걸음을 떼어놓
아 범산 코앞까지 바짝 다가섰다.

'기분 나쁘네.'

경계심이 다시 돋워졌다.

같은 문도에게 경계심이 든다는 것은 말이 되지 않지만 본능적인 느
낌만은 숨길 수 없었다.

제일 앞에 선 자는 좌측 머리 끝 부분부터 턱 끝까지 긴 검흔이 새겨
져 있다. 지금은 검흔에 불과하지만 상처를 입었을 때는 머리 반쪽 정
도는 갈라지는 중상이었으리라. 그 정도의 상처라면 대부분은 죽게 마
련인데 억세게도 운이 좋은 자다.

'무천문에 이런 자가 있었나?'

범산은 류취평을 쳐다봤다.

마침 류취평도 범산에게 고개를 돌리는 중이었다. 그때 검흔이 새겨
진 자의 입에서 상상 밖의 말이 튀어나왔다.

"십팔귀."

'십팔귀? 십팔귀라니?'

그러나 대답은 있었다.

"넷!"

검흔이 새겨진 자와 같이 온 자들.

"시작해라."

'적이닷!'

류취평은 황급히 검을 뽑았다. 그러나 검이 검집에서 미처 반도 뽑히기 전에 눈앞에서 번쩍이는 섬광을 보았다.

"끄…… 윽!"

비명도 새어 나오지 않았다. 정확히 목젖을 베어버린 검은 소리가 새어 나올 틈도 주지 않으려는 듯 단숨에 목울대를 잘라 버렸다.

정주는 최대 열 명의 수하를 거둘 수 있다. 정주가 거둔 수하는 살든 죽든 정주의 책임이다.

수하 겸 제자가 되는 것이다.

당금 무천문 정주들은 자신들이 거둘 수 있는 수하들을 최대한으로 거뒀고, 열 명 모두 천수가 될 수 있을 만큼 각고의 수련을 시켰다.

무천문이라는 위명 앞에 도전하는 자가 없었고, 사천무림이 태평세월을 구가하는 덕분에 정주들은 제자들을 수련시키는 데 몰두할 수 있었다.

무천문 무인들은 어디 내놔도 제 몫을 다해낼 듬직한 사내들이다.

왕애검은 그런 제자들에게 겨우 불침번이나 시키는 현실이 안타까웠다. 하지만 각주의 신뢰를 회복하기 위한 노력은 하지 않았다. 신뢰란 자연스럽게 회복되어야지 무리해서 회복시키려 했다가는 반드시 탈이 나는 법이다.

자신만 충실하면, 충정이 우러나는 행동으로 일관하면, 행동과 마음이 똑같다는 것을 알게 되면, 어떤 정주에게도 뒤지지 않을 무공을 구비하고 있으면, 부여받은 일을 매끄럽게 처리하면 각주의 신뢰는 얻고 싶지 않아도 얻게 된다.

신뢰를 잃은 것은 일을 제대로 처리하지 못해서다. 그렇기 때문에 먼저 일보다 두 배, 세 배는 힘든 일을 매끄럽게 처리해야만 신뢰를 회복할 수 있다.

그는 팔베개를 하고 누워서 하늘에 촘촘히 떠 있는 별을 바라봤다.

귓가에 시함온이 투덜거리는 소리가 들려왔다.

"이놈들, 왜 이렇게 안 와. 출출해 죽겠는데."

밝은 대낮에 민가가 있는 것을 보았다. 숙영지에서 삼백여 장이나 떨어진 곳이지만 한달음에 달려갔다 올 수 있다. 네 명이 야참을 구하기 위해 민가로 갔는데, 한 시진이 훌쩍 넘도록 아무 소식이 없는 것이다.

"내가 갔다 올까?"

양붕(楊鵬)의 음성도 들려왔다. 보나마나 어둠 저편을 바라보며 말하고 있으리라.

"관둬. 괜히 길이나 엇갈려. 돌아올 때가 되었는데……. 그깟 닭 몇 마리 구해오는 데 이렇게 시간이 오래 걸리나. 그러니 푸대접을 받지."

왕애검은 벌떡 일어났다.

사사사삭……!

"끄…… 윽!"

이상한 소리가 들려온다. 지극히 미미한 소리지만 분명히 사람 움직이는 소리였고 비명 소리였다.

"쉿!"

황급히 제자들의 입을 봉쇄한 후 온 신경을 귀에 모았다.

사사삭!

"흡!"

'암습? 암습이닷!'

분명히 사람 죽는 소리다. 비명도 새어 나오지 못하게 입을 틀어막고 칼을 찔러 넣는 소리다.

제자들의 행동도 민첩했다.

시함온, 양붕, 유기역(柳琪譯), 단문걸(段文杰).

최강으로 키운 무인들답게 검을 뽑아 들고 왕애검을 중심으로 동서남북 사방을 경계하기 시작했다. 비록 무천문에서는 천대를 받고 있지만 긴 설명하지 않아도 스스로 사태를 파악할 능력은 기본적으로 구비한 무인들이다.

'무천문을 공격했다는 것은 상대도 고수라는 뜻이겠지. 오각 정도는 무너뜨릴 자신이 있으니까 공격했을 테고.'

검을 뽑아 좌우로 흔든 다음 앞으로 쭉 뻗었다.

암습해 온 적처럼 은밀히 숨어서 행동하되, 틈이 발견되면 가차없이 처단하라는 무천문만의 신호다.

땅에 쓰러져 있는 자는 백색 무복을 입었다. 또한 그는 피를 흘리고 있다. 어두워서 어디를 어떻게 상했는지, 피는 얼마만큼 흘렸는지 모르지만 피 냄새가 진하게 풍겨난다.

왕애검은 주위를 살피며 쓰러진 무인에게 다가가 코에 손을 댔다.

숨이 흘러나오지 않는다.

일정(一正)이 고스란히 당했는지 십여 명쯤 되는 자들이 여기저기 쓰러져 있었다. 이들은 암습을 전혀 생각하지 못한 듯 반항의 흔적이 전혀 없었다.

무인이라면 검이라도 뽑아야 옳다.

한두 명이 죽는 것은 이해할 수 있지만 천수들이 이토록 맥없이 쓰러질 수는 없다.

도대체 암습자들의 무공이 얼마나 강하단 말인가.

이마에서 식은땀이 흘러나왔다.

사사삭……!

미미한 기척은 그러잖아도 잔뜩 긴장하고 있는 왕애검의 감각을 최대한으로 자극했다.

'전면 이 장!'

거리를 직감하는 순간 그의 신형은 어느새 앞으로 치달려 나갔다. 진기는 최대한으로 끌어올려졌고, 검은 어느 방향으로든 뻗어 나갈 수 있게 공격 태세를 갖췄다.

사악!

어둠 속에서 섬광이 흘러나왔다.

왕애검은 섬광을 위로 쳐내고 연이어 무천문의 검초, 삼풍검법(三風劍法)을 전개했다.

미풍(微風), 부드럽기가 버들가지 같다. 검이 있는 듯 없는 듯 소리도 없이 흘러가 사혈(死穴)을 찍어낸다.

상대는 자신의 검이 왕애검의 검과 부딪쳐 위로 쳐들리자 괴이하게 검의 방향을 꺾어 재차 공격해 왔다.

검초가 어떻게 변화했는지도 보지 못했을 만큼 빠른 변화다.

왕애검은 미풍을 공격에 사용하지 못하고 수비로 돌렸다.

깡!

검과 검이 부딪치며 불똥이 튀었다.

손아귀가 찢어졌는지 알싸한 통증이 밀려온다. 그보다 중요한 것은 검으로 전달된 상대의 거력이 팔목을 시큰거리게 만든다는 점이다.

왕애검은 검초를 변화시켰다.

광풍(狂風), 검에 실린 진기가 주변의 공기를 뒤흔든다. 일검에 거목이 절단되고 바위가 박살난다. 환검이든 변검이든 초식 변화가 극심한 검초는 천 근 같은 기운에 눌려 묘용을 잃는다.

광풍을 전개하기 위해서는 전신 진기를 일검에 집중시켜야 한다.

파라라랑……!

검이 울었다. 공기가 진동했다.

슈욱! 슈우우우욱!

상대의 검은 빠르게 다가왔다. 한눈에도 거력이 담겨 있을 검신을 편안하게 받아냈다.

까아앙!

왕애검은 극심한 충격을 받고 비틀비틀 물러섰다.

자신의 검도 묵직했지만 상대의 검은 더욱 무거웠다.

'으음……!'

충격이 극심해서 심장이 터질 듯 가빠왔다. 목구멍으로는 비릿한 피가 솟구쳐 올라왔다. 눈에서 불똥이 튀며 세상이 샛노랗게 변했고 정신마저 아득해졌다.

더욱 기가 막힌 것은 이 지경이 되도록 상대의 검초를 파악해 내지 못했다는 것이다.

'내가 상대할 자가 아니다!'

왕애검이 사용하지 않은 무공은 많다. 그에게 삼풍검법만 있는 것은 아니다. 하지만 하나를 보면 열을 알 수 있는 법. 그가 익힌 어떤 무공도 상대에게는 통용되지 않는다.

그렇다고 이대로 죽을 수는 없지 않은가.

왕애검은 다급하게 진기를 끌어올려 검에 집중시켰다. 본능적으로 시전한 무공은 삼풍검법의 마지막 초식인 천풍(天風)이다. 천풍을 전개하면 검에 응축된 힘이 너무 강해서 약간의 충격으로도 검신이 산산조각나고 만다.

작은 조각으로 갈라진 검편(劍片)은 검이 나아가던 방향으로 득달같이 터져 나가게 되며, 상대는 고슴도치가 된다.

왕애검은 보지도 못한 적을 향해 천풍을 전개했다. 그때 그의 뒤쪽에서 쏜살같이 짓쳐 오는 인기척이 감지되었다.

'틀렸다! 한 명도 벅찬데. 이렇게 된 거 한 명이라도 확실히 죽일 수 있어야…….'

천풍은 마저 전개해 냈다.

그러나 그의 검은 허공을 베고 말았다. 상대는 받아쳐 오지 않았고, 약간의 충격조차도 받지 못한 검은 무기력하게 허공을 흘러갔다.

그 결과는 중대했다. 왕애검은 마지막 한 올의 진기마저 검에 쏟아 부었고, 일검이 실패한 순간에 그는 서 있을 기력조차 남아 있지 않았다.

뒤에서 다가온 인기척이 바짝 몸에 붙어왔다. 그들은 비틀거리는 왕애검의 양 어깨를 잡아챘다.

"정주님! 괜찮습니까?"

'시함온? 위험…… 위험해!'

왕애검은 마음이 바짝 타 들어갔다. 지금 이 순간 상대가 검초를 전개해 오면 시함온과 자신은 죽을 수밖에 없다. 시함온의 무공으로는 상대를 견뎌내지 못한다.

시함온이 말했다.

"갔습니다. 아무도 없어요!"

왕애검은 퍼뜩 정신을 차렸다.

주위를 둘러보자 걱정스럽게 쳐다보는 시함온의 얼굴이 보였다.

그를 상대하던 자는 보이지 않았다. 단 일 검만 내뻗으면 자신을 죽일 수 있었거늘 그냥 물러선 것이다.

찢어진 손아귀에서는 피가 철철 흘러나왔다. 언제 부러졌는지 검은 반 토막으로 잘라진 상태였다.

그러나 더욱 놀랄 일은 아직도 남아 있었다.

왕애검이 옷자락을 찢어 손아귀를 싸매고 있을 때, 주위에서 갑자기 횃불이 당겨지더니 무려 오십여 덩어리에 이르는 불덩이가 솟아올랐다.

주위는 대낮처럼 환해졌다. 더불어서 처참한 광경도 숨김없이 드러났다. 핏물이 모여 내를 이루고 여기저기 드러누워 꼼짝하지 않는 시신들만 즐비하다.

죽은 자들이 너무 많다. 제오각이 전멸했는지 오십여 구에 이르는 시신들이 널브러져 있다.

'제사각…… 너무 늦게 왔어. 오려면 좀 빨리 올 것이지…….'

왕애검의 생각은 이번에도 빗나갔다.

횃불이 가까이 다가왔을 때 왕애검은 너무 놀라 손아귀를 감싸던 행동마저 멈춰 버렸다.

"각… 주님!"

제오각주, 그리고 제오각 무인들.

그들은 예상이라도 한 듯 널브러져 있는 시신들을 보고도 놀라지 않았다.

제오각주가 주변을 쓸어보며 말했다.

"시신에 손대지 마라. 정확하게 살펴야 한다."

제일정주, 제이정주, 제사정주, 제오정주…… . 왕애검을 제외한 네 명의 정주가 일사불란하게 움직여 시신을 살피기 시작했다.

그들이 움직이고 난 후에야 제오각주의 눈길이 왕애검에게로 돌아왔다.

"운이 좋군."

왕애검은 아랫입술을 잘근 깨물었다. 너무 세게 깨물어 살점이 떨어지고 핏물이 흘러나왔지만 왕애검은 고통조차 느끼지 못했다. 육신의 고통이 아무리 심한들 철저하게 버림받은 고통에 비하겠는가.

"죽은 자들은 누구입니까?"

얼음처럼 삭막한 음성이었다. 음성처럼 그의 마음도 차갑게 얼어버렸다.

"연무. 놈들도 무천문을 위해서 뭔가는 해야지."

"연무를 데려왔습니까?"

"다 알면 비밀이 아니지. 이번 일에는 비밀이 많아. 아! 혼자 떨어뜨려 놨다고 섭섭해하지는 마. 누군가는 검을 부딪칠 자가 필요했거든. 정주들 중에서 네 무공이 가장 강하지. 그래서 널 선택한 거야."

"감사하다는 말을 해야 하는 거군요."

"하지 않아도 돼."

"류취펑! 범산! 이 새끼들! 너희만 이렇게 가도 되는 거야!"

울분과 비통함이 함께 섞인 울먹임이 들려왔다.

제삼정 문도들은 암습의 한가운데 버려졌다. 류취평과 범산이 당했다. 닭을 구한다고 민가로 달려갔던 네 명도 돌아오지 않고 있다. 탈이 생긴 게 분명하다.

왕애검은 부들부들 떨리는 손으로 찢어진 손아귀를 감쌌다.

시신들을 살피던 정주들은 곧 돌아왔다.

"암습자는 열일곱에서 스무 명 사이."

제일정주가 말했다.

주변에 흩어져 있는 발자국을 살피기도 하고 죽은 동문들의 상처를 비교 분석한 후 수법, 내공 등 개개인이 지닌 무공의 특성을 분류한 끝이다.

"병기는 검."

제이정주가 말했다.

제이정주는 무공을 깊이 있게 수련하기보다는 다양한 무공을 두루 섭렵하기를 좋아한다. 물론 각 무공마다 상당한 경지를 이뤘다. 한 우물을 파지 않았을 뿐 그의 무공은 정주들 가운데서도 단연 돋보인다.

차기 각주로 물망에 오르고 있으니 두말할 필요가 없는 자다.

덕분에 그는 십팔반(十八般) 병기(兵器)를 모두 소화해 냈고, 병기에 관한 한 타의 추종을 불허한다.

"하지만 사용 수법은 검의 묘용이 아닙니다. 하나는 너무 확실해서 단언할 수 있습니다. 검으로 도법을 구사했습니다. 검병(劍柄)을 가볍게 잡고 검신(劍身)으로 툭 치는 수법. 삼지집도법을 구사할 때 나올 수 있는 상흔입니다."

제이정주가 옆구리에 끼고 온 시신을 내려놨다.

그의 말이 옳다. 두개골이 적당한 깊이까지만 갈라졌다. 정중앙을 정확하게 격타당했으니 검이나 도였다면 머리가 반쪽으로 갈라져야 옳다. 하지만 두개골을 가르고 뇌에 타격을 주는 선에서 그쳤다.

진기를 최대한 아끼고, 속도를 중시하며, 필살초만 전개한다는 도림의 수법이다.

"다른 수법도 있습니다. 이것도 삼지집도법만큼이나 확실합니다."

제사정주도 시신 한 구를 가져왔다.

'사조연격(四鳥連擊)!'

왕애검은 시신을 보자 다른 초식을 생각할 수 없었다.

목덜미에서 옆머리, 정수리, 그리고 반대쪽 옆 머리까지 네 부분에 난 상흔.

각 상흔은 병기를 똑바로 내려친 것이 아니라 비스듬히 올려친 관계로 상흔이 꺾이듯 패어 있다.

간주 기가의 화영검법 제삼초 사조연격이다.

도림 무인과 간주 기가의 후손이 같이 움직일 수 있는 곳은? 뇌궁이다. 도림의 지천도와 간주 기가의 신검서생 기송이다.

제오정주는 각대문파의 정통 무공을 많이 견식했다. 무공이 시연되는 곳이라면 제일 먼저 달려가는 사람이 그이니 제오각 정주들 중 견문이 가장 넓다고 할 수 있다.

그는 청성파의 칠십이파검을 찾아냈다. 당문 암기인 매화수전(梅花袖箭)의 흔적도 찾아냈다. 매화수전이 사용되었다고 해서 꼭 당문도라고 단정 지을 수는 없지만, 작은 화살을 비수처럼 사용하여 이토록 정확하게 사람을 죽일 수 있는 문파는 당문밖에 없다.

뇌궁이거나 사천무림 전체가 적이다.

왕애검은 뇌궁이라고 결론지었다.

제오각주가 왕애검을 힐끔 쳐다본 후 말했다.

"삼정주가 부딪친 자는 벽력도제의 사리일잠도를 사용했지. 담견도(擔肩刀)에 이은 사삭도(斜削刀). 미풍을 받아낸 초식과 광풍을 받아낸 초식이 동일했어."

'사리일잠도!'

왕애검은 직접 손속을 부딪치고도 상대의 무공을 이제야 알게 되었다. 절전된 것으로 소문난 사리일잠도가 다시 세상에 나왔는가.

제오각주가 말했다.

"알 만한 것은 모두 알았다. 시신을 수습해라!"

물고 물리고

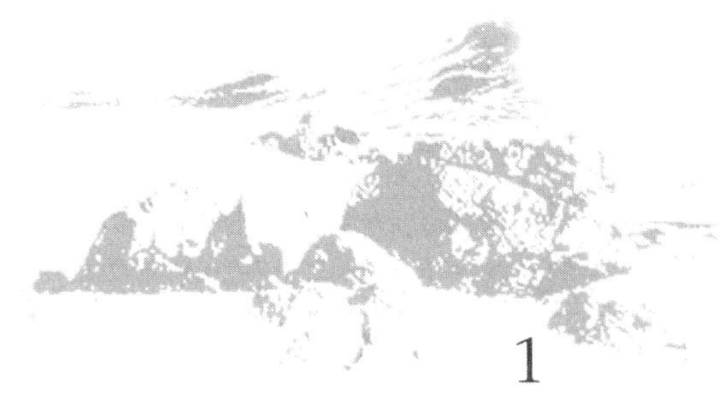

1

묵고 묵리고

무천문주는 연공실로 들어선 후 횃불을 밝혔다.

환한 불빛이 방원 십여 장에 이르는 연공실 내부를 밝혀주었다.

무천문주의 전각 지하에 마련된 연공실은 시비는 물론이고 호법(護法)들조차 들어올 수 없는 그만의 공간이다.

문도들은 문주의 전각에 함부로 들어올 수 없고, 전각에 들어설 자격을 가진 사람이라도 연공실 근처에는 얼씬거리지도 못한다.

연공실에서 바깥과 통하는 곳은 그가 들어온 암석 문과 공기를 끌어들이기 위해 장치해 놓은 쇠 대롱 네 개뿐이다.

쇠 대롱은 굵기가 손가락만하고 길이는 십여 장이 넘는다. 땅속에 매설된 대롱이 어디로 향하는지는 무천문주밖에 모른다.

무천문주가 연공실로 들어서면 그를 어찌할 사람은 없는 셈이다, 두께가 일 장에 이르는 암석 문을 부수고 들어서지 않는 한은.

무천문주는 횃불을 들고 운공조식을 위해 마련된 좌대(座臺) 앞으로 곧장 걸어갔다.

청석을 네모반듯하게 잘라놓은 좌대는 언제나 서늘한 기운을 풍겨 낸다.

익숙한 손놀림으로 좌대 모서리를 만지자 '구르릉!' 거리는 굉음과 함께 좌대가 한쪽으로 밀려났다.

좌대가 자리를 비켜준 바닥에는 큼지막한 동혈(洞穴)이 입을 쩍 벌린 채 퀴퀴하고 탁한 기운을 뿜어냈다. 뿐만 아니라 숨 막히게 하는 고약한 냄새도 풍겨 나왔다.

그가 동혈 안으로 막 한 걸음을 내디뎠을 때, 동혈 안에서 창노한 음성이 들려왔다.

"크크크! 올 줄 알았다, 이놈아! 어서 와라, 어서 와! 크크크!"

동혈이라 음성이 울린다고는 하지만 고막을 터뜨릴 듯 우렁찬 음성이었다.

무천문주는 태연하게 걸어 들어갔다.

횃불에 드러난 동혈 풍경은 삭막하고 처참했다.

동혈은 사방이 석벽으로 이뤄졌으며 넓이는 사방 삼사 장쯤으로 작은 편이었다.

집기(什器)라고는 물그릇 하나 없었다. 대신 보보마다 발에 밟힐 만큼 많은 쥐들이 들끓었다.

"크크크! 이놈아, 빈손으로 온 게냐? 썩은 고깃조각이라도 가져와야 될 것 아냐!"

동혈을 쩌렁 울리는 음성이 또 들려왔다.

음성이 들려온 곳은…… 아! 석벽이다. 석벽에 사람이 큰 대(大) 자로 묶여 있다. 팔과 다리에 쇠고랑이 채워져 있고, 쇠고랑에 붙어 있는 쇠사슬은 석벽에 단단히 틀어박혀 있다.

괴인은 허리까지 늘어지는 백발이었고, 알몸이었으며, 몰골이 형편없었다. 군데군데 쥐에게 뜯겨 먹혔는지 살점이 움푹 파인 곳도 있고, 정강이에서는 선홍색 피가 흘러나왔다. 그곳에 쥐가 달라붙어 피를 핥아먹는 모습은 끔찍하다 못해 구역질이 치밀었다.

"네 말대로더군."

"크크크! 언제 내 말이 틀린 적 있어? 흰소리 집어치우고 어떻게 됐나 소상히 말해 봐!"

괴인의 행동이 급변했다. 쇠사슬에 묶여 석벽에 매달린 사람답지 않게 눈동자에서는 번뜩이는 광망이 줄기줄기 새어 나왔다.

"속이 빤히 보이는 차도살인(借刀殺人)."

"크크크! 그럴 줄 알았지. 내가 뭐라고 했어. 교가에 바짝 붙으면 마단 놈들이 공격해 올 거라고 했지? 키키키! 그래서?"

"뇌궁의 온갖 무공을 갖다 붙였더군. 벽력도제의 사리일잠도까지 사용한 것은 뜻밖이지만."

"이놈아, 그게 뜻밖이냐? 크크크! 그러니까 돌머리라는 거야. 네놈 그릇이 그것밖에 안 되는 거지. 그런 머리를 가지고 문주 노릇을 하고 있으니 문파가 개꼴이겠지만."

괴인은 무천문주에게 막말을 해댔지만 무천문주는 전혀 개의치 않았다.

"사리일잠도를 사용한 데 이유가 있다는 건가?"

"네놈은 벽력도제를 이길 자신 있어? 없지? 없을 거야. 네놈 같은 놈에게 자신 같은 것이 있을 리 없지. 배고파. 아! 배고파!"

괴인은 말을 하다 말고 눈을 희번덕거리더니 어깨에 앉아 있는 쥐를 노려보았다. 아니, 노려본다 싶은 순간 입을 쩍 벌리고 번개같이 머리를 움직여 쥐를 꽉 깨물었다.

꽤액!

쥐가 괴성을 내질렀다. 그러나 괴인의 악다문 이는 어쩌지 못했고, 등살을 한 움큼 뜯긴 후에야 바닥에 내동댕이쳐졌다.

찍찍! 찍찍찍!

피 냄새를 맡은 쥐들이 우르르 모여들어 사정없이 물어뜯었다.

등살이 떨어져 나간 쥐는 채 일각도 되지 않아서 흔적도 없이 사라져 버렸다.

아비규환은 계속해서 이어졌다. 동료 쥐를 뜯어 먹으며 입가에 피를 묻힌 쥐는 또 다른 쥐들의 습격을 받고 사라졌다. 물어뜯기고, 물어뜯고, 도망가고, 달려들고…… 동혈은 삽시간에 아수라장으로 변했다.

무천문주가 인상을 찡그리며 말했다.

"벽력도제는 신화적인 무인이지. 그가 무림을 횡행할 때 사리일잠도는 무적이었어. 아무도 사리일잠도를 받아내지 못했지. 하지만 세월이 흐름에 따라 무공도 발전하는 법. 벽력도제가 이 시대에 살았다면 그도 패배를 맛봤을 거야. 그에게 패배를 안겨줄 몇 사람 중에 한 사람이 나고."

"미친놈. 이놈아, 세월이 아무리 변해도 손발을 놀려 사람을 때리는 것은 똑같은 거야. 넌 주둥아리로 사람을 때리냐?"

"후후후!"

"크크크! 내가 묶여 있는 걸 다행으로 알아. 그렇지 않았으면 지금 그 말 때문에 네놈 목숨이 달아났을 거야."

"그 소리는 여기 올 때마다 듣는군."

괴인도 무천문주도 서로의 말에 신경 쓰지 않았다. 그들은 막말을 툭툭 내뱉으면서도 할 말들은 잊지 않았다.

"잘 들어. 마단 놈들이 사리일잠도를 사용한 것은 경고야. 뇌궁에는 벽력도제의 무공을 벽력도제만큼이나 자유자재로 사용하는 자가 있다. 건드리기 전에 자신을 돌이켜 봐라. 크크크! 벽력도제의 무공을 구사하는 놈은 아마도 설서린이라는 놈이겠지. 마단 놈들도 돌대가리들이 지켜보고 있다는 걸 알고 사리일잠도를 사용한 거야. 사리일잠도조차 누르지 못할 문파라면 괜히 끼어봤자 골치만 아프거든. 그러니 이길 수 있으면 들어가고 자신없으면 물러서라는 경고지."

"선택이군. 일각이 무너진 모욕을 눌러 참느냐, 문도들의 복수를 해 주느냐."

"크크크! 어떻게 하고 싶냐?"

괴인은 무천문주의 대답을 기다리지 않았다.

"키키키! 마단 놈들…… 아직까지 절대무인가 뭔가 하는 것을 완성하지 못했다고 제 입으로 말한 것과 같아. 네놈에게는 더욱 승산이 커진 거지. 이번 기회가 아니면 다시는 기회가 오지 않을 거야. 크크크! 언젠가 마단에게 먹히던가 아니면 지금처럼 현문 그늘에서 사는 것으로 만족해야겠지. 크크크! 자! 네놈은 명분을 얻었어. 선택은 네놈 마음대로 해."

"현문과 마단의 싸움 결과…… 확신하나?"

"돌대가리들은 생각을 할 줄 모른다니까. 돌대가리들의 특성 중 하나가 안전한 길만 가려고 한다는 거지. 전에 말한 게 맞아. 믿기 싫으면 믿지 않아도 되고."

'현재 상태에서 마단과 현문이 싸울 경우 현문은 완패다. 마단은 오 할 정도의 타격만 받는다. 오 할……. 우리도 상당한 타격을 입겠지만, 마단주만 이기면 승산이 있다.'

"왜? 겁나? 이번에 움직이면 무천문은 거의 전멸되겠지. 크크크! 하지만 그럼으로써 넌 사천무림의 제일영웅이 되는 거야. 추종자가 들끓을 테니 이런 무천문 따위는 십 년이면 만들 수 있지. 십 년, 향후 십 년이면 넌 사천무림의 패자가 되는 거야. 크크크! 크크크크!"

"다음 이야기는 뇌궁을 치고 난 후에 듣지."

"크크크! 잘해봐."

무천문주는 등을 돌렸다. 그러다 문득 생각난 듯 다시 몸을 돌리며 말했다.

"넌 앉아서 세상을 움직이는 사람이야."

"그럼 뭐 하나? 이렇게 묶여 있는걸."

"스스로 자초한 일. 후회하나?"

"크크크! 후회한다면 풀어줄 거야?"

무천문주는 고개를 가로저었다.

"욕심이 생겼군. 크크크! 좋아, 좋아. 욕심이 있는 걸 보니 뇌궁 건더기들은 몰살하겠군. 크크! 돌머리에 결단력마저 없었다면 내 인생이 개털 되는 건데 그나마 다행이야. 크크크!"

괴인이 낄낄 웃어댔다.

누가 동혈에 들어와 괴인을 본다면 대번에 무천문주를 욕할 것이다. 인면수심(人面獸心)이라는 둥 양의 탈을 쓴 늑대라는 둥 별별 욕을 다 할 게다.

괴인의 현재 모습만 보면 마인(魔人)으로 낙인 찍히기 딱 알맞다.

하지만 이는 괴인 스스로 자초한 일이다. 철삭에 묶인 것도 그가 원해서 해줬을 뿐이다.

첫 대면에서 그는 말했다.

"날 영원히 벗어나지 못할 철삭(鐵索)으로 묶어. 그렇지 않으면 네놈이 돌대가리라고 느낄 때마다 살심(殺心)이 솟구칠 테고, 언젠가는 죽일 테니까. 난 그럴 능력이 있거든. 아냐, 반드시 그렇게 될 거야. 날 묶어놓지 않으면 넌 내 손에 죽어."

"그건 나중 일. 죽일 수 있으면 죽이면 되는 거지. 우선은 같이 머리를 맞대고……."

"돌머리군, 내 말을 이해하지 못하니. 난 널 죽일 수 있다니까. 마지막 기회야. 지금 묶어놓지 않으면 후회할 날이 올 거야."

마단의 실체를 소상히 알고 있는 자.

그가 그렇게까지 말하는데 묶어놓지 않을 수 없었다. 그가 원한 대로 무천문주 자신이라도 빠져나올 수 없을 만큼 굵은 철삭으로 묶어두었다.

이제는 반대 입장이 되었다. 괴인은 그만 풀어주었으면 하고 바랄지도 모르지만 풀어줄 수 없다. 그가 말했던 대로 그는 자신을 죽일 수 있는 사람이니까.

무천문주는 괴인을 뒤로하고 걸어나갔다.

무천문이 움직일 명분은 뚜렷했다.

연무가 되었든 뭐가 되었든 오십여 명이나 죽었으니 뇌궁에 대한 기득권은 현문보다 우선하게 되었다.

　마단 무인들에게 도륙당한 연무는 거의 대부분이 권세있는 집안의 자식들이다. 그들의 죽음은 무천문 고수가 죽은 것보다 더 큰 영향력이 있었다.

　자식이 죽었다는 말은 들은 권세가들은 한결같이 '복수'라는 말을 입에 달았다. 무천 무인이 교가 근처에 간 이유를 캐묻기도 했지만 대답할 말은 많았다. 무인이 꼭 무천문에만 머무르라는 법이라도 있는가 말이다.

　무천문을 공격한 자들이 마단 무인들이라는 것은 무천문도 알고 현문도 안다. 하지만 마단에 대한 사항만은 대놓고 공표할 수 없는 부분이니 현문은 현문대로, 무천문은 무천문대로 각기 다른 계산 하에 마단 이야기는 꺼내지도 않았다.

　무천문주는 현문에 전서를 보냈고, 오로지 무천문주만이 볼 수 있는 특급 비밀 답서가 문주의 손에 쥐어졌다.

　현문의 대답은 '불가(不可)'다.

　뇌궁에는 골인들이 있고, 무천 무인이 골인을 보는 순간 마단은 무천문까지 제거하려 할 것이란 게 이유였다. 하지만 무천문이 당한 일은 무천문의 체면과도 관계있는 일이기에 한 가지 대안을 제시했다.

　일차로 현문이 뇌궁을 쳐서 골인들을 제거할 테니 무천문은 이차로 잔당들을 소탕하라는 제안이었다.

　어거야말로 사람을 바보로 알고 하는 수작이다.

　현문 말대로라면 백 번이라도 따라줄 용의가 있다. 하지만 현문은 절대로 뇌궁을 선제공격하지 않는다. 누군가 뇌궁을 공격할 때까지 기다리는 것이 현문으로서는 승패의 관건이니까.

마단이 왜 무천문을 끌어들였는가?

마단이라면 어설픈 차도살인을 하지 않고도 뇌궁 정도는 가볍게 무너뜨릴 텐데.

마단은 골인들의 존재가 드러나는 것을 원치 않는다. 골인을 본 문파나 사람은 살려둔 적이 없다. 무천문이 뇌궁을 치면 골인의 존재가 드러나게 되는데…… 결국 무천문은 뒤통수를 얻어맞게 되어 있다.

마단은 왜 직접 뇌궁을 치지 않고 무천문을 이용한 다음 뒤를 치려는 것일까.

이번 싸움은 마단도 겁나고 현문도 겁날 게다. 그놈들은 붙었다 하면 재기불능(再起不能)일 정도로 타격을 받았으니까. 현문에서 단파를 얻었다니 움찔했겠지.

지금은 서로들 싸우고 싶지 않을 게다. 그 점은 현문도 마찬가지일 테고.

더군다나 뇌궁은 예상 밖으로 강하다.

현문이나 마단은 뇌궁을 치는 데 막대한 희생이 따른다고 본다. 뇌궁을 치고 난 후 손상된 전력으로 다른 쪽과 싸우는 것은 패배, 혹은 동사(同死)라는 결과밖에 낳지 않는다.

뇌궁과 비슷한 전력을 지닌 문파가 대신 싸워주면 좋을 텐데.

거기에 선택된 문파가 무천문이다. 뇌궁과 비슷한 전력을 지닌 문파이면서 교가로 접근하고 있었으니까.

마단이 뇌궁을 공격한다. 그리고 그 뒤를 현문이 친다.

이것이 기본적인 각본이다.

그것을 마단이 비틀었다. 무천문을 끌어들임으로써 뇌궁은 몰살, 무천문은 치명적인 타격을 이끌어내고, 약해진 무천문을 가볍게 누른 다음 정상적인 전력으로 현문과 싸우겠다는 생각이다. 물론 현문이 개입하기 전에 싸움을 끝내야겠지만.

현문에게도 한 가지 선택이 남아 있다. 뇌궁이 되었든 무천문이 되었든 어느 한쪽이 남아 있고 마단이 남은 쪽을 칠 때, 현문이 마단을 치는 것이다.

남은 문파와 연수하여 마단을 공격하는 격이 되니 현문 혼자 힘으로 마단을 칠 때보다는 미약하지만 한결 힘이 덜 것은 분명하다.

이런 행동에는 확실한 판단이 깔려 있어야 한다.

뇌궁이 무천문을 상대할 수 있을 만큼 강해야 한다는 것. 현문이든 마단이든 독단적으로 뇌궁을 공격할 경우에는 막대한 타격을 입을 만큼 뇌궁의 저력이 심상치 않다는 것.

동혈 괴인도 수를 내냈다.

뇌궁을 공격하되 전력을 다하지 말라는 것이 그의 주문이다. 공격하는 척 기망만 할 수 있다면 그것보다 좋은 일은 없지만, 그 정도로는 마단의 눈을 속이지 못할 것이고 차라리 이기지 말고 지는 것이 낫단다.

뇌궁이 승리하게 되면 마단이 뇌궁을 치고, 현문은 마단을 친다.

무천문은 전장에서 빠져나와 마단과 현문이 양패(兩敗)하는 모습을 지켜보면 된다.

동상이몽(同床異夢)이다.

마단이 무천문을 끌어들였지만, 현문으로서도 불감청(不敢請)이언정 고소원(固所願)일 게다.

동혈 괴인은 이런 모든 점을 예측했다.

'속도전(速度戰)이군. 가장 빠른 시간에 뇌궁을 치고 빠져야 돼.'

무천문주는 현문의 제안을 거부하고 명분을 구실 삼아 가장 빠른 시간 안에 뇌궁을 치는 것으로 생각을 굳혔다.

'뇌궁을 치는 데 소요되는 시간은 빨라도 안 되고 늦어도 안 된다. 하루. 치열한 격전을 벌이며 하루 정도는 지새야 돼. 너무 일찍 끝내면 마단의 밥이 된다. 우리가 마단의 밥이 될 동안 현문은 절대 움직이지 않아. 그놈들이 나타날 때는 싸움이 다 끝났을 때. 나타나서는 그러겠지. 문주, 그러기에 우리가 친다고 하지 않았소.'

너무 늦게 끝내도 안 된다. 뇌궁이 어느 정도의 무위를 지녔는지는 모르지만 마단과 현문이 높게 평가한 문파를 상대로 거짓 싸움을 길게 끌지는 못한다.

'두 개 전각을 던져 준다. 사각과 오각. 그들은 치열하게 싸우다 전멸할 게고… 현문이 움직일 수밖에 없지. 후후후! 마단과 현문의 공방이라…… 볼 만하겠군.'

"일, 이, 삼각주를 오라고 해!"

생각에 잠겨 있던 무천문주의 입이 드디어 열렸다.

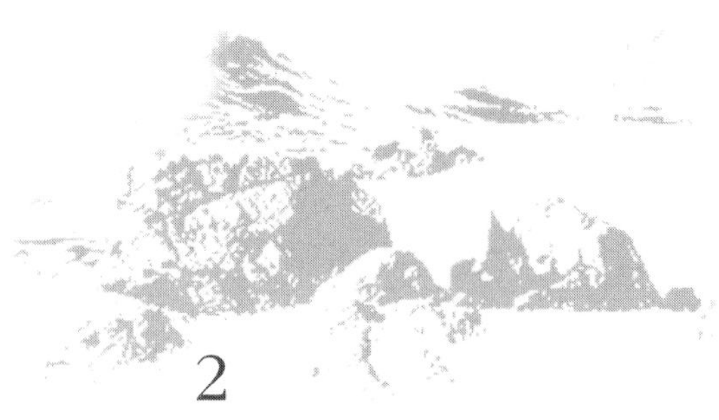

2

물고 물리고

"마단…… 정말 치사한 놈들일세. 아니, 싸우려면 지들이나 싸울 것
이지 애꿎은 사람들은 왜 끌어들인데?"

통음이 연신 귀를 쫑긋거리며 말했다.

"놈들은 잘못 들어왔어. 우린 산 사람들이나 마찬가지잖아. 우리 텃
밭에 들어와서 싸우면 백 번 우리가 유리하지."

광안이 쉴 새 없이 눈알을 굴렸다.

"네놈은 좋겠다. 적어도 심장이 뚫려 죽는 일은 없을 것 아냐. 신신,
그놈 기왕 선물을 주려면 나한테도 줄 것이지. 나는 이 배, 뱃가죽이
쇠가죽처럼 질겼으면 좋겠어. 생각해 봐, 오장육부가 터져서 죽는 꼴
을. 징그럽기도 하지만 고통은 오죽 심하겠어?"

"쯧쯧! 적을 앞에 두고 하는 말이라니. 조용히 해."

신령이 통음을 면박했다.

마단이 길을 열었다.

오가는 사람들, 특히 무인들에게는 죽음을 선물할 만큼 철저하게 외곽을 봉쇄하던 마단이 무천문 고수 백여 명이 짓쳐 들어갈 때는 그림자조차 비치지 않았다.

그 길로 백의무복을 입은 무인들이 거침없이 짓쳐 오고 있다.

"신령, 지금 기분은 어떤데?"

"좋아, 아주 좋아."

"흐흐! 그럼 됐다. 이제 놈들은 죽었어."

마구오신은 무천 무인들의 동태를 낱낱이 파악했다.

그러나 그들처럼 태연할 수 없는 사람들도 있었다.

진안 왕가의 후예인 왕가달과 음풍사장.

무예를 수련하기는 했지만 무천문 고수들같이 뛰어난 무인들을 상대로 목숨을 걸고 싸워본 적이 없으니 긴장될 수밖에 없다. 특히 음풍사장은 늘 무천문 무인들에게 주눅 들어서 지내왔던 터라 그들을 대하는 감회가 남달랐다.

"하루만 발목을 붙들어놓으면 될 것이라고 했으니, 넉넉잡고 하루 반만 잡아두면 되겠지. 왕가달, 시작하지. 철시(鐵矢)를 다 쏘고 나면 지체없이 움직여. 아무도 따라잡을 자가 없다는 것은 인정하지만 무천문에 어떤 놈들이 있는지 모르잖아."

"염려 마십시오. 그럼 저 먼저."

뇌궁에서 가장 빠른 신법을 지닌 왕가달이 단숨에 산을 치달려 내려갔다.

피이잉……!

허공을 찢는 화살 소리에 무천문 무인들이 일제히 발걸음을 멈췄다.

화살이 날아온다는 경고를 발할 필요도 없었다. 파공음이 들리자마자 화살 소리임을 알아차렸고, 신속하게 은폐물이 있는 곳으로 몸을 날렸다.

탁!

화살은 눈에 보이지 않을 속도로 날아와 나무 기둥에 묵직하게 틀어박혔다. 어른 몸통만한 나무 기둥에 완전히 틀어박히는 것도 모자라서 화살촉이 반대쪽으로 튀어나왔다.

"철시(鐵矢)닷! 모두 조심햇!"

제오각 제이정 무천문 무인 열 명은 화살이 날아온 방향을 뚫어지게 응시했다.

무천문 무인들이라도 화살대가 손가락 굵기만한 철시는 경시하지 못한다. 화살이 무거운 만큼 활도 강궁이어야 한다. 활을 쏘는 사람은 신력(神力)이나 내공이 탁월해야 한다. 그런 사람이 쏘아낸 화살은 보통 화살보다 서너 배는 빠르며, 파괴력은 방금 봤듯이 걸리는 것은 모두 뚫어버린다.

철시는 날리기가 힘들어서 그렇지 자유자재로 사용할 수 있는 경지가 되면 초절정고수도 상대할 수 있다.

"봤나?"

"아뇨. 어떤 놈인지 모르지만 쓸 만한 것 같은데요."

제이정주는 나무에 틀어박힌 철시를 쳐다봤다.

철시는 많은 말을 해준다.

"궁각(弓角)이 크지 않아. 거의 일직선으로 쏘다시피 했어. 놈은 산 중간에 있다. 한 놈인 것으로 추측되지만 유인책일지도 모르니 만반의 준비를 갖추도록."

제이정주는 말을 마치자 놈이 있을 만한 곳을 찾기 위해 고개를 쳐들었다. 순간,

패애앵……!

화살 소리가 어김없이 터져 나왔고, 그가 고개를 숙이자마자 머리 위로 세찬 경풍이 스쳐 갔다.

따악!

철시는 어김없이 나무를 파헤쳤다.

"놈이 저러고 있는 한 쉽게 움직이지 못하겠는데요."

수하가 산허리를 흘긋 쳐다보며 말했다.

"후후후! 천하장사라도 철시를 많이 가지고 다닐 수는 없지. 기껏해야 열 대 안쪽이야. 부지런히 움직여서 철시를 소진시켜라."

명이 떨어지기 무섭게 수하들이 움직였다.

그들이 움찔거릴 때마다 화살은 여지없이 날아들었지만, 미리 대비한 후 실행한 움직임인지라 당하는 일은 없었다.

제이정주는 일 척 앞에 있는 바위 뒤로 몸을 날렸다.

"……."

조용했다. 철시가 숨죽였다.

제이정주는 다시 움직였다. 그가 펼칠 수 있는 최대한의 빠르기로 이 척쯤 떨어진 곳에 서 있는 나무를 향해 신형을 띄웠다.

"……."

기분 나쁠 만큼 조용한 침묵이 흘렀다.

"후후! 화살이 떨어졌군요."

수하 한 명이 입가에 미소를 지으며 일어섰다.

“숨엇!”

제이정주는 버럭 고함을 내질렀다. 정확한 사실을 모른 채 막연한 짐작만으로 움직이는 것은 죽음을 재촉하는 길이다.

패애앵……!

검은 섬광이 번쩍이고 수하의 얼굴이 경악으로 물들었지만 손을 써 줄 수 있는 사람은 아무도 없었다.

퍼억!

둔탁한 소리와 함께 무천 무인의 얼굴은 꽈리처럼 푹 터져 버렸다.

“빌어먹을! 따라왓!”

제이정주는 단숨에 산을 치달려 올라갔다.

철시는 더 이상 없다. 놈은 철시가 효용을 거두지 못하자 마지막 남은 한 대를 아꼈다, 완벽한 기회가 생길 때까지.

그의 생각은 옳았다. 그가 아낀 한 대는 무천 무인 한 명의 목숨과 바뀌었다.

하지만 그의 생각은 틀리기도 했다. 철시가 날아와 무인이 죽으면 다른 무인들은 다시 숨을 죽일 거라 생각했으리라. 그 시간이면 충분히 도주할 수 있을 테고.

천만에! 얌전히 도주하도록 내버려 둘 미련퉁이는 없다.

제이정주와 천수들은 단숨에 산을 올라가 산허리에 있는 작은 구덩이 앞에 섰다.

“이런……!”

천수 한 명이 눈으로 산 위를 훑으며 탄식했다.

사람 한 명 숨어 있을 만한 구덩이에는 웬만한 사람은 들어 올리지도 못할 만큼 무거워 보이는 철궁이 버려져 있었다. 철시를 쏘아 천수를 죽이고, 제이정 무인들이 치달려 올라오는 사이에 도주해 버린 것이다.

도주는 할 수 있다. 신법이 빠른 자라면 얼마든지 내뺄 수 있다. 하지만 지금처럼 옷자락 하나 보이지 않고 감쪽같이 사라질 수는 없다. 하다못해 뒷모습이라도 보였어야 하지 않는가.

"무섭도록 빠른 놈이군. 천하 신력에다가 빠르기까지. 우리가 뇌궁을 잘못 봤는지도 모르겠군. 모두 각별히 조심해! 자칫하면 몰살당하겠어."

왕애검은 아홉 살에 검을 잡았다. 그때부터 삼십여 년이 넘는 세월을 무림에서 보냈지만 검이 싫었던 적은 없었다.

이제는 검이 싫다.

싸우리는 명을 받았지만 싸우고 싶지 않다.

하지만 이것은 그의 마음속에서 일어나는 작은 변화일 뿐, 받은 명령은 수행해야 하는 것이 무천 무인의 도리다. 또한 냉엄한 현실은 그가 적을 죽이지 않으면 오히려 죽게 되어 있다. 그가 싸우기 싫다고 해서 적도 싸우기 싫은 건 아니다.

왕애검은 가능한 천천히 산을 올라갔다.

뇌궁은 전장을 산으로 옮겼다.

뇌궁 총단이라고 알려진 만월기루에는 개미새끼 한 마리 남아 있지 않았다. 기루의 꽃인 기녀들을 비롯하여 시비, 하인들까지 흔적없이 사라져 버렸다.

제사각 천수들은 실질적인 총단도 찾아냈다.

지하에 건립된 총단에는 여러 개의 밀실이 있었고, 얼마 전까지도 사람이 살았음 직한 흔적들을 찾아냈다.

무림인 중 가장 곤궁한 생활을 하는 사람들은 개방(丐幫).

뇌궁은 개방보다도 못한 것 같았다. 탁자라는 것은 나뭇조각들을 얼기설기 이어 붙여 만들어진 것이고, 침상도 조잡하기 이를 데 없었다.

검소하다고 할까, 궁핍하다고 할까?

이제 갓 개파한 작은 문파보다도 못한 모습을 보면서 뇌궁에 대해 실망한 것도 사실이다.

더군다나 그들은 도주하면서도 흔적을 완전히 지우지 못했다.

사람이 많은 도읍 한가운데 위치한 만월기루는 낮이나 밤이나 세인들의 이목을 벗어나지 못했고, 주변 사람들은 무인으로 보이는 사람들 삼십여 명이 일시에 빠져나가는 것을 목도했다.

어디로 갔는가? 그것도 어렵지 않았다. 뇌궁은 마치 따라올 테면 따라오라는 듯이 사람들의 이목을 전혀 개의치 않고 버젓이 산으로 올라갔다.

교가 사람들은 화초산(花草山)이라고 부르지만 실상은 이름도 없는 험산(險山)이다. 봄이 되면 산 전체가 빨갛고 노란 꽃으로 버무려진다 해서 화초산이라고 하나 겨울 초입으로 들어선 지금은 황량하기만 했다.

왕애검은 숨을 크게 들이켰다.

싸우고 싶지 않으나 싸우고자 왔으니 싸워야 한다.

그를 따르는 자는 네 명뿐이다.

시함온, 양붕, 유기역, 단문걸.

류취평과 방산은 수련한 무공을 제대로 펼쳐 보이지도 못하고 허무하게 죽었으며, 마을로 닭을 구해오겠다며 떠났던 네 명도 싸늘한 시신으로 발견되었다.

제오각 제삼정은 무천문이 교가로 들어온 이후에 최초로 희생자가 발생한 정(正)이 되었다. 그들만 죽음 앞에 놓였다고는 하지만 옛날 독사를 추적할 때처럼 불명예스러운 과오를 또 하나 새겨 넣었다.

"우리 목적은 살아 돌아가는 것이다! 절대 방심하지 말고 조금이라도 기미가 이상하면 나아가지 마라."

왕애검은 자신과 부딪쳤던 자를 기억해 냈다.

그는 터무니없이 강했다. 무천문 삼풍검법이 그토록 허무하게 무너지리라고는 꿈에서도 생각해 본 적이 없다.

그런 자와 부딪친다면 왕애검 자신뿐만이 아니라 천수 네 명도 목숨을 부지할 수 없을 게다.

무천문은 뇌궁을 너무 가볍게 봤다.

그들이 삼십여 명밖에 안 된다고는 하지만 한결같이 일당백의 고수들이니 어쩌면 이 싸움은 무천문의 패배로 끝날지도 모른다.

왕애검은 제사각과 제오각만으로 뇌궁 공격에 나선 것이 불안했다.

"정주님, 무천문은 우리가 있다는 것도 모를 텐데 아예 여기 앉아서 쉬었다 내려갈까요?"

단문걸이 말했다.

왕애검은 눈을 부릅떴다.

진심으로 수하들을 질책할 때 나타나는 얼굴 변화다.

"살아 돌아가는 것이 목적이라고 했지, 싸우지 않는다고는 하지 않았다. 싸움은 최대한으로 피해야겠지만 어쩔 수 없이 싸울 때도 있는 법. 그런 정신이라면 싸움이 벌어졌을 때 최선을 다하지 못한다. 뇌궁 궁주를 잡겠다는 마음으로 나아가되 될 수 있는 한 싸움을 피하라는 말이다."

"알고 있죠. 흥이 나지 않으니 하는 말 아닙니까."

단문걸도 오각주의 조처에 크게 실망한 표정이다.

단문걸뿐이겠는가. 제삼정 문도는 자신들이 무천문 문도인가 하는 회의까지 하는 마당이다. 그런데!

"그래서는 안 되지. 싸우러 왔으면 싸워야지. 싸울 것도 아니면서 뭐 하러 산은 올라왔나?"

음색이 가늘어 강한 사내와는 거리가 먼 음성이 지척에서 들려왔다.

창! 창창!

제삼정 무인들은 일제히 검을 뽑았다.

"흐흐! 그래야지. 암! 그래야지. 이제야 무천문 무인들 같네."

이번에는 땅속이다. 아니다. 처음 말이 시작된 곳은 땅속이었으나 말이 끝날 즈음에는 땅 위가 되었다. 땅거죽이 들썩이더니 얼굴이 길고 호리호리한 사내가 슬그머니 기어나왔으니까.

'매복에 걸렸다!'

왕애검을 비롯해 무천 천수들은 같은 생각을 했다.

"오랜만이네. 나 모르겠어? 살다 보니 원수도 반가울 때가 있네."

이번에는 다른 쪽이다. 역시 땅거죽이 쳐들리며 네모반듯한 얼굴에 어깨가 딱 부러진 사내가 모습을 드러냈다.

'고수들이다!'

왕애검은 긴장했다.

마지막으로 말없이 땅거죽을 밀치고 일어선 자까지 합하면 네 명이 숨어 있었다. 그중에서 두 명이 일어선 곳은 자신들이 말을 주고받으며 지나쳐 온 길가다.

숨어 있는 것을 전혀 알아차리지 못했다.

숨결뿐만이 아니라 기도(氣道)까지 숨길 수 있는 강한 자들이다.

"누구냐! 처음 보는 얼굴인데."

왕애검은 '반갑다' 고 말한 사내를 향해 물었다.

사내는 누런 이를 드러내며 씩 웃었다.

"이거 왜 이러시나. 그럼 얼굴도 모르면서 그렇게 쫓아다녔단 말이야? 지금도 강둑을 파고들어 가서 숨어 있던 생각을 하면 치가 떨리는데. 공기도 통하지 않는 곳에서 똥오줌 냄새 맡으며 숨어 있는 게 어떤 건지 모르지?"

왕애검은 사내들의 정체를 눈치 챘다.

지금은 기억에서도 지워 버린, 그러나 영원히 잊을 수 없는 자들이 아닌가.

"네가…… 쇠스랑이군."

"햐! 기억하네."

왕애검은 주위를 돌아봤다.

처음 나타난 자, 음색이 가는 자는 계두라고 불리던 자다. 그러고 보니 머리도 조막만해서 정말 닭대가리처럼 보인다. 눈이 이상한 자는 사팔이고, 얼굴이 큼지막하며 이목구비가 굵은 자는 돌주먹이다.

왕애검은 자신이 꿈을 꾸고 있는 게 아닌가 싶었다.

기억하기로는 이들은 파락호들 세계에서는 제법 이름이 난 자들이지만 무인을 상대하기에는 턱없이 부족한 자들이다. 당시 같으면 이들을 요리하는 데 네 명이 함께 손을 써온다 해도 천수 한 명이면 충분했다.

지금은 일 대 일로 겨뤄도 승패를 짐작할 수 없다.

어떻게… 어떻게 한낱 파락호들이 무림고수가 될 수 있단 말인가.

돌주먹이 왕애검을 보며 말했다.

"제삼정주, 우린 당신을 알아도 당신은 우릴 모를 거야. 우리에게 당

신은 하늘의 별이었고, 당신에게 우리는 발 밑에 기어다니는 벌레보다
도 못한 존재였으니까. 하지만 지금은 우리가 누군지 짐작한 것 같으
니 일단 영광이라고 말해 두지.”

“놀랍군.”

왕애검은 자신의 심정을 솔직히 터놓았다.

돌주먹이 말을 이었다.

“그때처럼 이번에도 서로 잡아먹지 못해서 으르렁거리는 사이가 되
었으니 우린 태어날 때부터 악연이었나 봐. 이렇게 만났으니 싸우기는
싸워야 할 거고……. 이렇게 하는 게 어때? 당신과 시함온, 두 사람은
빠져 줬으면 좋겠는데.”

“뭐라고!”

“아! 그렇다고 우리 네 명이 싸우겠다는 말은 아냐. 말주변이 없어
서……. 양붕, 유기역, 단문걸. 저 세 사람하고 우리 중 세 사람하고 일
대 일로 싸워보지.”

“내가 그 말을 받아들여야 하는 이유는? 오 대 사라면 유리한 위치
인데 유리함을 포기하란 말이냐?’

“말주변이 없다는데 자꾸 말 시키네. 이유를 대라면 첫째, 당신과 시
함온은 뇌궁 궁주 설서린, 일명 독사의 몫이야. 독사가 가진 빚은 너무
커서 우리가 해결해선 안 돼. 둘째, 우리가 알고 있는 당신들은 무더기
로 싸우는 것을 좋아하지 않아. 이유가 됐나?”

“받아들이지 않는다면?’

“도망가야지 뭐, 싸우다 보면 당신이나 시함온을 죽일 경우도 생길
테니까.”

“하하하! 광오해졌구나.”

"만일을 말하는 거야. 그런데 십 중 하나, 아니, 백 중 하나라도 그런 일이 생기면 우린 독사 얼굴을 보지 못해. 시함온, 요빙이라고 기억나지? 불에 타 죽은 요락 기녀 말야. 독사는 그 여자를 세상 무엇보다 사랑했거든. 요빙은 당신에게서 도망치게 하려고 스스로 불타 죽었고. 빈말이라도 기억난다고 말해."

시함온은 검을 축 늘어뜨렸다.

그 일이라면 지금도 당당하게 말할 수 있다. 자신이 불을 지른 것이 아니라 요빙 그 여자가 스스로 불을 당겼다. 또한 당시는 요빙과 독사 두 명 모두 불타 죽은 것으로 알았으니, 오히려 자신이 기망당했다. 그것이 어떻게 자신의 잘못이란 말인가!

하지만 시함온은 한마디도 하지 못했다.

불은 자신이 질렀다. 직접 불길을 당기지는 않았지만 자신이 당긴 것이나 마찬가지다. 무공을 모르는 자를 찾아가서 정정당당하게 싸우자고 했으니……. 그건 정정당당한 것이 아니었다. 무인으로서는 있을 수 없는 아주 비겁한 행동이었다. 차라리 그냥 베어버렸더라면 요빙이 불을 지르지는 않았으리라.

"삼정주, 어떻게 하겠소?"

돌주먹이 대답을 채근했다.

왕애검은 돌주먹이 지목한 세 명의 얼굴을 쳐다보았다.

그들의 얼굴에는 투지가 이글거린다. 산을 올라설 때만 해도 회의에 젖어 있었는데 무인으로서의 투지를 다시 찾았다.

'그래, 이렇게 싸우다 죽는 것이 더 나을지도……. 다음 세상에 태어나면 다시는 무인이 되지 않으리라. 다시는… 다시는 검을 잡지 않으리라!'

싸움의 승패는 싸워보지 않는 한 점칠 수 없다. 하지만 일이 잘못되어서 죽는 일이 벌어진다고 해도 무천문 제삼정의 천수로 살아가는 것 보다는 나으리라.

"시함온은 뒤로 물러서라. 너와 난 독사와 풀 일이 있는 것 같으니. 너흰 나가라! 제삼정의 이름을 욕되게 하지 마라!"

다른 때 같으면 무천문의 이름을 욕되게 하지 말라는 말을 했을 게 다. 하지만 이들에게는 무천문이 없다. 제삼정은 있을지 몰라도.

"타앗!"

명이 떨어지기 무섭게 양붕이 사팔에게 달려들었다. 그가 가장 가까 운데 있었던 탓이다.

사팔은 능숙하게 미혼보를 밟았다. 신검서생과 생사박투를 벌이며 몸에 붙인 미혼보다. 사팔의 신형이 마치 누가 옆에서 잡아끈 듯이 밀 려났다.

양붕은 절혼검법(絶魂劍法)을 펼쳤다.

절혼검법을 수련하기 위해서는 새끼 자라가 필요하다. 삼척장검으 로 자라의 등을 베되 삼 수(三手) 만에 무늬 결을 따라 껍질을 조각 내 야 한다.

자라의 등껍질은 똑같은 것이 없다. 사람의 얼굴이 각기 다르듯, 자 라도 등껍질의 문양이 천양 각색이다. 각기 다른 등껍질을 문양에 따 라 정확하게 베어내기 위해서는 초인적인 집중력이 필요하다.

그런 면에서 절혼검법은 교검(巧劍)이다.

쉬익! 쉭쉭쉭……!

양붕의 검은 사팔을 바짝 따라붙으며 뱀의 혓바닥처럼 날름거렸다.

사팔은 손바닥을 활짝 펴 연화장(蓮花掌)을 만들었을 뿐 공격다운 공 격을 하지 못하고 물러서기만 했다.

‘일격필살(一擊必殺)이다! 양붕, 거리를 유지해라. 육 장의 길이는 검의 길이를 당해내지 못한다. 검의 거리를 지키는 한 승산은 네게 있다. 보법을 바꿔! 광반오보(光盤五步)! 상대의 움직임을 예측할 수 없을 때는 중심을 지키고 다가오는 적을 쳐!’

이심전심(以心傳心). 왕애검의 마음이 양붕에게 전달되었는지 양붕은 광반오보를 밟기 시작했다.

작은 접시 위에서 다섯 걸음을 밟을 수 있으니, 제자리를 지키고 있는 듯하나 적의 공격은 모두 흘려보내고 반격은 극성화시킬 수 있는 실전 보법이다.

슈우욱!

거리가 벌어지자 사팔이 달려들었다.

싸움에 홀린 것이다. 적이 거리를 벌리면 당연히 이쪽에서 다가서는 것으로 생각하는 건 싸움에 홀렸다는 증거다.

양붕은 횡소천군(橫掃千軍)을 전개했다.

물론 사팔은 피해낼 것이다. 뒤로 물러서는 것이 아니라 허리를 굽혀 검을 등 위로 흘려보낸 후, 땅에 엎어지다시피 납작 엎드려 달려들 게다. 몇 수 겪어보지는 않았지만 사팔의 보법을 보면 그 정도는 해낼 수 있다.

“안 돼!”

왕애검은 자신도 모르게 고함을 지르고 말았다.

그토록 검의 거리를 지키라고 했거늘…….

사팔은 이미 검의 거리를 무너뜨렸다. 양붕이 생각했던 대로 검을 등 위로 흘리며 달려들었다.

양붕은 광반오보를 펼쳐 옆으로 크게 오른발을 내디뎠다.

발과 발의 간격이 벌어지니 상체는 낮아진다. 사팔이 허리를 굽히고 있지만 큰 움직임 없이도 상체를 베어낼 수 있다. 사팔이 뜻밖의 공격을 해와도 광반오보의 민첩함과 빠름이라면 얼마든지 피해낼 수 있다.

양붕은 사팔의 움직임을 겪어본 후 광반오보가 훨씬 빠르다고 판단했다.

잘못된 판단이다. 미혼보는 근간을 방위나이에 두고 있다. 빠름은 광반오보가 나을지 모르지만 미혼보는 움직일 곳을 미리 차단한다.

양붕은 공격이 여의치 않으면 뒤로 물러서면서 검을 뻗어내려 했다. 하지만 그럴 수 없었다. 일단 물러서기 시작하면 끝없이 밀릴 것 같은 느낌이 들었다.

미혼보에 가미된 방위나이의 효능이다. 사팔의 움직임이 급작스럽게 거세져 물러서 봤자 소용없다는 착각에 빠져 버렸다.

검을 전개할 공간도 없었다. 사팔이 너무 가까이 붙어버렸다.

양붕은 검을 쥐지 않은 왼손으로 육영권(六影拳)을 내뻗었다. 일권을 뻗어내면 그림자가 여섯 개나 생긴다는 빠름의 극치가 담겨진 권격(拳擊)이다.

빠악!

권과 장이 부딪치며 뼈가 으스러지는 소리가 흘러나왔다.

"크윽!"

양붕의 왼쪽 어깨는 탈골되고 말았다. 주먹 뼈도 으스러졌는지 아무 감각이 없었다. 아니다. 사팔이 잠깐의 여유를 주자 온몸이 짜릿하게 울리는 통증이 엄습했다.

"크으윽……!"

양붕은 재차 신음을 토해내며 뒤로 물러섰다.

사팔은 공격해 오지 않았다. 한 수만 더 뻗어내면 양붕의 목숨을 거둘 수 있었는데도 싸움은 이것으로 끝이라는 듯 뒤로 물러섰다.

"무, 무슨 권법인가?"

왕애검이 물었다.

"분뢰장."

"일명중수(一名重手), 우명대력법(又名大力法)! 천산파(天山派) 연화보전(蓮花寶典)!"

"……."

"후후후! 그 말이 사실이었군. 일백일후즉가응용(一百日后卽可應用), 박타일년대공이성(拍打一年大功已成). 백일이면 응용할 수 있고 일 년이면 대공을 이뤄 싸울 수 있다는 말은 들었지만, 정말 그런 무공이 존재할 줄이야……."

"……."

"왜 죽이지 않았나?"

"궁주님, 만무대형 설서린의 명이오."

"뭐라고?"

"우린 고향으로 돌아가야 한다. 뇌궁은 무천 무인을 죽여야겠지만 우리 넷만은 살수를 쓰지 마라. 고향 사람을 죽여서야 되겠나."

"음……!"

"우린 당신들이 고향 사람이라고 생각하지 않지만 궁주님은 그렇게 생각하는 것 같습디다. 자, 다음은 누가 하겠소?"

"죽이지도 않을 거면서 뭐 하러 싸우나?"

"꼭 죽여야 이기는 것은 아니니까. 당신들을 패배시키면 산을 내려갈 테니까. 우리와 마주친 것을 다행으로 생각하시오. 다른 곳에서는 피가 튀고 있을 거요."

왕애검은 검을 아예 검집에 꽂아버렸다.

양붕의 패배는 우연이 아니다. 겉으로 보기에는 무공이 엇비슷해 보였지만 살심을 품은 자와 품지 않은 자의 싸움이었다면 사정이 전혀 다르다.

철저하게 독사 패거리의 승리다. 암습이나 기습으로 얻어낸 승리가 아니라 무공으로 일궈낸 승리다. 무천문 천수들은 일 대 일의 싸움으로는 이들의 상대가 안 된다. 정주인 자신 역시 반드시 이길 것이라는 확신이 들지 않는다.

"뇌궁 궁주, 만무대형 설서린에게 전해라. 나 왕애검과 시함온, 구음곡에서 기다리고 있겠다고."

왕애검은 산을 내려갔다. 그 뒤를 천수 네 명이 따랐다.

"내가 천수를 이겼지? 그렇지?"

사팔이 들뜬 음성으로 말했다.

"그렇게 좋냐?"

"좋지. 십 년 묵은 체증이 싹 내려가는 것 같은데."

"신검서생은 각주도 이길 수 있어. 우린 비록 합공했지만 신검서생과 평수를 이뤘고. 겨우 천수 한 명 이긴 것 가지고 괜히 들뜨지 마."

"흐흐! 그래도 좋은 건 좋은 거지."

"가자. 모두 산에서 쫓아내려면 부지런히 움직여야 돼."

돌주먹이 먼저 신형을 날렸다.

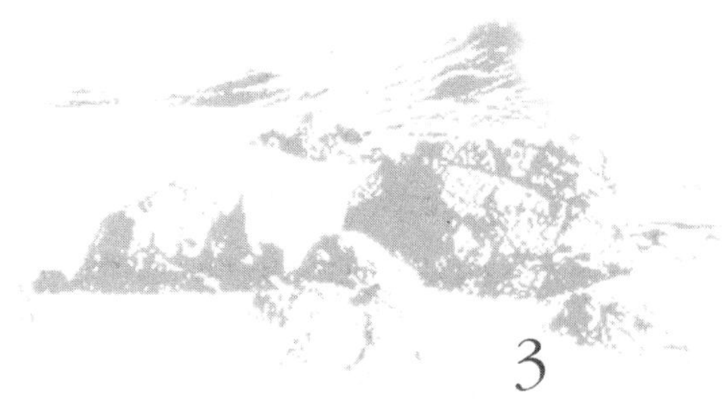

3

물고 물리고

무천문주는 겨울의 긴긴 밤을 뜬눈으로 꼬박 밝혔다.

'무엇인가 어긋나고 있다……'

마음 깊은 곳에서부터 불길한 예감이 꼬리를 물고 일어난다.

지금쯤 사각과 오각은 전멸했어야 한다. 동혈 괴인이 말한 방법들 중에 가장 확실하면서도 매정한 방법을 동원했으니 그들의 죽음을 피할 길이 없다.

마단과 현문의 눈을 속이는 데 그 정도의 희생이 없어서야 되겠나.

그런데 하루가 지나고 밤이 새어 날이 밝도록 전멸했다는 통보가 오지 않고 있다.

사각과 오각이 전멸을 당해야 적을 분석한다는 핑계로 일, 이, 삼각이 현재 자리에 머물 수 있는데, 그들이 죽지 않고 있다.

사각주와 오각주에게 최선을 다하라고 단단히 못을 박아두었다. 반드시 뇌궁을 멸절시켜야 한다고, 사각과 오각이 전멸하더라도 뇌궁만은 이 세상에서 지워 버려야 한다고. 그러기 전에는 얼굴을 들고 나타나지 말라고 했다.

사각과 오각은 최선을 다하고 있을 터인데 어찌 된 일인가.

마단과 현문이 중시할 정도라면, 벽력도제의 사리일잠도를 자유자재로 구사하는 인물이 있을 정도라면 사각과 오각 정도는 벌써 갈아엎었어야 되는데.

뇌궁이 몰살했다고는 보지 않는다. 아직까지 치열한 접전을 벌이고 있다고도 생각되지 않는다.

뇌궁은 서른 명도 되지 않는다. 공격을 가한 무천 무인은 백여 명에 이른다. 숫자적으로는 무천문이 단연 앞서지만, 문파 대 문파의 싸움은 인원수로 하는 것이 아니다.

인원수로 우위를 차지한다는 것은 무공이 엇비슷할 때나 통용되는 말이고, 문파 간의 싸움은 어느 쪽에 절대강자가 존재하느냐에 따라서 승자가 결정되곤 한다.

무천문의 경우 각주 두 명과 정주 열 명이 손을 맞잡으면 천수 아흔 명을 상대할 수 있다.

뇌궁이 그런 경우다. 문도는 서른 명밖에 되지 않지만 알려진 사람들의 면면만 살펴봐도 각주들에게 뒤지지 않는다. 지천도는 오래전부터 초강고수였고, 당문삼기 역시 개개인이 각주들과 겨룰 만하다. 그들 한 명이 정주 서너 명을 상대할 수 있다고 보면 뇌궁은 결코 약한 문파가 아니다.

마단과 현문이 뇌궁을 괜히 높이 평가하겠는가.

꼬끼오! 꼭꼭! 꼬끼오……!

새벽닭이 목청을 드높였다.

밤이 긴 겨울이니 날이 밝아오려면 한 시진 정도는 더 남았다.

무천문주가 여섯 번째 찻잔을 입에 대었을 때, 장막 밖에서 반가운 음성이 들렸다.

"문주님, 다녀왔습니다."

싸움이 어떻게 돌아가는지 보고 오라고 교가로 보냈던 자다.

"들어와."

장막이 걷히며 흑색 무복을 입은 자가 들어섰다.

무천문 고수들은 가슴에 '천(天)' 자가 새겨져 있는데, 들어선 자는 아무 표식도 없다.

무천문주의 비밀 그림자, 십호법(十護法) 중에 한 명이다.

"어떻게 되었느냐?"

걷힌 장막을 통해서 찬바람이 매섭게 들이닥쳤다.

"뇌궁은 화초산을 결전장으로 택했습니다. 사각과 오각이 화초산을 공격했으나 여의치 않은 듯 보였습니다."

"못난 놈들!"

무천문주는 버럭 화가 치밀었다.

상대가 들판 같은 개활지에서 기다릴 때는 전면전을 각오한 게다. 그렇지 않을 경우에는 십중팔구 계략에 의한 싸움이 된다.

뇌궁은 총단으로 알려진 만월기루를 버리면서까지 싸움 장소를 산으로 택했다.

그건 무엇을 말하는가. 지리(地理)를 이용해서 치고 빠지겠다는 수작이지 않은가.

흑색 무복의 사내가 말을 이었다.

"뇌궁은 전면전을 피하고 있습니다. 이곳저곳 산을 옮겨 다니며 숨 바꼭질만 하고 있었고, 사각과 오각은 뒤만 쫓고 있습니다."

"됐다. 나가봐."

밤을 꼬박 밝힐 만큼 가슴을 무겁게 짓누르던 불안감은 말끔히 해소되었다. 하지만 이번에는 걷잡을 수 없는 분노가 치솟았다.

어떻게 돌아가는 상황인지 눈에 선하다.

뇌궁의 약은 수에 말려들었다. 놈들은 그냥 도주만 하는 것은 아니다. 그러려면 화초산으로 기어들어 갈 것이 아니라 교가를 떠났어야 한다. 놈들이 화초산으로 들어간 것은 도주가 아니라 유리한 싸움이 목적이다.

사각과 오각 문도들은 놈들을 잡는답시고 땀만 뻘뻘 흘리고 있을 테고, 한두 명씩 무리에서 떨어져 나온 자들은 표적이 되어 척살되고 있을 게다.

시간은 걸리지만 무리없이 적을 치는 방법이다.

사각과 오각은 정주들의 능력에 맡길 것이 아니라 토끼 몰이 하듯이 일렬로 늘어서서 차근차근 뒤져 나갔어야 한다. 그랬다면 지금쯤 궁지에 몰린 뇌궁 무리와 치열한 접전을 벌였을 게고, 둘 중 한쪽은 끝장났으리라.

'미련한 놈들 때문에 곤란하게 됐네.'

무천문주는 화가 치솟아 뜨거운 차를 단숨에 들이켜 버렸다.

속이 화끈 달아올랐지만 그래도 분은 풀리지 않았다.

사각과 오각이 싸움을 지속하고 있으니 일, 이, 삼각이 현재 자리에 머물러 있을 수가 없다. 날이 밝는 대로 교가로 들어가서 뇌궁 무리와 싸워야 한다. 그것도 무천문 전력이 모두 투입되어야 한다.

애초의 계획과는 상당히 동떨어졌다.

'놈들이 산에 있는 한 문도를 모두 투입시켜도 속전속결은 물 건너 가고 말았어. 이렇게 되면 마단 뜻대로 되는 셈인데, 싸움이 끝나고 나면 무천문은 처분만 기다리는 신세로 전락할 거야. 뇌궁 놈들…….'

일이 어디서부터 틀어졌는가.

뇌궁의 대응이 예상 밖이다. 사각주와 오각주 또한 현명하게 대처하지 못했다. 일은 거기서부터 벗어나기 시작했다.

동혈 괴인의 말이 귓전에 쟁쟁 울렸다.

"이번에 움직이면 무천문은 거의 전멸되겠지. 크크크! 하지만 그럼으로써 넌 사천무림의 제일영웅이 되는 거야. 추종자가 들끓을 테니 이런 무천문 따위는 십 년이면 만들 수 있지. 십 년, 향후 십 년이면 넌 사천무림의 패자가 되는 거야."

'전멸되더라도 마단을 찍어 누르고 전멸되어야 하는데 이건……. 빌어먹을!'

무천문주는 내키지 않았지만 붓을 들었다.

십호법이 알아온 바에 의하면 현문도라 추측되는 무인들이 교가가 빤히 내려다보이는 산 정상에 머물러 있다. 그곳은 금사강 건너편인지라 마단 무인들과의 충돌이 일어날 여지가 없는 곳이다.

놈들은 진작 왔으면서도 일차 싸움이 끝날 때까지 기다리고 있는 것이다.

그들에게 서신을 보내면 좋으련만 보낼 수가 없다. 그들은 현문의 숨겨진 전력으로 사천무림 어느 문파와도 인연을 맺고 있지 않다.

그들을 움직일 수 있는 사람은 뇌천검객뿐인데…… 빌어먹게도 그 놈은 하루 정도나 달려가야 할 곳에 머물러 있다.

현문의 움직임은 매우 느렸다.

하루에 십 리.

굼벵이가 기어가도 그보다는 더 빠를 것 같다.

무천문이 말려들지 않았어도 이동 속도가 그렇게 느렸을까? 그런 속도라면 하루 거리를 이동하는 데 사나흘도 더 걸릴 게다. 때가 되었다 싶으면 득달같이 달려들 테고.

무천문주는 뇌천검객 앞으로 서신을 썼다.

삐익! 삐이익! 아아…… 아아아…… 악! 아아……!

무천문주가 서신을 다 쓴 후 봉인(封印)을 할 때, 귀를 틀어막고 싶을 만큼 듣기 싫은 괴음이 들려왔다.

"이게 무슨 소리야! 어떤 놈이 아침부터 지랄이야!"

"에잇! 기분 더러운 소리네. 그만 안 할래!"

새벽 어둠이 물러가기 전이지만 무천 무인의 숙영지는 온갖 소리로 떠들썩했다.

'적이닷! 기습이야!'

무천문주는 대뜸 상황을 알아차렸다.

미련한 놈들이 소리만 들을 줄 알았지, 소리 속에 포함된 음률은 찾아내지 못하고 있다. 높고 낮음이 기이하여 심후한 내력이 없으면 발성할 수 없는 소리들이다.

"십호(十護)! 준비해라. 손님이 왔군."

"알겠습니다."

그의 말이 떨어지기 무섭게 장막 밖에서 조용한 음성이 대답했다.

'마단인가? 기이란 음률로 선제공격을 가해온 걸 보면 마단 같기도 하고…… 도대체 어떤 무공이기에 음률로 공격한단 말인가.'

호기심이 치밀었지만 지금은 호기심 따위나 충족시키고 있을 시간이 없다.

삐익! 삐이익……!

날카로운 경적(警笛)이 야공에 울려 퍼졌다. 그러자 시끄럽던 소란은 대번에 그쳤다. 경적을 들은 무인들은 신속하게 병기를 들고 정(正)별로 모여 정주의 명령을 받았다.

"우리 정이 아닌 자는 무조건 벤다."

"넷!"

곳곳에서 우렁찬 대답 소리가 터져 나왔다.

정주는 각기 다르지만 명령은 똑같을 것이다. 지금부터 천수들은 맡은 구역에서 움직이지 않을 것이고 구역을 침범하는 자는 무천 무인이라도 벤다.

명령을 마친 정주들은 각주의 장막으로 모여들었다.

정주들이 각주의 장막에 이르렀을 때, 문주의 명을 받들고 나온 각주와 마주쳤다.

그들의 일사불란한 행동은 조금의 행동도 낭비하지 않았다.

"적은?"

"아직까지는 접전이 없습니다."

"날이 밝을 때까지 현 위치를 고수한다. 목숨을 걸어라."

"날이 밝는 대로 추후 명령을 하달하겠다. 돌아가 봐!"

"존명!"

정주들은 신속히 몸을 날려 어둠 속으로 사라졌다.

소리만 들렸을 뿐 적의 모습은 어디에도 보이지 않았다. 하지만 문주가 발한 경적이니 적의 급습은 틀림없으리라.

"사시, 이화는 정중앙으로. 뒤를 당문삼기가 받치고."

명을 내리는 사람은 대물이었다.

옥적과 옥화를 사용하는 사시와 이화, 그리고 막강한 암기와 독으로 무장한 당문삼기라면 무천문주라도 쉽게 처리할 수 없다. 무천문주 정도 되는 무인이 아니라면 쉽게 뚫린다.

사사삭! 사사사삭……!

사시와 이화는 신속하게 몸을 날렸다. 그 순간,

쒜에엑!

전면에서 검이 날아들었다. 무천문 삼각은 문주의 장막을 중심으로 원을 그리며 방어진을 구축하고 있다. 두 각이 전면에 원을 그리고 있으며, 일각이 뒤에서 작은 원을 그리며 포진했다.

군(軍)이라면 이들은 완벽한 이중 방어진을 형성했을 게다.

대물은 병사들과 무인들의 다른 점을 파악해 냈다. 그것은 파락호와 무인들의 다른 점이기도 했다.

엄격한 규율.

군인이나 파락호들도 규율이 엄격하지만 무인들의 규율과는 비교할 수 없다.

무천문 무인들은 정을 중심으로 행동하기 때문에 원을 그리고 있다고는 하지만 정과 정 사이에는 빈틈이 생긴다.

사시와 이화가 뚫고 들어간 지점이 그곳이며, 무천 무인들의 위치는 이미 파악해 놓은 상태다.

먼저 터뜨린 옥적, 기성은 무천 무인들의 움직임을 불러일으켰고, 두 눈을 크게 뜨고 지켜보던 뇌궁 무인들의 눈에 속속들이 비쳤다.

"아아……!"

은초홍이 남녀 간의 합궁 시에나 토할 법한 비음(鼻音)을 터뜨리며 옥화를 내저었다.

공격해 오던 상대의 검이 잠시 멈칫거렸다. 공격하는 상대가 여자이고, 기묘한 비음이 검을 무디게 했으리라.

파라락……!

옥화에서 떨어져 나간 꽃잎이 야공을 너울너울 물들였다.

"누구…… 흐윽!"

무인은 목을 움켜잡고 털썩 무릎을 꿇었다. 그는 숨을 쉴 수 없는지 펄떡펄떡 뛰더니 곧 잠잠해졌다.

"여기닷! 비겁한 것들! 감히 암수를 사용하다니!"

어둠 속에서 쩌렁 울리는 일갈이 들린다 싶은 순간 사시와 이화는 아홉 명의 무인에게 포위당하고 말았다.

"아…… 으음……."

"흡! 하아……."

은초홍과 연미심의 입에서 흘러나온 비음은 차마 대놓고 들을 수 없을 만큼 민망했다. 그녀들은 무인들이 포위하고 있든 말든 상관없다는 듯 몸을 비틀며 교성을 토해냈다.

"베라!"

누군가 싸늘하게 말했다.

삐익! 삐이이익……!

사시가 귀신의 호곡성 같은 괴음을 불어대기 시작했다.

차분하게 가부좌를 틀고 앉아 마치 벨 테면 베어보라는 듯이 옥적을 불어댔다.

"이것들이군, 괴상한 소리를 흘려낸 게."

천수 한 명이 가시로 똘똘 뭉친 고슴도치처럼 온몸을 단단히 방어한 채 한 걸음씩 거리를 좁혀왔다.

"싸움이 크게 벌어질 것 같은데?"

냉설이 혼잣말처럼 중얼거렸다.

사시와 이화는 무천 무인 열 명에게 포위당했다. 한 명이 죽었으니 정주 한 명과 천수 아홉 명이리라.

그들 정도는 걱정하지 않는다. 사시와 이화는 요지성녀조차도 힘들어할 만큼 화음진에 정통하다. 또한 포위한 천수들의 뒤에는 당문삼기가 독아(毒牙)를 숨긴 채 대기하고 있으니 함정에 걸린 사람은 무천 무인들이다.

냉설이 걱정한 것은 안쪽에서 원을 구축하고 있는 무인들의 움직임이다. 그들은 마치 머리를 치면 꼬리가 달려들고, 꼬리를 치면 머리가 달려드는 뱀처럼 격전이 벌어진 정을 향해 힘이 집중되고 있었다. 시간이 조그만 더 흐른다면 사시와 이화가 상대해야 할 무인은 정 한 개가 아니라 일 각이 될 것이다.

"지천도 어른, 냉설, 일수일살. 사시와 이화를 지나쳐 일직선으로 뒤쪽 원을."

지천도와 일수일살, 냉설은 말이 떨어지기 무섭게 신형을 솟구쳤다.

"엇! 뭐얏!"

사시와 이화를 포위하고 있던 천수가 깜짝 놀라 신형을 틀었다.

"아이! 당신이 상대할 사람은 난데……."

연미심이 달짝지근한 음성을 토해냈다. 동시에 그녀가 들고 있던 모란꽃도 화려하게 만개했다.

"앗!"

실수를 깨달은 천수가 다급하게 검을 쳐대 날아오는 모란꽃을 튕겨냈다. 그러나,

"커억! 독!"

천수는 머리가 어지러운지 손을 들어 관자놀이를 만졌다. 그러나 그것도 잠시, 그는 쓰러졌으며, 먼저 무인처럼 경련을 일으키다 축 늘어졌다.

지천도 등은 천수들을 상대하지 않았다. 검을 쳐오는 무인도 있었지만 신법으로 피하며 신형을 날려 안쪽에 원을 구성하고 있는 천수들과 맞닥뜨렸다.

쒜엑!

"크윽!"

첫 번째 천수의 가슴에서 피가 솟구쳤다.

일수일살의 가공할 쾌검은 어둠과 어울려 최고의 경지를 뽐냈다.

무천 무인들도 당하지만은 않았다. 순식간에 세 사내에게 십여 명이 쓰러져 버렸지만 지독하리만치 차디찬 냉정함으로 틀에 잘 짜여진 검법을 전개해 내기 시작했다.

대물이 말했다.

"형수님과 신검서생, 지천도 어른이 뚫어놓은 길로. 무천문주의 십

호법은 개개인의 무공이 각주들과 버금간다니 조심해요.”

대물은 ‘형수님’ 이라는 말을 하며 독사의 눈치를 힐끔 살폈다.

독사는 미미하게 인상을 찡그렸지만 다른 소리는 하지 않았다. 오히려 낯을 붉힌 사람은 엽수낭랑이었고 가벼운 미소를 머금은 사람은 혜월이었다.

“그럼.”

엽수낭랑이 먼저 신형을 쏘아냈다. 신검서생도 뒤질세라 재빨리 뒤를 좇았다.

사시와 이화, 당문삼기는 앞쪽 원에 구멍을 뚫었다. 지천도, 냉설, 일수일살은 안쪽 원에 흠집을 냈다.

엽수낭랑과 신검서생은 상처난 곳을 비집고 들어가 순식간에 무천문주의 장막 앞에 도달했다.

그야말로 속전속결이다. 이화가 처음 비음을 토해낼 때부터 백(百)도 헤아리지 못할 만큼 짧은 순간에 벌어진 일이다.

“후후! 기가 막힌 놈들이군.”

섬광은 자신감으로 똘똘 뭉친 음성과 함께 장막 위에서부터 날아들었다.

그것이 신호였다. 장막 좌우에서, 옆에서, 뒤에서 날아오는 살기도 있었다.

“타앗!”

엽수낭랑은 낭랑한 옥음을 토해내며 암혼사를 최대한으로 끌어올려 신형에 쏟아 부었다.

파라랑……!

그녀의 옷자락이 강철로 만들어진 듯 거센 바람을 일으켰다. 십호법을 겨냥한 것은 아니다. 그들의 검을 신법으로 피해내면서 자연적으로 발생한 바람일 뿐이다.

신검서생은 가문의 절학인 화영검법을 펼쳤다.

비락봉에서 지천도에게 얻어맞아 가며 깨달은 심득을 보태서 그만의 화영검법으로 재탄생시킨 절학이다.

까앙! 깡깡깡!

신검서생과 십호법 중 몇 명인지도 모를 자들과의 접전은 찰나 만에 이십여 합을 교환했다. 엽수낭랑이 신법을 사용해 두 장 거리를 벗어나는 동안에 벌어진 속공이다.

누구도 우위를 점하지 못했다. 하지만 엄밀히 말하면 신검서생이 네 걸음이나 비켜섰으니 십호법의 우위라고 할 수 있다.

"대단하군!"

십호법이 우렁찬 고함을 터뜨리며 재차 달려들었다.

"길이 열렸네요."

대물이 씩 웃으며 말했다.

엽수낭랑이 십호법 중 절반을 이끌고 우측으로 빠졌다. 신검서생도 절반을 데리고 좌측으로 비켜섰다.

"대물, 수법 좀 바꿔."

"네?"

"이 수법은 옛날에 흑돈(黑豚)을 때려잡을 때 썼던 수법이잖아."

"그걸 아직도 기억해요? 쳇! 흑묘(黑猫), 백묘(白猫) 따지면 뭐 합니까? 쥐만 잘 잡으면 되지."

"후후! 재미있군, 파락호를 때려잡을 때 썼던 수법이 무천문에도 통하다니.”

마지막 말은 아련하게 들려왔다. 독사는 이미 신형을 쏘아내 사시와 이화를 지나치는 중이었다.

마천옥이 대물의 어깨를 툭 치며 말했다.

“수고했어. 무천문을 의외로 쉽게 깼군.”

“히히! 그게 어떻게 제 공입니까? 전부 혜월이 머리를 잘 쓴 덕분이죠. 안 그래요?”

혜월은 웃기만 했다.

삼지가 모두 필요하다는 독사의 판단은 정확했다.

이번 일은 혜월과 대물을 끌어들여 삼지를 만든 후 처음으로 합심하여 결과를 창출해 낸 사건이다.

마천옥은 대사(大事)를 이끌었다. 그는 마단과 현문의 움직임을 예견했다. 마단이 교가를 포위했으나 공격해 오지 않는다는 사실 하나만으로, 마단이 아닌 다른 문파가 공격해 올 것이라 추측해 냈다. 현문이 사천무림에 영향력을 행사하여 몇몇 사람들을 공식적으로 파문시킨 것은 현문의 입장을 알게 되는 계기가 되었다.

마단과 현문의 일전은 양쪽 모두 부담감이 크지만 현문 쪽에서 부담감이 더 크다. 그렇다고 싸움을 피할 수는 없다. 뇌궁 개파는 두 문파 모두 물러설 수 없게 만들어 버렸다. 마단은 골인들의 존재를 은폐시키기 위해, 현문은 마단을 제거하기 위해 어쩔 수 없는 한판 승부가 예측된다.

문제는 뇌궁이 경험했다시피 현문은 마단을 상대하기 버겁다는 데 있다. 현문으로서 최선의 각본은 마단이 뇌궁을 치면서 손상을 입은 후에 현문과 싸운다는 것인데…….

마천옥이 예측한 대로 마단은 사천오주 중 무천문을 끌어들였다.

뇌궁도 버거운 것은 마찬가지다. 마단을 상대하기도 벅찬데 무천문까지 상대해야 하다니.

가장 빨리, 가장 피해 없이 무천문을 쳐야 한다.

무천문을 치기로 작정한 순간부터는 혜월이 도맡았다.

일부는 남아서 무천문을 맞이하고, 일부는 빠져나가 무천문주를 바로 공격하자는 계획이다.

그러기 위해서는 싸움터를 화초산으로 옮겨야 한다.

뇌궁 사람들은 비락봉에서 죽음의 수련을 했으니 산에서 싸우는 것이 훨씬 유리하다. 전력을 다해서는 안 된다. 치고 빠지면서 최대한 시간을 끌어주는 것이 주목적이다.

혜월은 화초산에서 싸울 자와 무천문주를 칠 자를 추렸다.

한 발만 삐끗하면, 계획에 조그마한 변수라도 발생하면 천 길 나락으로 떨어지는 위험천만한 계획으로 마단과 무천문의 행동을 정확히 읽지 않고는 수립하기 힘들다.

어떤 정보가 있는 것도 아니고 머리 속으로 생각한 것에 의존해야 하는 입장이니 더욱 세심해야 한다.

마천옥과 혜월은 자신있게 말했다, 틀림없다고.

무천문의 뒤에는 사혼마(死魂魔)라는 존재가 있다. 그가 무천문의 두뇌다.

사혼마는 비시문도 인정하는 자. 비시문에 입문하러 찾아왔다가 비시문주와 밤새워 토론한 끝에 '이런 비시문이라면 나를 감당하지 못한다' 는 말을 남기고 떠났다는 자다.

무림인들은 사혼마가 존재하는지조차 모른다. 하지만 비시문은 그를 주목했고 그의 모든 행동을 관찰해 왔다.

지자(智者)끼리의 싸움에서는 적을 아는 것보다 중요한 것은 없다. 사혼마는 마천옥과 혜월의 존재를 모르고 있고, 뇌궁에서는 사혼마를 알고 있다. 적을 알면 적이 어떤 방식으로 싸울 것인지도 짐작해 낼 수 있다.

마구오신, 음풍사장, 그리고 왕가달이 화초산에서 동분서주(東奔西走)하고 있을 무렵, 독사를 비롯한 뇌궁 무인들은 금사강을 따라 삼백여 리 떨어진 정수(定守)에 도착했다.

거기서부터 전권은 대물에게 넘어갔다.

대물은 병법이니 지략이니 하는 것은 모르지만 선천적으로 싸울 장소와 싸울 방법을 생각해 낼 수 있는 천재다.

그는 무천문의 숙영지를 살펴본 후 웃었다.

그 결과가 지금 나타나고 있다.

마천옥의 말대로 뇌궁이 무천문과 싸우는 동안 마단과 현문은 움직이지 않았다. 무천문에서는 전력을 다하지 않았다. 혜월이 주도한 대로 화초산의 싸움은 뇌궁에게 유리했고, 무천문은 적이 코앞에 이르도록 눈치조차 채지 못했다.

무천문을 치는 방법은 두 가지가 있다.

하나는 은밀히 잠입해 무천문주를 치는 것이요, 다른 하나는 지금처럼 속전속결로 끝내는 것.

쉽기는 전자가 더 쉬우나 독사는 후자를 선택했다.

"암습은 분노를 일으키지. 문주가 암습을 당해 죽으면 문도들은 치를 떨며 이를 갈 거야. 무력으로 뚫고 들어가서 실력으로 졌다는 생각을 갖게 만들어야 해."

삼지는 독사의 말을 되새기며 밝아오는 아침을 맞았다.

　지자의 역할은 방법을 제시하는 선에서 끝나야 한다. 어떤 방법을 선택하던 그것은 궁주의 몫이다.

　독사와 무천문주가 맞대면하는 순간, 여러 곳에서 일어난 싸움이 거짓말처럼 멈췄다.
　문주의 장막은 길게 찢어져 안이 환히 드려다 보였다.
　장막 한구석에 놓인 침상과 정중앙에 놓인 탁자, 그리고 탁자 위에서 아직도 하늘거리며 타고 있는 대황촉의 불빛이 차갑게 비쳤다.
　독사가 일검으로 장막을 찢어버리고 안으로 뛰어들어 간 직후, 짧은 섬광이 오고 갔다.
　그리고 정적이다.
　독사와 무천문주는 두 걸음이면 육신을 저밀 수 있는 거리에서 서로에게 검을 겨눈 채 가쁜 호흡을 고르고 있다.
　뇌궁 무인들이나 무천 무인이나 싸움을 멈출 수밖에 없는 상황이다.
　방금 전 일전의 결과는 무엇인가, 누가 우세한 건가?
　"마단에서 일러주더군, 벽력도제의 사리일잠도를 능숙하게 사용하는 자가 있다고. 자네인가? 뜻밖이군. 도를 사용할 줄 알았는데 검을 사용하다니."
　무천문주가 말했다.
　"사리일잠도는 인간의 수만 가지 행동 중 하나일 뿐이오."
　"초식이 필요없다는 말이군. 그런 말은 무초(無招)가 유초(有招)를 이긴다고 하는 걸세. 그러나저러나 놀랍군. 독사… 일개 파락호가 이 정도의 고수가 될 줄이야. 세상에 이런 일도 있군."
　"칭찬으로 받아들이겠소."

“칭찬이야.”

“방금 한 말 중에 한 가지 틀린 점이 있소.”

“……?”

“인간의 행동에는 무초도 없고 유초도 없소. 행동은 그저 행동일 뿐이오. 발을 움직이면 걸어가는 것일 뿐, 거기에 무초나 유초가 있을 리 없소.”

“……!”

무천문주는 눈을 부릅떴다.

독사의 첫 번째 공격은 아슬아슬하게 막아냈다. 독사의 검은 그야말로 번갯불 같아서 아차! 하는 순간에 몸을 저며왔다.

밖에서 일어난 소란은 들었다.

예상치 못한 일이지만 놈들이 선제공격을 가해왔다.

무천문주는 뇌천검객에게 보내는 편지를 십호법에게 맡길 생각이었다. 그리고 난 후 천천히 나가봐도 늦지 않다. 당장 가장 급하게 처리해야 할 일은 뇌천검객을 빨리 오게 만드는 일이다.

그런 생각을 마치자마자 장막이 찢어지며 검이 날아들었으니 대경실색할 수밖에 없었다.

독사는 아직 미숙했다. 자신 같았으면, 자신이 그런 기회를 잡았다면 반드시 적을 죽였을 게다. 간신히 검을 뽑고 간발의 차로 섬광을 막아냈지만, 기습을 당한 것치고는 잘 막은 거다. 상대가 벽력도제의 사리일잠도를 사용한 마당에 상처없이 막은 것은 정말 행운이다.

그러나 독사의 말을 듣고 있는 동안 무천문주의 생각은 바뀌었다.

독사는 미숙해서 베지 못한 게 아니다. 베지 않은 것이다. 그는 자신정도의, 어쩌면 자신을 능가하는 고수다. 몇 년 전에 파락호였다고 우습게 볼 자가 아니다.

"말은 이만하면 된 것 같으니…… 한 번 더 해보지."

무천문주는 말을 마침과 동시에 신형을 날리며 검초를 쳐냈다.

독사와의 거리래야 두 걸음. 검초는 무천 무인이라면 누구나 알고 있는 절혼검법. 손가락 마디만한 나뭇잎도 무늬 결대로 베어낸다는 교검의 절정이다.

쉬익! 파앗!

독사와 무천문주는 눈 깜짝할 사이에 일초를 교환했다.

무천문주는 독사가 서 있던 자리에, 독사는 옆으로 이 보 물러서 있었다.

"그만…… 가주겠나?"

무천문주는 힘없이 검을 늘어뜨렸다.

독사는 묵묵히 돌아섰다. 그리고 무천문주에게는 일별도 던지지 않은 채 걸어가 버렸다.

무천 무인들이 썰물처럼 비켜나며 길을 내줬다.

무천문주는 고개를 숙여 아랫배를 바라봤다.

갈라진 옷, 살은 베지 않고 옷만 베어낸 검의 흔적을.

第六十七章

타 들어가는 촛불

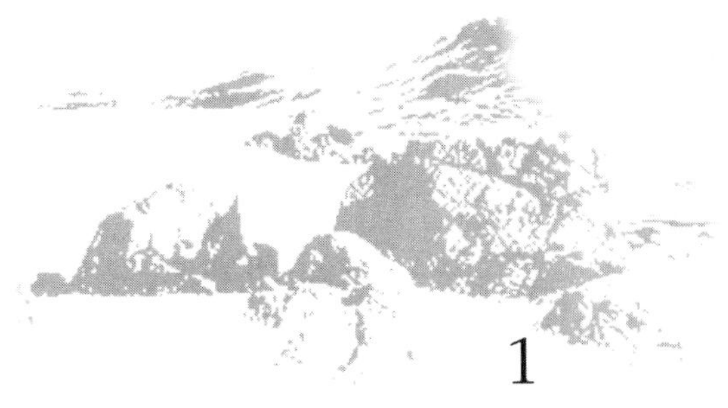

1

타 들어가는 촛불

전서구(傳書鳩) 한 마리가 반짝반짝 빛나는 쇠로 만든 검은 전통(傳筒)을 발목에 매달고 먼 길을 날아와 모이를 쪼아 먹고 있다.

오공사수는 한참 동안이나 낮게 드리워진 회색 빛 하늘을 쳐다봤다.

전통에는 전서(傳書)가 들어 있다. 수많은 사람들의 운명을 결정할 단 몇 줄의 글자가 꼬깃꼬깃 숨겨져 있다. 전서의 내용 여하에 따라 수많은 사람들이 영문도 모른 채 싸우다 죽어갈 게다. 혹은 가장 인상 깊었던 한 사내의 죽음을 말하고 있는지도 모르고.

구구! 구구……!

비둘기는 빨리 전서를 꺼내라고 재촉했다.

한낱 미물이 어떻게 인간을 재촉할까. 비둘기는 단지 먹이를 쪼아 먹는 것뿐이지만, 오공사수에게는 천명(天命)처럼 들렸다.

"휴우! 하늘의 뜻을 누가 알까."

오공사수는 깊은 한숨과 함께 전서구의 발목에서 전서를 꺼냈다.

―무천문(武天門) 퇴각(退却). 뇌궁(雷宮) 승(勝).
사상자(死傷者). 무천문 오십칠 명(五十七名), 뇌궁 무(無).

"무?"
오공사수는 자신의 눈을 의심했다. 혹시 글자를 잘못 읽지 않았나
싶어서 두 눈을 부릅뜨고 다시 살펴보기도 했다.
어떻게 이런 있을 수 없는 일이 벌어졌단 말인가. 단 한 명의 사상자
도 없이 무천문을 퇴각시켰다니. 이걸…… 말도 안 되는 이걸 믿어야
한단 말인가?
보고는 틀림없다. 다른 사람도 아니고 일마가 직접 보내온 전서이니
믿지 않을 도리가 없다.
"일이 이렇게 되는군, 이렇게……."
오공사수는 전서를 구겨서 던져 버리고 힘없이 걸음을 떼었다.
독사가 무천문을 물리침으로써 많은 죽음이 생기게 되었다.
마단과 현문은 벼르고 별렀던 일전이니만큼 서로 반길지도 모르겠
지만 사람이 죽는다는 것은 언제 어느 때나 괴롭다. 어쩔 수 없이 한두
명 죽일 때도 괴로웠는데, 전쟁이라도 하듯 무더기로 죽이고 죽는 것
은…….

오공사수의 보고를 받은 마단주는 의외로 태연했다.
"그래야지. 마단 삼신(三神) 중 직일(直一)인 오공사수가 멸혼촌에서
내보낸 인물인데 그 정도는 해야지. 나와 맞설 수 있는 유일한 자이지

않나."

"알고 계셨습니까, 독사가 이길 줄?"

"내가 신도 아닌데 그런 걸 알 리 없지. 하지만 나와 맞설 자라면 최소한 그 정도는 해내야지. 후후후! 오공사수답지 않군."

"무슨 말씀이신지……?"

"흔들리고 있어."

"……."

"예상대로라면 마단은 절반, 현문은 거의 전멸. 사천무림은 어때? 청성파와 아미파, 당문은 끼어들지 않을 테고…… 도림은 가능성 있는데 말이야."

"무천문 패배에 충격을 받은 모양입니다."

"그렇겠지. 독사가 예상외로 잘해줬어."

"현문과 꼭 싸우지 않아도……."

"후후후!"

마단주는 거칠게 웃었다.

오공사수도 안 될 말을 하고 있다는 것은 알고 있다. 문파의 팽창도로 볼 때 현문은 중간 단계에 불과하지만 마단은 폭발 직전에 이르러 있다.

마단 무인들은 참을 만큼 참았다고 생각한다. 그들은 죽음을 불사하며 수련한 무공을 터뜨리고 싶어한다. 현문이라는 대상도 있다.

싸움을 고대하고 있는 자들을 억지로 막으면 마단은 내부의 내홍에 시달려야 할 게다.

절대무의 완성에 몸을 바친 사람들은 상승무인 몇 사람뿐이다. 하위무인들은 절대무의 완성보다는 무림제패를 더 원한다. 그럴 만한 힘이 있다고 생각해 나서고 싶어한다. 마단주의 하늘을 떨쳐 울리는 무공과 강력한 통제에 짓눌려 있지만 조금이라도 틈이 벌어지면 거침없이 쏟아져 나갈 게다.

현문과의 싸움은 외부적인 일뿐만이 아니라 복잡한 내부 사정도 내포되어 있다.

"자신이 원해서 세상에 태어난 것이 아니듯, 세상일도 마음대로 되지 않는 거지. 인간이 할 수 있는 일이란 일이 생길 때마다 유연하게 대처하는 것뿐. 지식을 쌓고 무공을 닦아놓으면 맨몸으로 부딪치는 것보다 많은 도움이 되겠지만. 그래서 옛말에도 있지 않나. 어느 집이나 걱정없는 집이 없다고. 부귀로 걱정을 떨칠 수 있다면 부귀를 얻어야지. 하지만 세상일이란 그런 것이 아니니……."

오공사수는 괜한 말을 했다고 자책했다.

마단주는 자신보다 훨씬 나이가 적다. 마단주가 태어날 무렵, 그는 이미 마단 최고수 중에 한 명인 오공사수였다.

그런데 자식이나 진배없는 마단주가 자신에게 인생사에 대한 말을 할 때는 그 역시 마음이 편치 않은 거다. 현 상황을 유지하며 절대무에만 매진하면 얼마나 좋을까.

"고인 물은 썩는 법이죠. 고인 물을 뺄 때가 됐습니다. 하하하!"

오공사수는 자신이 생각해도 부자연스러운 억지웃음을 흘렸다.

"오공사수, 직접 나가줘야겠어."

"그래야죠."

"독사에게 승리자의 죽음을 주고 현문을 쓸어야지."

"며칠…… 남지 않았군요, 천 자 배 고수들의 삶이."

"……."

마단주는 조용했다.

죽은 만무타배나 요지성녀에게는 얼음처럼 대하면서도 자신에게만은 농담을 일삼던 마단주다. 그러나 오늘은 어쩐지 묵직한 기운만 흐른다. 컴컴한 대청 탓일까, 마음이 무거워서일까.

오공사수는 소리나지 않게 걸음을 떼어 조용히 대청을 물러났다.

지금 이 순간 세상에서 가장 괴로운 사람은 마단주일 테니까.

천무전(天武殿) 무인들의 눈가에 독기(毒氣)가 피어났다.

현문이 마단 총단을 알아낼 목적으로 최자범, 이효기 등을 들여보내며 수련시킨 무공인 유화신공을 수련한 무인들이다.

고르고 고른 영재들에게 몽환소를 복용시켜서 악기(惡氣)를 말끔히 빼냈다. 그 과정에서 본연의 진기마저 소실되는 단점이 있었지만 사활근맥단이라는 처방을 찾아냈다.

문제는 그런 방식으로 후천진기(後天眞氣)를 수련하면 근골이 제대로 자리잡지 못해 골인이 된다는 점이다. 또한 일단 골인이 되면 평생 벗어날 방도가 없다.

몽환소와 사활근맥단 사이에 근골을 제대로 유지시켜 주는 방도가 필요했는데, 그것이 유화신공과 독사가 연성한 암혼사다.

죽은 만무타배는 최자범에게 섭혼마령술을 펼쳐 유화신공을 얻어낸 것으로 알고 있었다.

섭혼마령술까지 펼칠 필요는 없었다. 마단은 일찍부터 유화신공을 알고 있었으니. 단지 유화신공에 문제가 있어서 문제점을 수정하여 완벽한 유화신공으로 재창안하느라 시간이 걸렸을 뿐이다.

하지만 유화신공을 수련한 이들도 천하제일은 되지 못했다.

천무전 무인들은 골인이 되지 않고도 사활근맥단의 효능에 힘입어 짧은 시간에 삼신과 필적할 만한 고수가 되었다.

하지만 그들도 마단주의 일장을 받아내지는 못했다.

무공을 수련한 세월이 다르다지만 싹수가 있는 것은 어릴 적부터 다른 법이다.

독사를 봐라. 그는 거의 스스로 마단주와 필적할 고수가 되지 않았는가 말이다.

일반적인 수련이라면 오랜 세월 동안 기다려 봐야 알지만 몽환소와 사활근맥단, 유화신공을 이용한 수련은 단 일 성을 터득한 순간부터 결과를 예측할 수 있다.

이번 싸움에는 천무전 고수 여섯 명도 동원한다.

좋게 말하면 진정한 유화신공의 무위를 떨칠 수 있게 기회를 주는 것이요, 나쁘게 말하면 절대무를 익힐 기재가 아니니 죽어도 좋다는 말이 된다.

적창(積倉) 무인들도 빼놓을 수 없다. 그들은 뛰어난 무공을 지니고도 너무 오랜 세월 동안 창고만 지켜왔다. 말은 하지 않지만 불만이 쌓일 대로 쌓여 있을 게다.

염라단(閻羅團) 무인들도 병기를 챙겼다.

그들은 자신들을 빼놓고는 현문 무인들과 싸우지 않을 거라고 생각할 만큼 기대에 부풀어 있다. 흥분에 들떠서 농을 주고받는 자가 있는가 하면 벌써 현문도의 목이라도 벤 양 승리감에 들뜬 자도 있다.

염라단 무인들이 경솔해서 그런 것은 아니다. 이들은 시작을 하기 전부터 승리감에 젖을 만큼 혹독한 수련을 해왔다.

수무전(收武殿) 무인들은 일마가 이끌고 먼저 가 있다. 마수귀(魔水

鬼)는 금사강에서 헤엄을 치고 있다.

마단에 남는 사람은 마단주와 열 명이 채 안 되는 장경고(藏經庫) 무인들뿐이다.

모두 출동한다.

이들 중 몇 명이나 살아 돌아올지…….

떠나는 자들은, 혹은 이미 교가에 도착해 있는 자들은 자신의 죽음은 생각지 않고 있다. 현문 무인들쯤은 앉아서도 죽일 수 있다고 자신만만하다. 단파의 위력을 제대로 안다면 이토록 웃고 떠들지는 못할 터인데.

오공사수는 진기를 모아 고함을 내질렀다.

"명령을 어기는 자!"

"즉참(卽斬)!"

마단 무인들이 일제히 입을 맞춰 대답했다.

"독단 행동을 하는 자!"

"즉참!"

"뒤로 물러서는 자!"

"즉참!"

"부상당하는 자!"

"즉참!"

"전대(全隊) 출발!"

염라단 무인들이 좌로 방향을 꺾어 마단을 빠져나가기 시작했다.

마단주는 나와보지 않았다. 오공사수가 내지른 고함을 들었을 텐데, 마단 무인들이 복창한 함성을 들었을 텐데. 마단 전 무인이 죽음의 가시밭길로 들어섰다는 것을 알고 있으면서…….

"다녀오겠습니다. 현문도를 얼마나 죽일 수 있을지 모르지만 단주님 뜻대로…… 이 싸움에서 저도 죽기를. 다시는 똑같은 일이 되풀이되지 않기를……."

오공사수는 혼잣말로 중얼거렸다.

그의 뇌리 속에 하나의 영상이 떠올랐다. 현문주가 단파를 전개하며 죽어가는 모습이. 수많은 사람들이 현문이란 이름으로, 마단이란 이름으로 죽어가는 모습이.

*　　　*　　　*

현문은 곤경에 처했다.

무천문은 미처 손을 써볼 사이도 없이 너무 빨리 패해 버렸다.

이제는 마단 대 뇌궁의 싸움이 아니라 현문 대 뇌궁의 싸움으로 본질이 변모해 버렸다.

현문이 총단에 머물러 있었다면 뇌궁은 신경 쓰지 않아도 된다.

뇌궁 개파에 참석하지 않은 것은 죄가 아니다. 사천무림에 영향력을 행사하여 뇌궁 문도 대부분이 각 문파에서 파문된 자들로 구성되어 있다고 선포하게 만들었지만, 뇌궁이 대죄를 범한 것도 아닌 이상 공격할 명분은 없었다.

뇌궁 문도가 파문된 문파의 무공을 사용할 경우, 그 책임은 각 문파에게 돌아가지 결코 현문을 질책할 사람은 없었다.

한데 이제 사정이 달라졌다.

무천문이 뇌궁의 공격을 받았고, 복수를 하고자 달려들었던 무천문이 패퇴했다. 속사정은 생각할 필요가 없다. 겉으로 드러난 현상만 봐야 한다. 무림인들 대부분은 겉으로 드러난 현상을 진실로 믿게 될 터이니.

현재 현문은 교가와 가장 가까운 위치에 있다.

무림 도의상, 정도문파의 도리로 무천문의 패배는 현문도의 출전을 강요한다.

사천오주인 무천문이 패배했는데 중소문파에 불과한 현문이 어쩌겠냐는 말은 통용되지 않는다. 검을 든 무인이라면, 정도문파의 일원이라고 자처했던 문파라면 이럴 경우 당연히 검을 들어야 한다.

"독사, 독사 또 독사……. 그것참! 독사가 가는 길목마다 기다리고 있다가 발목을 무는군."

파천검객은 어이가 없어 혀를 찼다.

뇌궁이 무천문을 패퇴시킨 것도 불가사의(不可思議)지만 사상자 한 명 없이 물리쳤다는 것은 도저히 믿기 어렵다. 하지만 사실이 그렇게 되지 않았는가.

이런 상황 하에서는 현문을 이끄는 빙천검객이나 지모(智謀)에 밝은 뇌천검객이나 입을 열 수가 없었다.

독사의 무공이 어느 정도인지는 짐작하고 있다. 하지만 무천문주가 단 이 초 만에 물러설 정도라고는 생각지 않았다.

'우연히' 라는 말이나 '운이 좋아서' 라는 말은 무천문주와 같은 고수에게는 통용되지 않는다. 무천문주를 꺾으려면 진실로 무공이 강해야 한다.

필살검(必殺劍)이다. 일 초 만에 승부를 결정짓는 필살검이 아니고서는 그런 일이 있어날 수 없다.

필살검은 상대를 죽이는 데도 탁월하지만, 반면에 조금이라도 무공이 약하면 자신이 죽는 양날의 검이다.

무천문주와 독사의 싸움에서는 독사의 무공이 조금이라도 강했다.

"본 적은 있지만…… 훨씬 강하군."

쾌천검객이 실소를 흘리며 말했다.

무천문주를 꺾을 수 있는 자인데 막세건과 비무를 시켰으니.

간간이 흘러나오는 말은 많았지만 결정적으로 뇌궁을 어떻게 처리할지에 대해서 말하는 사람은 없었다.

한참 동안 듣기만 하던 빙천검객이 드디어 입을 열었다.

"마단을 상대해야 하는데 뇌궁까지 건재하니 엎친 데 덮친 격이군. 하지만 어쩌겠나. 무림동도들의 눈이 우리에게 쏠려 있으니 처리할 수밖에. 뇌천, 뇌궁을 자네에게 맡겨도 되겠나?"

뇌천검객은 전에 없이 신중했다. 어떤 일이든 물음을 던지는 즉시 최적합한 대답이 튀어나오곤 했는데, 이번에는 문주의 물음에도 가타부타 말을 하지 않았다.

"할 수 없군. 소천, 자네가 맡지."

"소제도 내키지는 않지만, 누군가는 해야 되니 제가 하죠."

소천검객은 탁자 위에 올려진 손가락에서 시선을 떼지 않으며 말했다.

그때 영원히 침묵할 것 같던 뇌천검객이 입을 뗐다.

"소제가 하겠습니다."

"……."

"독사와는 질긴 인연도 있으니 제가 해야죠. 독사에게 무공을 전수한 사람이 저이니, 제가 거두겠……."

뇌천검객은 말을 하다 말고 벌떡 일어났다.

빙천검객을 비롯해 쾌천, 파천, 소검검객도 자리에서 일어났다.

너무 멀리 떨어져 있어서 희끄무레하게 보이지만 가마를 둘러멘 장한들이 숨 가쁘게 뛰어오고 있었다.

칠잔앙, 요명산에 있어야 할 칠잔앙이 사전 기별도 없이 어쩐 일이란 말인가.

칠잔앙은 여느 때와 다름없이 포근한 미소를 머금고 있지만 어쩐지 어색하다는 느낌을 지울 수 없었다.

그렇다. 칠잔앙의 미소가 평소와 다른 점이 있다. 쓸쓸함이 깔린 미소라고 해야 할까, 애잔함이라고 해야 할까?

"저희는 준비가 되었습니다."

빙천검객이 담담하게 말했다.

칠잔앙의 색다른 미소를 제일 처음 발견한 사람은 뇌천검객이었으나 칠잔앙의 마음을 제일 먼저 어루만져 준 사람은 빙천검객이었다.

과거 현문은 이런 싸움을 한 적이 있다.

완벽하게 준비되었다고 믿었는데, 결과는 판이하게 달랐다. 문주를 비롯한 전 문도가 몰살하다시피 했고, 겨우 칠잔앙만 살아남았다. 두 다리를 잃은 채.

이제 그 싸움을 천 자 배 고수들이 치러야 한다.

이번에는 먼저보다 못하다고도 낫다고도 할 수 없다. 전에는 문주만이 단파를 수련하고 있었으나 이번에는 천 자 배 고수들 전부가 단파를 수련했다.

그 점에서는 전보다 낫다. 하지만 무공이란 머리 속에 요결을 기억했다고 해서 사용할 수 있는 것이 아니다. 실전에서 무의식적으로 펼치기 위해서는 끝없는 반복 수련이 요구된다.

천 자 배 고수들의 무공은 일천하지 않다. 폭 넓고 깊은 경험들도 지녔다. 짧은 수련 기간 정도는 보완해 낼 수 있을 것이다. 하지만 정심하지 못한 무공으로 싸움에 임한다는 것이 어떤 결과를 불러올지는 아무도 모른다.

일잔앙이 고개를 끄덕이며 말했다.

"그런가, 준비가 되었는가?"

"네."

"단파에만 너무 의지해서는 안 되네. 단파는 최후의 초식이란 점을 명심하게."

"명심하겠습니다."

"뇌궁 문제로 고심들이 많은 것 같은데… 그 문제는 이 늙은이들에게 맡겨주시게."

"네?"

"허허허! 왜 그러는가? 이 늙은이들이 못 미더운가?"

"그게 아니라……."

"이 늙은이들과 현문사존(玄門四尊)이 나서면 충분할 걸세. 문주께서는 마단과의 일전에 집중하시게나. 그래도 힘들 터인데."

일잔앙의 한마디는 현문주도 어쩌지 못할 명령이었다.

현문에서 칠잔앙이 차지하는 비중은 컸다. 커도 너무 커서 현문의 수장인 빙천검객이, 현문의 생사를 좌우할 수 있는 그도 이의를 제기하지 못했다.

일반적인 상식에서 벗어난 체계다.

다른 문파에서는 원로(元老)들이라고 해도 장문인의 명을 따른다. 장문인의 사부라고 해도 장문인의 명을 거스르지는 않는다. 장문인이 곤란하지 않게끔 원로들이 미리 알아서 처신한다.

하지만 마단이라는 초유의 강적과 대치하고 있는 현문을 다른 문파들과 비교할 수는 없다.

칠잔앙은 마단과 직접 싸워봤고, 마단에 대해서 가장 잘 아는 사람이다.

뇌천검객이 눈을 빛내며 물었다.

"제일존의 독기는 다 빠졌습니까?"

제일존은 독에 중독되지 않는다. 그런 사람을 중독시킨 엽수낭랑의 독은 이 세상에서 가장 지독할 게다.

일잔앙이 빙긋 웃으며 말했다.

"지금은 괜찮네."

"죄송한 말씀이지만…… 제이존(第二尊)이 누구입니까?"

"허허허! 궁금한가?"

"……."

궁금하지 않을 수 있는가. 천 자 배 고수들조차 알지 못하는 사람이 차기 문주가 될 수도 있는데.

제일존에서부터 제사존까지는 누구든 차기 문주가 될 수 있다.

그들의 서열은 현재 상태에서 정해졌을 뿐이고, 차후 얼마나 발전하느냐에 따라서 문주가 결정될 것이다.

그들의 서열은 내정일 뿐이지 결정적인 것은 아니다.

제일존, 그는 정통 현문도라고 할 수 없다. 칠잔앙의 집중적인 지도로 후기지수 중 가장 뛰어난 성취를 거뒀지만 현문에 대한 애정이 얼마나 깊을지 의문이다.

제이존은 누군지 알지도 못한다. 칠잔앙이 그만한 무공을 지닌 사람이라니 그렇게 알 뿐이지 이름조차도 알지 못한다.

이게 말이나 되는가.

"궁금해도 참으시게. 현문을 위한 일이니…… 하지만 이번 싸움이 끝난 후 내 얼굴을 다시 볼 수 있다면…… 약속하겠네. 제이존이 누구인지 가르쳐 줌세. 한 가지만은 믿어주시게. 그의 서열은 제이존이나 무공은 제일존을 능가하네. 지략이나 영도력도 제일존보다 탁월하네."

"그럼 왜……?"

"그는 현문에서 거둘 수 없는 큰 나무이기 때문이지."

말을 들을수록 의문만 더 증폭된다.

현문의 그 누구도 칠잔앙에게서 이런 말을 들은 사람이 없다. 빙천검객이 현문주가 될 때는 '이제 자네 손에 현문의 장래가 달렸구먼' 이라며 형식적인 예만 갖춰졌을 뿐이다.

뇌천검객이 다시 물었다.

"이번에 뇌궁을 치실 때 그도 동행합니까?"

일잔앙은 고개를 끄덕였다.

"현문사존이 모두 같이 간다고 하지 않았나. 그래도 이 늙은이들을 믿지 못하겠나?"

오천검객은 아무 소리도 하지 못했다.

더 캐물어도 알려주지도 않을 것이고, 이의를 제기해도 받아들여지지 않을 것이다.

이번 싸움이 끝나면… 그리고 살아남는다면…… 궁금증이 얼마나 해소될지…….

2

엽수낭랑은 밤이 깊어진 것도 잊어버리고 뜨거운 불꽃에서 눈을 떼지 않았다.

단약을 제련할 때 가장 중요한 점 중 하나가 불길의 강도다.

제련하는 단약의 특성에 따라서 센 불을 사용할 때도 있고 약한 불을 사용할 때도 있지만, 불길의 강도를 꾸준히 유지시켜 준다는 점에서는 동일하다.

그녀가 제련하는 단약은 지극히 미약한 불로 오랜 시간 동안 졸여내야 한다.

엽수낭랑은 숯불을 사용했다.

숯불이 사그라지지 않도록 풀무질을 하는 한편 밀봉된 한지에서 풍겨나는 냄새를 맡았다.

냄새는 고약했다. 생선 썩는 냄새 같기고 했고 거름 냄새 같기도 했다. 비위가 약한 사람은 금방이라도 구토를 일으킬 만큼 오장육부를 뒤흔드는 냄새다.

그녀의 비위도 강한 편은 아니었다.

당문에서 태어나고 자란 관계로 많은 독물들을 접해봤고, 죽은 동물들의 살과 뼈를 발라내 보기도 했지만… 죽은 사람도 만져 봤고, 나병에 걸린 사람들과 지낸 적도 있지만 의원이라는 강한 신념이 그녀의 육신을 이끌었지 비위가 좋아서 흔쾌히 했던 것은 아니다.

이번이라고 다를 바 없다. 뱃속에서는 욕지기가 치밀지만 단약 제련을 꼭 성공해야 된다는 의지가 그녀로 하여금 끊임없이 냄새를 맡게 했다.

그녀가 이번 제련에서 거는 기대는 채 일 할도 되지 않는다.

다른 때와 마찬가지로 한지를 뜯어내 안을 들여다보고는 쏟아버리게 될 게다.

온 정성을 다한 것치고는 허무한 결과이지만, 그런 과정들이 반복됨으로써 단약을 제련하는 방법이 점차 정립되어 간다.

'조금만 더 졸이면…….'

제련은 막바지에 이르렀다.

한지를 뚫고 새어 나오는 김이 한결 줄어들었고 고약한 냄새는 더욱 진해졌다. 코가 마비될 정도로 고약해서 한동안은 다른 냄새를 맡지 못할 것 같다.

그런데 한참 중요한 고비에 이르렀을 때 엽수낭랑의 정신이 잠시 분산되었다.

'누구……?'

방문객이 조용히 사립문을 밀치고 들어섰다.

뇌궁 식솔은 아니다. 뇌궁 식솔들은 그녀가 제련에 쏟아 붓는 정성을 알고 있기 때문에 제련 중에는 절대 방해하지 않는다. 그녀가 임시 제련장으로 사용하는 초가에 머물 때는 아무리 급한 일이 있어도 찾아오지 않는다.

그러나 뇌궁 식솔이 아니면 찾아올 사람이 없다.

뇌궁에 변괴라도 생긴 것인가. 마단이 공격이라도 가해온 것인가.

고개를 들어 쳐다보았을 때는 기겁할 정도로 놀라고 말았다.

불곰.

자신을 죽음 직전까지 몰아넣은 사내.

절체절명의 순간에 음경지의로 만든 독 덕분에 목숨을 건졌던 순간이 뇌리를 스쳐 갔다.

불곰이 어떻게 교가에 나타났을까? 아니다. 현문도가 교가에 나타난 것은 당연하다. 한데 뇌궁 궁도들밖에 모르는 초가를 어떻게 알고 찾아왔을까.

대답은 간단하다. 현문이 뇌궁의 움직임을 낱낱이 파악하고 있었다면 초가가 아니라 밀실이라도 찾아올 수 있다.

불곰은 자기 집에라도 들어온 양 태연했다. 엽수낭랑에게 말을 걸지도 않았고, 그녀의 제련을 방해하지도 않았다.

곰보다도 훨씬 더 큰 덩치를 마당 한가운데 놓인 평상에 뉘고 하늘에 떠다니는 구름을 쳐다봤다.

엽수낭랑도 강적이 나타났지만 제련을 멈추지 않았다.

불곰에게 잠시 눈길을 주었을 뿐, 곧 빨갛게 이글거리는 숯불로 눈을 돌려 풀무질을 했다.

반 각이라는 시간은 아주 짧기도 하고 아주 길기도 하다.

엽수낭랑에게는 긴 시간이었다.

무엇인가 결과를 기다리는 시간이니 촌각이 한 시진이라도 되는 양 더디 갔다. 그러나 긴 시간이든 짧은 시간이든 흘러가는 것이 시간. 반각이란 시간은 흘러갔고 약탕기에서 조그만 변화가 일어났다.

'냄새가 사라졌어!'

악취에 마비된 코는 제대로 냄새를 맡지 못한다. 초가 곳곳에 가득 배인 냄새는 약탕기에서 아직도 냄새가 나고 있다는 착각을 일으킨다. 그러나 엽수낭랑은 약탕기에서 흘러나오던 냄새가 그쳤음을 알아챘다.

재빨리 탕기를 집어 두어 걸음 정도 떨어진 곳에 있는 우물가에 놓았다.

이런 경우를 대비해서 우물가에서 약을 제련했다. 얼음도 미리 구해 놨다. 초겨울이라고는 하지만 아직 얼음이 얼 정도로 날씨가 춥지 않기 때문에 주변에서는 구할 수 없었다. 수소문을 하여 한여름에도 얼음이 언다는 한빙곡(寒氷谷)을 찾아가 얼음 조각을 뜯어왔다. 모두 이 한순간을 위해서.

치이익!

뜨겁게 달궈진 약탕기가 차디찬 얼음과 만나며 하얀 김을 뿜어냈다.

엽수낭랑은 마음이 조급했다.

'빨리 해야 돼, 빨리……'

그녀의 손은 어느 때보다도 빨리 움직였지만, 그녀 자신은 한없이 느리게만 생각되었다.

밀봉된 한지를 뜯어내고 바짝 졸여져 꿀처럼 끈적끈적해진 황색 진액을 얼음 위에 쏟아 부었다. 그리고 남은 얼음을 들어서 진액 위에 덮어버렸다.

진액은 빙기(氷氣)와 만나 떡처럼 굳어갔다. 색깔도 황색에서 검은색으로 변색되었다.

'실패인가…….'

엽수낭랑의 얼굴에 실망의 기색이 드리워졌다.

하기는……. 졸인 약재를 얼음으로 굳힌다는 말은 들어본 적도 없고 시도해 볼 생각도 하지 않았다. 전 같으면 그런 일을 하는 사람은 의술을 알지 못하는 사람이라고 간단히 말해 버렸을 게다.

빙기는 약재가 지닌 본연의 성질을 파괴시키고 변형시킨다.

그러나 음경지의가 지닌 한성(寒性)을 제거하면서 약효를 고스란히 보존시키기 위해서는 빙기가 필요했다.

당문십독인 당호도 고개를 저었다. 약재를 졸이는 것만으로 약재가 지닌 성분을 파괴시키는 행동인데, 빙기까지 더한다면 약제 본연의 성질 중 일 할도 건지지 못한다는 말을 했다.

엽수낭랑의 생각은 달랐다. 음경지의는 바짝 졸아들었을 때 성질이 극에 이른다. 열기를 가하는 순간부터 성질이 바뀌고, 바뀐 성질은 진액이 되었을 때 최고조에 이른다.

진액으로 만든 독이 천하절독인 것만 봐도 자명하다.

거기에 빙기를 가미하면 독기가 사라지고 약효만 남는다.

확실한 것은 아니지만 시도해 볼 가치는 있었다.

독기를 없애기 위해 온갖 방법을 시도해 봐도 소용없었으니 말도 안 되는 일이지만 해볼 수는 있지 않은가.

그러나 결과는 역시 실패다.

독기가 없어진 음경지의는 백색을 띠어야 한다. 흑색이라면 독기가 남아 있다는 것이고, 손톱만한 진액으로 황소 백 마리는 죽일 수 있다.

“독을 어떻게 해독했죠?”

단환처럼 딱딱해진 흑색 진액을 가죽 주머니에 담으며 물었다.

“지독한 독이지만 해독할 수 없는 것은 아니더군.”

불곰이 여전히 하늘을 올려다보며 대답했다.

“지금도 해독할 수 있나요?”

“그 독을 믿지 않는 게 좋을 거야. 그 독에만 의지했다가는 너무 쉽게 목숨을 잃어.”

“해독할 수 있다는 말이군요. 대단해요. 전 독은 만들었어도 해독약은 만들지 못했거든요.”

엽수낭랑의 말속에는 하독(下毒)을 하겠다는 의지가 다분히 포함되어 있었다.

“그렇게 시험해 보고 싶으면 해도 괜찮고. 그거야 자유니까. 죽음을 보면서도 달려드는 불나방, 나쁜 줄 알면서도 저지르는 불륜, 패가망신이 눈에 보이는데도 헤어나지 못하는 주색잡기. 모두 자유지. 본인 스스로 택한 자유.”

엽수낭랑은 사박사박 걸어서 불곰 곁에 이르렀다.

초겨울의 찬바람이 그녀의 옷깃을 스쳐 갔다.

“그 독과는 조금 다른 독이지만 사용해 볼래요?”

“마음대로.”

“독을 사용하기 위해선 상처를 내야 돼요. 허벅지 조금만 베도 되죠? 살짝 피만 나올 정도로 베면 되니까 너무 엄살 부리지 마세요.”

“……?”

불곰은 뜻밖의 말에 누운 채로 엽수낭랑을 쳐다봤다.

엽수낭랑은 허리춤에서 날이 예리하게 선 소도를 꺼내는 중이었다.

"뭐 하자는 건가?"

"허벅지를 벤다고 했잖아요."

"내가 친구로 보이나?"

"당신이 누군지 알고 있어요. 불곰, 독사와는 둘도 없이 가까웠던 친구. 지금은 현문 제일존이고요. 잘못 알았나요?"

"……."

"당신이 교가에 온 목적은 뇌궁을 정리하기 위해서겠죠. 현문의 사명이니까 이해해요. 날 제일 먼저 찾은 것은 천하제일이라고 자부하던 자존심에 상처가 났기 때문이겠죠. 만독불침을 깨뜨린 독녀(毒女). 어디 다시 한 번 독을 써봐라. 아닌가요?"

엽수낭랑은 말을 하면서도 소도를 민첩하게 놀려 허벅지 부근의 옷을 찢어냈다.

쇳덩이처럼 단단한 허벅지가 드러났다.

불곰은 엽수낭랑이 옷을 찢어도 누운 자리에서 일어나지 않았다.

"똑똑한 여자군. 독사가 꽤나 피곤하겠어."

"아뇨. 정반대죠. 전 독사 앞에서는 한마디도 못해요. 독사는 사랑만 하기에도 벅찬 사람인데, 투정 부릴 시간이 있나요."

소도가 놀려졌고, 불곰의 허벅지에서 가는 핏줄기가 드러났다.

나무에 긁힌 것처럼 미미한 상처다.

엽수낭랑은 방금 전에 거뒀던 기죽 주머니를 풀어 검은 진액을 상처에 발랐다.

그러자 놀라운 변화가 일어났다. 붉은 핏물이 하얗게 변하더니 부글부글 끓기 시작했다. 사실은 거품이 일어나서 하얀 핏물을 감싼 것에 불과한데 마치 용암이 끓어오르는 것처럼 보였다.

환희 때문이다.

제련에 성공했다는 벅찬 기분 때문이다. 독기를 제거한 영약은 흰색으로 변할 줄 알았는데, 영약도 독약과 마찬가지로 검은색이었다. 약성은 변했어도 모양은 변하지 않는다.

"다 됐나?"

불곰은 일어나지 않았다.

"네. 기분이 어때요?"

"상쾌하군. 독치고는 재미있는 독이야."

"고마웠어요."

"내가…… 응할 것이란 걸 어떻게 알았지? 널 죽이러 왔다는 것쯤은 짐작했을 텐데, 이 행동은 뭐지?"

"독사의 친구니까요. 제가 독사의 여자란 것도 알고 있고. 이런 생각을 했겠죠. 독사 같았으면 거절하지 않았을 거라고. 죽일 때는 죽이더라도 잠시나마 독사의 여자로 대해주자고. 사실 하독은 제 살에 할 수도 있었어요. 지금까지 그래 왔고요. 하지만 당신이 독사를 생각하고 있나 아닌가 알아보고 싶은 충동이 일었죠. 생각하고 있네요."

불곰이 벌떡 일어나 앉았다.

"넌…… 꼭 죽여야 할 여자군."

"고마워요."

"똑똑하다는 칭찬으로 들리나? 아님 죽여주는 게 고마운가?"

"잠시나마 독사의 친구로 돌아와 줘서 고맙다고 했어요. 독사는 친구를 잃은 것으로 생각해요. 잃은 게 아니네요, 입장이 다를 뿐이지."

"입장이 다르면 서로의 가슴에 검도 꽂을 수 있지."

"그래도 친구란 점은 변하지 않아요."

엽수낭랑은 소도를 집어넣고 가죽 주머니도 품 안에 갈무리했다. 그리고 뒤로 다섯 걸음 물러나 검을 뽑았다.

불곰도 일어서며 검을 뽑았다.

한번 겨뤄본 적이 있기 때문에 상대의 검초가 어떻다는 것은 잘 알고 있었다.

“내게도 너 같은 여자가 있었지. 눈에 넣어도 아프지 않을 여자였어. 애를 셋이나 낳는데도 하는 짓은 이제 갓 방년을 넘긴 것처럼 풋풋했지. 참 사랑스러운 여자였어.”

엽수낭랑은 삼지의 말을 상기해 냈다.

그녀도 독사와 같이 겪은 일이지만 설향의 죽음은 독사를 백비로 이끌었다. 설향이 어떻게 대화산 무생곡까지 찾아올 수 있었는가, 설향을 누가 죽였는가 하는 의문을 접어둔 채.

삼지는 자기의 생각을 글로 적었다.

내용은 똑같았다. 설향을 죽인 사람은 현문의 뇌천검객이다.

독사가 대화산에서 현문 무공을 전수받을 때, 불곰은 현문에 입문하여 칠잔앙을 사부로 모셨다. 용호사에 있는 불곰을 데려온 사람은 현문 문도였고, 그 과정에서 불곰에 대해 상세히 알게 되었을 게다.

현문이 조사를 했는데 설향을 파악하지 못했다는 것은 말이 안 된다. 또한 독사를 백비로 집어넣는다는 계략을 위해 무석 스님과 설향, 두 사람의 목숨을 빼앗을 수 있는 사람은 뇌천검객뿐이다.

설향은 누구에게 죽는지, 자신이 왜 죽어야 하는지도 모르고 죽었을 공산이 크다. 불곰 또한 한참 뒤에나 알았을 가능성이 높고. 이 문제는 칠잔앙조차도 몰랐을 가능성이 높다.

십달통이라고는 하지만 무인으로서는 삼류 수준인 무석 스님과 기녀인 설향을 죽이는 정도까지 일일이 보고할 수는 없는 노릇일 테니.

설향의 이야기를 꺼내는 불곰은 담담한 표정을 유지했다.

"무림 대의를 위해서 죽여야 했다더군. 인간으로 태어나서 인간다운 짓을 못했는데, 현문을 위해서 죽었으니 그녀도 기뻐할 것이라고 하더군. 후후후! 독사의 무공은 설향의 죽음과 맞바꾼 거야."

"당신 입장에서는 그렇게 생각할 수도 있겠네요."

"독사는 요빙을 잊지 못하고 있다더군. 그녀의 뼈로 만든 목걸이를 차고 다닌다고. 언젠가는 요빙에게 달려가서 목걸이를 풀어놓겠지. 멋진 일이야."

"그건 멋진 게 아녜요, 사랑이지."

"나도 사랑해. 하지만 난 그녀의 죽음조차 보지 못했지. 지금도 그래. 그녀가 어디 묻혔는지도 몰라. 독사처럼 목걸이를 만들고 싶어도 만들 유골조차 없는 거지."

"대화산에 묻혀 있어요."

설향의 무덤은 독사가 직접 만들었다. 독사와 자신밖에는 무덤의 위치를 알고 있는 사람이 없다.

"이제는 필요없어. 죽은 사람은 그것으로 끝난 거니까. 독사처럼 엽기적인 행동도 하지 않을 거고. 하지만 사랑한 여인을 위해서 뭔가는 해줘야겠지. 그녀의 죽음과 맞바꾼 무공……. 독사의 무공을 내가 거둘 생각이야."

"그러기 위해서는 절 넘어가야겠네요. 전 독사가 절대무만 익일 수 있다면 목숨도 내놓을 수 있거든요."

불곰의 눈에 이채가 떠올랐다.

깊고 깊은 사랑을 말하는 여인치고는 너무나 담담했다. 이런 경우는 욕심을 버리고 오로지 주는 사랑만 할 때에나 가능하다. 사랑을 받지 못해도 섭섭함이 없는…… 섭섭함이야 있겠지만 주는 사랑이 너무 커서 묻혀 버릴 게다.

"독사…… 언제나 행운이 따라다녔지. 꼼짝없이 당할 처지에서도 행운이 따라 이길 수 있었어. 요빙 같은 여자를 만난 것도 행운이고, 널 만난 것도 행운이군. 친구인 불곰이 이 자리에 있었다면 진실로 호탕하게 웃었을 거야."

"고마워요."

엽수낭랑은 방그레 웃었다. 양볼에 움푹 패인 보조개가 그녀의 아름다움을 한층 북돋아주었다.

십 초, 이십 초, 삼십 초…… 초식은 횟수만 더해갔다.

불곰의 패력(覇力)에 크게 당해봤던 엽수낭랑은 직접적인 충돌을 피했다. 그렇다고 불곰이 엽수낭랑을 치지도 못했다. 파괴적인 돌풍은 모든 걸 휩쓸어 버리는데 어찌 된 연유인지 엽수낭랑은 늘 간발의 차로 빠져나갔다.

'전과 다르다! 신법은 똑같은데 잡을 수 없다!'

불곰은 큰 숨을 들이켰다.

영은촌 파락호 시절부터 난적을 만나면 자신도 모르게 나오는 습관이다.

'목숨만은 살려주고 싶었는데, 뜻대로 되는 게 하나도 없군.'

불곰은 어쩔 수 없다는 걸 깨달았다.

엽수낭랑을 제일 먼저 찾은 것은 그녀 말대로 자신을 중독시킨 여자를 다시 한 번 보고 싶었기 때문이다. 그녀가 독사의 연인이라는 사실을 알게 되자 호기심은 더욱 컸다. 그녀와 싸울 적에는 단지 명을 받고 죽이러 간 것뿐이지만 독사의 여인이라니 요모조모 살펴보고 싶었다. 요빙이 있다는 것을 알면서도 과연 진심으로 독사의 곁에 머물고 있는 것인지도 알고 싶었고.

물론 모두 부질없는 짓이다.

불곰은 그녀가 독사를 잡으러 가는 길목에 있기 때문에 제일 먼저 들렀다고 자위했다.

한데 그녀의 무공이 강변에서 싸울 때보다 훨씬 강해졌다.

상식적인 무인이라면 어떻게 이런 일이 일어날 수 있을까 하고 고개를 갸웃거리겠지만, 불곰은 상식적인 무인이 아니었다. 그 역시 몇 년 사이에 초절정고수의 반열에 오른 사람이니까.

이런 일은 얼마든지 일어날 수 있다. 문제는 그녀가 너무 강해졌기 때문에 자신 역시 최선을 다할 수밖에 없고, 그렇게 되면 엽수낭랑은 죽게 될 것이라는 거다.

뇌궁이 초토화될 때까지 움직이지만 못하게 만들려고 했는데. 그것이 독사에 대한 마지막 우정이라고 생각했는데.

불곰이 수련한 무공은 현문의 삼대무공 중 어느 것도 아니다. 묵천신공은 너무 많이 알려졌다는 이유로 배제되었고, 단파는 근래에야 찾았기에 수련할 기회가 없었다. 암혼사는 어떻게 생긴 건지도 모른다.

그가 수련한 최고의 무공은 쌍비검법(雙飛劍法)이다.

하늘을 나는 새들은 모두 날개가 두 개다. 물속에서 헤엄치는 물고기들도 좌우에 두 개의 지느러미가 있다. 인간을 포함한 지상 동물들도 팔이 두 개다.

인간의 경우에는 팔이 하나뿐이라도 살 수 있지만 지상 동물의 경우에는 살아남기 힘들다. 그나마 초식 동물들의 경우에는 살 수 있어도 사납다는 육식 동물들의 거의 대부분 굶어 죽는다.

새나 물고기의 경우에는 더 심하다. 한쪽 날개가 없거나 지느러미가 없다면 며칠 못 가서 죽는다고 봐야 한다.

이토록 절실한 두 개의 팔을 인간은 하나만 사용하고 있다. 권법의 경우에는 두 개 모두 사용하지만 병기를 들면 하나는 주(主), 또 하나는 부(副)로 역할이 구분된다.

쌍비검법은 두 개의 팔이 모두 주(主)가 된다.

무림에는 명칭은 다르지만 쌍비검법과 같은 종류의 무공을 지녔거나 연구하는 문파가 많다.

쌍비검법은 무림에 몸담지 않은 범부(凡夫)가 창안했다.

무림에 나선 적이 없으니 무림인이라고 할 수 없고, 무인들에게 알려지지 않은 사람이니 범부다.

칠잔앙은 쌍비검법을 전수해 주며, 무명범부(無名凡夫)야말로 무림사에 길이 남을 초강고수라고 말했다, 너무 강한 무공을 지녔기에 무림에 나올 필요가 없었던 사람이라고.

차앙!

남은 검 하나를 마저 뽑았다.

팔 길이가 이 척, 양손에 삼 척 장검을 주고 쭉 뻗으면 십 척. 몸통을 빼고도 방원 십 척을 죽음의 공간으로 만든다.

'회풍초삭(廻風草索)!'

쐐에에엑……!

육중한 거구가 팽이처럼 돌았다. 그의 손에 들린 검은 신형을 중심으로 륜(輪)이 되었다.

엽수낭랑은 파고들 엄두를 내지 못하고 물러섰다.

'윤화비상(輪火飛翔)!'

거대한 몸이 무서운 속도로 돌진해 왔다. 신형의 회전이 검에 집중되어 육신은 달려오고 있는데, 검은 수레바퀴처럼 회전했다.

파앗!

불곰의 신형은 일 장 앞에서 둥실 떠올랐다.

회전하는 쌍검은 좌우로 피할 길을 봉쇄했고 전면은 큼지막한 육신이 막아섰다.

그가 판단한 엽수낭랑은 뒤로 물러선다. 자신이 좌측으로 가면 옆구리를 베어올 것이고, 우측으로 가면 소도를 날리거나 절독을 뿌린다. 전면은 절대 공격해 오지 않는다. 가슴을 활짝 열어놓았으니 일검양단(一劍兩斷)하는 것이 상리(常理)이나 그러려면 검을 머리 위로 치켜 올려야 하고, 그 시간이면 쌍비검이 열 번은 춤을 춘다.

모두가 거짓이다.

불곰은 자신의 판단을 의식에서 지워 버렸다.

이것이야말로 방위나이의 현묘한 점이다. 자신의 판단대로 엽수낭랑이 물러설 것이라고 생각해서 짓쳐 들어가면 사문(死門)에 갇히고 만다.

엽수낭랑은 휴문(休門)으로 생각한 곳을 생문(生門)으로 만들 게다. 소도를 날릴 것이라고 생각한 우측으로 빙글 돌며 가슴을 베고 겨드랑이 밑으로 빠져나갈 게다.

아니다. 이것도 거짓이다.

어떤 쪽이 생문이고 어떤 쪽이 사문인지는 그녀만이 안다.

한 가지 분명한 점은 눈에 보이는 것은 진실이 아니라는 점이다. 그

순간,

파앗!

엽수낭랑의 신형이 번뜩였다.

머리 속에 그려진 그림은 뒤로 물러서는 것이었지만 엽수낭랑은 오히려 앞으로 뛰쳐나왔다. 손에 들린 검은 하늘로 올라가지 않고 땅으로 쳐졌다.

일검양단 대신 교룡승천지폭망(蛟龍昇天地爆亡)이다. 땅에서 위로 쳐올려 낭심을 가르고 오장육부를 조각 내는 검이다.

실로 간발의 차다.

그가 자신의 판단에 근거해서 반걸음만 앞으로 내디뎠다면 꼼짝없이 걸려들었다. 그렇게 되면 엽수낭랑을 벨 수 있을지 몰라도 자신 역시 무사하기는 어렵다.

숨 한 올 들이키는 사이에 결정된 생과 사였다.

'쌍비멸천(雙飛滅天)!'

파라라라락! 쐐애애애액……!

우측 손에 들린 검은 하늘로, 좌측 손에 들린 검은 땅으로. 빙글 위치를 바꾼 검이 맹렬하게 쏘아졌다.

까앙!

검과 검이 맞부딪쳤다.

엽수낭랑의 쳐올린 검은 불곰의 회전 검과 격돌하는 순간 산산조각 났다. 철추로 문풍지를 후려친 듯 검신이 흔적도 없이 날아가 버렸다.

하늘로 쳐들린 검은 파르르 떠는가 싶더니 벼락같이 상반신을 훑고 지나갔다.

사납던 바람이 한순간에 잦아들었다.

흙먼지도 가라앉고 차가운 겨울바람도 숨을 멈췄다.

불곰은 눈을 부릅떴다. 엽수낭랑은 입가에 피를 흘리고 있지만 웃는 낯이었다.

"불가… 사의란 존재하지 않지. 어떤 일에나 원인이 있는 법이니까. 하지만 지금 일은…… 믿을 수 없군."

"또 하면 둘 다 죽어요. 알죠?"

평수(平手).

놀랍게도 엽수낭랑의 무공은 현문 제일존 불곰과 평수였다.

무림인들이 봤다면 오히려 불곰을 더 놀라워했을 게다. 무명인이 엽수낭랑 같은 기녀(妓女)와 평수를 이뤘으니.

"쌍비멸천에 무사할 수 있는 인간은 없지. 뭔가?"

"말해 줘도 모를 거예요. 가슴은 괜찮아요?"

"으음……!"

불곰은 이를 악물며 검을 거뒀다.

가슴에서 전해지는 통증은 시간이 지날수록 강도를 더해갔다. 처음에는 그럭저럭 참을 만했는데, 말 몇 마디 나누는 동안 뼛속까지 욱신거리는 듯하다.

"하하하! 한 번은 독으로 한 번은 무공으로. 괜찮군, 괜찮아. 괜찮아. 이런 내가 현문 제일존이라……. 하하하! 현문 제일존이라는 허명을 버려야 할 때가 온 것 같군. 하하하!"

불곰은 산천초목이 찌렁 울리는 대소(大笑)를 터뜨리며 걸어나갔다. 휘청휘청……. 금방이라도 쓰러질 듯 비틀거리면서.

'위험했어.'

엽수낭랑은 안도의 한숨을 내쉬었다.

과거, 독사와 도왕 등은 베어도 베이지 않는 마단 무인들과 싸운 적이 있다. 도왕의 거력이 깃든 도법도, 일수일살의 쾌검도 무용지물이었다.

그들을 죽이는 방법은 오직 하나, 머리를 베는 것뿐이었다.

이제 그 이유를 알아냈다.

음경지의로 만든 검은색 진액은 피부를 강철보다 단단하게 만들어 준다. 불곰의 전신 공력이 깃든 강검(剛劍)도 살갗을 베어내지 못했으니 설명은 충분하다.

싸움이 벌어지기 전에 혹시나 하는 심정에서 품속에 갈무리하는 척하며 흩뿌려 놓았는데 톡톡히 덕을 봤다. 불곰은 가슴을 쳤으나 베지 못했다. 불곰은 검이 아니라 몽둥이를 들고 있어도 신력으로 때려죽일 수 있는 거한이지만 진액은 충격마저도 대부분 흡수해 줬다.

엽수낭랑에게 불곰의 검은 조금 강도가 센 막대기에 불과했다.

그사이에 엽수낭랑은 암혼사의 권심시내기(拳心是內氣)를 쳐냈다. 내공일초즉가격도태산(內功一招卽可擊倒泰山), 태산 같은 장력(掌力)이 정통으로 가슴을 격타했다.

솔직히 그런 장력을 얻어맞고도 불곰이 살아 있다는 것은 기적이다.

목숨이 경각에 달렸다고 판단된 순간이 아니었다면 절대 펼치지 않았다.

싸움을 끝내게 해준 공은 음경지의의 진액에 있으나, 이것도 한계가 있다.

예상대로라면 약효가 한 시진을 지속하지 못한다. 옷을 벗고 맨살에 꼼꼼히 바르면 한나절 정도는 지속시킬 수 있을 것이다.

사람이 흘려내는 땀은 진액으로 밀봉된 구멍을 녹여낸다.

그렇다! 땀뿐만이 아니다. 염기가 섞인 물은 마단 무인들의 금강불괴를 깰 수 있다.

죽은 무인들의 인피가 썩지 않은 것은 염기가 섞이지 않았기 때문이다.

제련은 성공했다. 기쁨만 표현한다면 하늘을 훨훨 날 것이다. 하지만 기쁘지만은 않았다. 독사의 벗을 격타한 것이 미안하고, 불곰의 상세가 염려되었다. 또한 뇌궁의 안위도 염려되었다.

'빨리 가봐야 돼!'

엽수낭랑의 신형이 비조처럼 날아올랐다.

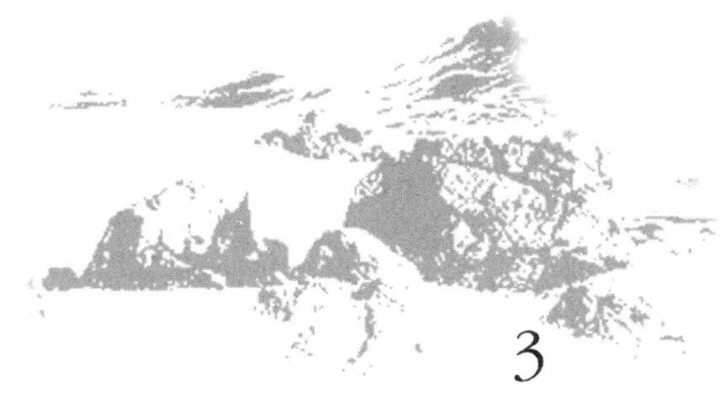

황림은 당돌하기 짝이 없는 소녀다.

독사의 어린 시절을 보는 것 같은 백화금도 황림에게만은 꼼짝하지 못했다.

"뛰어왔더니 목마르네. 물 좀 떠와."

"하루 종일 걸었더니 다리 아프다. 다리 좀 주물러. 전처럼 세게 주물렀다가는 알아서 해! 나긋나긋하게 주무르란 말야. 그렇다고 간지럽게 주무르면 죽을 줄 알아."

백화금은 어떤 말에도 고분고분했다.

보다 못해서 말없는 일수일살이 '넌 죽으라면 죽을 거냐?' 고 묻자 죽는시늉은 해줄 수 있다고 대답해서 놀리지도 못하게 만들었다.

백화금이 황림을 마음에 두고 있는 것만은 틀림없었다. 아직 어린아이들이라고 웃어넘기기에는 징그러울 정도로 진지했다.

반면에 황림은 백화금을 눈곱만큼도 신경 쓰지 않았다.

황림의 마음은 어처구니없게도 신검서생에게 달라붙어 떨어질 줄 몰랐다.

"조금만 더 크면 돼. 몇 년 만 지나면 꼭 신검서생하고 혼인하고 말 거야."

황림이 공공연하게 터놓고 다니는 말이다.

그런 황림도 백화금도 독사 앞에서는 고양이 앞의 쥐처럼 꼼짝 못했다. 황림이나 백화금이나 가장 편안해할 사람이 독사였으나 가장 무서워했다.

독사는 소년과 소녀를 매몰차게 몰아쳤다.

강변의 초겨울 바람은 매서웠다. 걸림없이 몰아쳐 온 한풍(寒風)이 살점을 도려내며 지나갔다. 본격적인 겨울로 들어서지 않았는데도 잠시만 서 있으면 온몸이 얼어왔다.

그곳에서 황림과 백화금은 부동(不動)을 배워야만 했다.

두 팔을 옆으로 쭉 펴고 한 다리로 신형을 지탱했다. 다른 한 다리는 하늘로 뻗어 올려 두 다리가 일직선이 되고 하고, 고개는 쳐들어 전면을 봤다.

황림의 맞은편에는 백화금이, 백화금의 맞은편에는 황림이 같은 자세로 서 있다.

백화금으로서는 좋아하는 여자의 눈을 들여다보고 있으니 참으로 좋을 것이다. 황림은 좋아하지도 싫어하지도 않는 담담한 표정을 지을 것이다. 하지만 백화금이나 황림의 얼굴은 고통으로 일그러져 있을 뿐 다른 표정은 찾아보려야 찾아볼 수 없었다.

"움직이지 마라. 움직이면 죽는다. 그곳이 무림이다."

독사는 냉혹했다.

땀으로 흠뻑 젖은 모습도, 일그러질 대로 일그러진 얼굴도 그의 마음을 돌려놓지는 못했다.

"화금."

"네."

"아침 안 먹었나!"

"머, 먹었습니다! 헉!"

말을 하던 백화금이 잠시 중심을 잃고 비틀거렸다. 그러나 곧 중심을 되찾고 바로 섰다.

"화금."

"넷!"

"공법(功法) 사(四)가 무엇이냐?"

"안관사면(眼觀四面)…… 헉헉! 이청팔방(耳聽八方)…… 수시주의나개(隨時注意那個)…… 향도운세최왕(向度運勢最旺)입니닷!"

"그렇다. 눈으로는 사면을 보아야 하고, 귀로는 팔방에서 일어나는 소리를 들어야 한다. 그러면서 몸 안에서 일어나는 가장 왕성한 기운에 주의를 기울여야 한다. 그렇게 해야겠지?"

"넷!"

"지금 너의 눈은 아무 곳도 보지 못하고 있다. 귀로는 아무것도 듣지 못하고, 몸 안에서 일어나는 기운에도 집중하지 못한다. 한 시진 더 있어야겠다."

"제, 제발!"

독사는 동정 어린 눈빛에도 꿈쩍하지 않았다.

마단과 현문이 주위를 에워싸고 있다. 싸움이 내일 벌어질지 모레 벌어질지, 아니면 오늘 당장 벌어질지 아무도 모른다. 그전에, 생과 사를 알 수 없는 싸움을 벌이기 전에 자신이 알고 있는 모든 무공을 전수해 줄 생각이다.

어린아이들에게 초식을 가르치는 것은 의미가 없다. 초식이라면 신검서생이나 일수일살이 가르친 것만으로도 충분하다. 뛰어나다는 절공들을 수련하며 일정한 경지에 도달한 후에, 자신이 직접 체득한 심득을 전수하는 것이 현재로서는 최선이다.

현문도 마단도 이 두 아이만은 건드리지 않으리라. 현문은 정종문파이니 당연할 게고, 마단도, 그가 알고 있는 마단 무인들은 어린아이를 건드릴 사람들이 아니다.

복수는 원하지 않는다. 오히려 제발 자신과 같은 길을 걷지 않기만을 바란다. 나름대로 자신의 삶을 살아가는 데 도움이 되었으면 하는 마음뿐이다. 어련주인 황림이나, 이미 무인이 무엇인가를 보아버린 백화금이 걸어갈 길은 검로(劍路)임이 틀림없으니까.

"황림, 공법(功法) 구(九)를 말해라."

"네. 공법 구. 집중상영전적의지력(集中想贏錢的意志力)."

황림은 백화금보다 독한 면이 있다. 똑같은 자세로 똑같은 시간을 보냈는데도 황림의 음성에는 흔들림이 없다.

독사는 반듯한 음성만 들었을 뿐 황림이 말한 공법 구의 내용은 듣지 않았다. 황림이나 백화금의 모습도 시야에서 사라졌다.

그의 눈은 강변 저쪽에서 산보라도 하듯이 유유하게 걸어오는 낯선 사내에게 집중되어 떨어지지 않았다.

"이름은 없고 무명(武名)도 없고, 좀 아는 사람들은 현문 제이존이라고 부르더군.”

　사내는 눈썹이 없었다. 눈은 작았고, 코는 납작했으며, 입술은 얇았다. 키는 보통, 체격도 보통. 무공을 익힌 흔적은 어디에서도 찾아볼 수 없는 평범한 사내다. 아니, 한 번 보면 영원히 잊지 못할 사내다. 눈썹이 없다는 자체만으로도.

　그는 독사 정도는 안중에도 없다는 듯 거만했다.

　‘고수다!’

　독사는 숨이 막혔다.

　공기가 없는 밀실에 갇힌 것처럼 답답했다.

　암혼사로 읽은 사내의 기운이 꼭 진흙 수렁에 빠져 머리까지 잠긴 것처럼 질척거렸다.

　그가 만났던 무인들 중 최고수는 단연 오공사수다. 그 다음은 칠잔앙이라고 할 수 있다. 그들만은 그가 만났던 모든 무인들을 능가했다.

　한데 이 사내는 그들도 능가한다.

　“현문 제이존. 뇌궁을 치러 왔나?”

　암혼사의 진기는 잠시나마 흔들렸던 마음을 굳건하게 자리잡아 주었다.

　생이란 오감(五感)으로 사물을 접하고, 희로애락(喜怒哀樂)을 느낄 수 있는 것. 죽음이란 눈 뜬 세상에서 보았던 모든 것을 잊는 것. 잠을 자다 깨어나지 못하면 죽은 것이요, 깨어나면 산 것이다.

　암혼사는 무공만 높여주는 무공이 아니다. 다른 무공들도 그렇겠지만 삶의 진리를 깨우쳐 준다. 진리가 깊어지니 죽음에 대한 생각도 담담해지고, 놀라운 일을 접해도 망동하지 않는다.

　독사의 담담한 모습을 본 현문 제이존의 눈가에 이채가 떠올랐다가 사라졌다.

"말만 듣고는 설마 했는데, 내가 상대할 만한 자군. 무공을 수련하기만 했지 써먹을 기회는 없다 싶었는데 말야."

사내의 뜻은 명확했다.

사내가 말을 이었다.

"아! 그렇다고 너무 긴장하지는 마. 지금은 싸우러 온 게 아니고 말을 전하러 온 거니까. 너도 눈치는 있는 놈이군. 이런 호젓한 곳에서 어린아이들과 소꿉장난을 하고 있지 않았다면 뇌궁까지 찾아갈 뻔했는데. 수고를 많이 덜어줬어."

"용건은? 화금, 팔의 균형이 무너졌다. 벌칙이 뭐지?"

백화금이 대답했다.

"바, 반 각 더 합니다."

"그래, 반 각 더 한다."

독사는 빨리 말하라는 표정으로 사내를 쳐다봤다.

"후후후! 재미있군. 건방지게 내 앞에서 딴청을 부리다니. 잔재주 좀 있는 것으로 받아주지."

"원래 그렇게 말이 많나?"

"뭐? 하하하! 하하하핫!"

사내의 웃음소리에 진기가 실려 나왔다.

강물이 출렁이고 바람이 요동치는 것 같았다. 황림과 백화금은 부동을 배우는 중임에도 깜짝 놀라 주저앉고 말았다. 어린아이들이 감당하기에는 벅찬 웃음소리다.

"시간은 지금부터 세 시진 후 유시 초(酉時初). 세 시진이면 계집을 품기엔 충분할 거야. 품고 싶은 계집이 있으면 품어봐."

"……."

"장소는 금사강 백운애(白雲崖). 백운애에서 보는 일몰이 장관이라는데 본 적이 없어서 말이야. 널 죽이고 난 후 개운한 마음으로 보고 싶어서. 괜찮지?"

"……."

"현문 대 뇌궁이든 너와 나든, 그건 네가 알아서 선택해. 난 어느 쪽이든 상관없어."

독사의 눈빛이 반짝였다.

"전권을 위임받았나?"

"하하하! 그런 건 걱정 마. 감히 말하는데 현문에서 내 말을 거역할 사람은 없어. 네가 이길 것 같아서 그래? 하하하! 하기는 꿈이란 없는 것보다는 있는 게 좋지. 네 표정을 보니 너와 나와의 싸움 같은데, 그렇게 알고 가도 되나?"

"좋다."

"시원하군."

사내는 미련없이 몸을 돌렸다.

독사도 사내를 신경 쓰지 않았다.

"의식핍진(意識逼眞), 전신관주(全神貫注)를 잊었느냐! 의식이 '참'을 깨달을 때만이 전신의 신(神)이 물 흐르듯 흐르는 거다. 참을 보지 못하고 거짓을 보니 신(神)이 끊기고 경거망동이 일어나지. 지금 너희에게 참이 무엇이냐!"

"수련입니다."

황림이 재빨리 일어나 자세를 잡았다.

"수미실서(首尾失序), 머리와 꼬리가 차례를 잃어버리니. 신적변화(身跡變化), 몸의 자취가 변화한다. 단지만방인(但枝蔓旁引), 다만 가지와 넝쿨은 가까이 끌어당기고. 만변정기(萬變定基), 만변의 기본은 고정시켜 두며. 주유음양(走有陰陽), 달리는 것은 음양에 따른다. 외워봐라."

"수미실서, 신적변화……."

황림이 먼저 외우기 시작했다. 황림이 외우기를 마치자 백화금도 외웠다.

두 아이는 독사가 일러주는 구결을 꼬박꼬박 외웠다. 그러나 진결이 백 자를 넘어서자 두 아이의 기억력은 한계를 보이기 시작했다. 차츰 더듬거리는 빈도가 늘어나더니 백이십 자를 넘어섰을 때는 틀린 구결을 읊었다.

암혼사의 진결은 천이백마흔네 자나 된다. 어린아이들이 단 세 시진 만에 그 많은 구결을 외운다는 것은 처음부터 불가능했다.

독사도 완벽하게 외우기를 기대했던 것은 아니다.

암송을 하는 동안 글자의 의미를 되새기게 되고, 거기에 자신의 심득을 보태주면 언젠가는 큰 도움이 될 것 같기에 시작한 일이다.

두 아이를 데리고 강변에 올 때까지만 해도 오늘 당장 암혼사를 전수할 계획은 없었다.

사내를 보고 난 후 생각이 달라졌다.

그를 보면 왠지 무기력감이 느껴진다. 자신의 무공이 보잘것없어 보이고, 상대는 한없이 커 보인다.

자신의 기도가 상대에게 눌릴 만큼 강하다는 뜻이다.

이런 상대는 만나본 적이 없다, 단연코.

오공사수도 이 정도의 기도를 지니지는 못했다.

일인비전인 무공, 암혼사를 겨우 사성밖에 깨우치지 못했지만 이 정도까지 오느라고 죽을 고비를 여러 번 겪었다.

후인만은 조금이라도 쉽게 깨우칠 수 있기를…… 그러기 위해서는 자신이 깨달은 심득을 아낌없이 전수해 주어야 하는데, 시간이 너무 없구나.

진결 전수가 이백 자까지 이르자 황림과 백화금은 처음 구결조차도 혼동했다.

더 이상은 무리다.

"수고했다. 그럼 지금까지 외운 구결을 입에서 줄줄 나올 때까지 반복해서 외워라."

"네. 수미실서, 신적변화……."

아이들이 눈을 감고 외우기 시작하자 독사는 겉옷을 벗었다. 그리고 손가락을 깨물어 혈서(血書)를 써 내려갔다, 암혼사 구결 천이백마흔네 자를.

"이건 일인비전이다. 너희 둘에게 전수하니 이인비전이 되겠지만 더 이상 유포해서는 안 된다. 다른 사람에게 이 혼원신공(混元神功)을 전수할 때는 목숨을 담보로 받아라."

독사는 암혼사를 혼원신공이라고 가르쳤다.

암혼사는 세상에서 사라져야 한다. 현문이 있고, 마단이 있는 한 암혼사를 수련한 자는 죽을 수밖에 없다. 암혼사는 현문에서 흘러나왔고, 그들은 더 이상 전파되는 것을 우려한다.

다행히 암혼사는 초식이 아니라 신공이다. 백이면 백 천이면 천, 모두 다른 무공이 나온다. 뇌천검객의 검이, 막세건의 검이, 자신의 검이,

엽수낭랑의 검이 모두 다르다. 네 사람의 무공이 같은 신공이라고는
도저히 믿을 수 없을 만큼 천양지차다.

겉으로 드러난 무공만 다른 게 아니다. 수련하는 사람의 체질에 따
라서 음공(陰功)이 될 수도 있고 양공(陽功)이 되기도 한다.

아이들이 암혼사를 익혀서 무림에 출도해도 뇌천검객조차 알아보지
못하리라. 의심을 품어도 아이들이 혼원신공이라고 하면 그런 줄 알
테지.

엽수낭랑도 암혼사를 알고 있다. 그녀에게 부탁해도 될 일이다. 하
지만 현문이 반드시 약속을 지킨다는 보장은 어디에도 없다. 자신이
패하고 뇌궁이 공격당한다면…… 모두 몰살될 거다. 엽수낭랑 또한 십
중팔구는 죽는다.

독사가 세 시진이라는 촉박한 시간에 암혼사를 전수하는 이유였다.

황림과 백화금은 너무도 진지한 독사의 말에 눈썹 하나 깜빡일 수
없었다.

"너희도 마찬가지다. 너희 목숨은 내가 담보로 맡아두겠다. 이 옷에
적힌 구결을 완전히 외우지 못하는 한 너흰 세상에 나올 수 없다. 그때
는 내가 직접 너흴 벤다. 내가 떠나는 순간부터 아무도 살지 않는 곳으
로 가서 구결을 외워라. 알겠느냐."

"네."

황림과 백화금은 독사가 무공을 전수해 줄 때부터 무서웠지만 지금
은 더 무서웠다. 단 한 마디도 거역해서는 안 될 것 같은 예감이 들었
다. 이유는 모르면서도.

"구결을 완전히 외운 후에는 이 옷을 불태워라. 누구도 너희가 이
무공을 익힌 것을 몰라야 한다. 너희가 무공을 드러낼 때는 최소한 이

성 이상은 수련했을 때다."

"이성요?"

"몇 성을 익혔는지는 수련하다 보면 자연히 알게 된다. 명심해라. 이성 이상이다."

독사는 마지막으로 백화금에게 눈길을 주었다.

그는 잠시 망설였다. 백화금은 지금 이대로 좋은데…… 아이의 장래를 위해서는 이대로 놔두는 것도 괜찮은데……. 하지만 그럴 수 없다. 자신이 약속을 지키지 못하면 백화금이라도 지켜야 한다.

"네 엄마 무덤 알고 있지?"

"네."

백화금이 시무룩하게 대답했다.

독사는 목에서 목걸이를 꺼내 백화금의 목에 걸어주었다.

"이게……?"

"네 엄마 뼈다."

"예?"

"난 약속했다, 누구에게도 지지 않을 무인이 되어서 네 엄마 앞에 나타나겠다고. 당시는 무천문 무인들이 건드리지 못할 정도면 되겠다고 생각했는데, 무림이란 그런 곳이 아니더구나. 산 너머 산, 강 건너 강이다. 내가 강하면 강할수록 더 강한 자가 나타난다. 내 약속은 처음부터 지킬 수 없는 약속이었지."

"아…… 빠는 강해요."

처음으로 독사에게 '아빠' 라는 말을 했다. 다른 사람들에게는 독사가 아빠라고 입에 달고 살았지만, 독사에게 직접 '아빠' 라는 소리를 하지는 않았다. 이번이 처음이다.

"넌 나 같은 약속은 하지 마라. 혼원신공을 이성 정도 깨우친 후에 엄마 묘를 찾아가라. 찾아가서 엄마를 양지 바른 곳에 모셔 드려라. 약속해라."

"······."

백화금은 침묵했다. 독사 얼굴만 빤히 바라봤다.

"약속해."

"엄마를 사랑했죠?"

"많이."

"그럼 이 목걸이는 아, 아버지가 돌려줘요."

백화금이 어른스럽게 말하며 목걸이를 벗으려 했다.

"약속해."

독사는 단호했다. 눈빛도 불덩이처럼 이글이글 타올랐다.

"약…… 속할게요."

백화금이 눈물을 글썽이며 대답했다. 오늘은 어느 때와는 전혀 다르지 않은가.

"됐다. 너희는 지금 곧 사람 발길이 닿지 않는 곳으로 가라. 쥐를 잡아먹든 벼룩을 잡아먹든, 굶어 죽든 구결을 다 외울 때까지는 너희 스스로 살아라."

독사는 차디찬 강바람을 등에 맞으며 강변을 걸어갔다.

"다르지?"

"응. 너무 달라."

"꼭 죽으러 가는 사람 같았어. 그렇지?"

"······."

"그냥 죽게 놔둘 수 없어. 그러면 엄마가 용서하지 않을 거야."

"어떻게 하려고? 우리 걸음으로는 따라가지도 못해."

"알고 있는 게 있잖아. 유시 초. 금사강 백운애. 엄마라면 무슨 방법이 있을 거야. 뇌궁에는 삼지 아저씨들도 있고 귀신들도 있으니까 아빠를 죽게 내버려 두지 않을 거야."

혼인도 하지 않은 엽수낭랑은 언제부터인가 엄마 소리를 들었다. 하지만 싫지 않게 받아들였고, 친엄마라도 되는 것처럼 극진하게 백화금을 보살펴 왔다.

"그래, 빨리 뇌궁으로 가자. 늦으면 큰일날지도 몰라."

아이들은 독사가 신신당부한 약조를 너무 간단하게 깨뜨렸다.

황림이 독사의 겉옷을 둘둘 말아 허리춤에 맸다.

그사이 백화금은 벌써 멀찌감치 달려가고 있었다. 다른 때 같았으면 황림이 준비될 때까지 기다렸겠지만 지금은 한시가 급했다.

第六十八章

천붕(天崩)

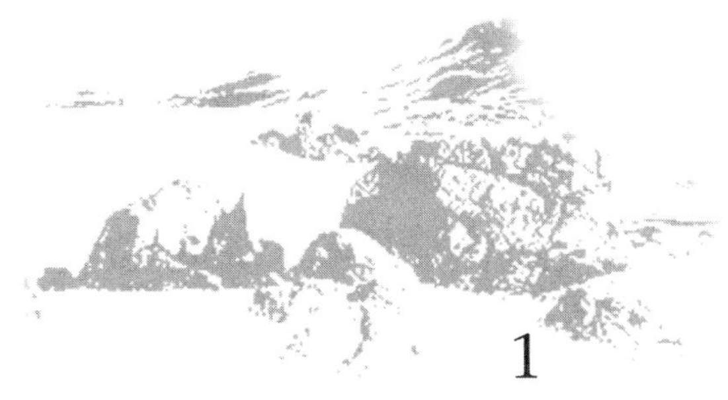

1

신령은 꿀 한 단지를 다 먹은 다음에도 주위를 두리번거렸다.

"오늘따라 왜 그러시나. 한 단지 더 가져올까?"

통음이 짓궂게 말했다.

신령의 행동은 꼭 술에 중독된 술주정뱅이의 행동과 다르지 않았다. 수전증(手顫症)에 걸린 사람처럼 손을 발발 떨었고, 신경 근육이 마음대로 움직이는 듯 고개를 까딱까딱거렸다.

신령의 이런 행동은 처음이었다.

"부, 불길해."

신령은 말까지 더듬거렸다. 텅 빈 꿀단지를 들여다보며 안에 악귀라도 들어 있는 듯 발발 떨었다.

"뭐야? 그걸 왜 이제야 말해! 그럼 놈들이 공격해 온단 소리잖아!"

광안이 새우 눈을 부릅뜨며 말했다.

“아니, 아니…… 그건 아냐. 그런데 불안해. 불길해.”

“이거야 원 답답해서. 이것도 아니고 저것도 아닌데 불길하단 말이
야? 그런 게 어디 있어. 사람 참 답답하네. 불길한 게 있으면 뭔지 속
시원하게 털어놔 봐.”

“몰라, 몰라. 불길해.”

신령은 꿀단지에 얼굴을 들이대고 혀로 핥기 시작했다.

“이거 아무래도 꿀단지 하나 더 줘야겠는데.”

통음의 말에 진취가 신령을 뚫어지게 쳐다보면서 말했다.

“아니, 꿀단지로 해결될 문제가 아냐. 한 개가 아니라 열 개를 더 갖
다 줘도 단걸 찾을 거야. 몸에서 요구하는 갈증이 아니라 머리에서 요
구하는 갈증이니까.”

신령의 귀에는 사람들의 말소리가 들리지 않는 듯했다. 정신 나간
사람처럼 옆에서 누가 뭐라고 하든 일절 관심을 두지 않고 꿀단지만
핥아댔다.

진취가 고개를 절레절레 흔들며 말했다.

“안 되겠어. 아무래도 삼지에게 말해야겠어.”

생각의 파고(波高)는 깊이 생각한 것일수록 높다.

그런 면에서 신령의 행동을 이해하려면 신령이 가장 중하게 여기는
것이 무엇인지부터 알아야 한다.

제일 우선시되는 것은 신령의 목숨이다.

사람치고 자신의 안위를 염려하지 않을 사람이 있을까? 죽음을 직감
한 후 태연하게 죽음을 맞이할 사람이 몇이나 될까.

그러나 이 부분은 아니다.

화초산에서 마구오신은 놀라운 활약을 했다. 광안의 눈과 통음의 귀, 진취의 코, 신령의 느낌이 버무려져 무천문 무인들의 접근을 사오십 장 밖에서부터 알아챘다. 한두 명이면 공격했고, 사오 명이 넘으면 일단 물러섰다.

일 대 일의 승부 정도면 지지 않을 자신은 있지만 자칫 싸우는 시간이 길어지기라도 하는 날에는 금방 포위를 당하고 만다.

신령에게 왕가달과 잔심마도, 음풍사장을 맡긴 것도 그런 연유 때문이다.

부지런히 보고, 듣고, 뛰어다닌 보람이 있어서 무천 무인은 싸움이 끝날 때까지 싸움다운 싸움 한 번 해보지 못했다.

열 명이 백 명과 싸워서 이긴 대승이다.

그러나 마구오신에게 돌아간 것은 아무것도 없다. 명예도, 부귀도, 삶의 보장도 없다. 그런 쪽에서는 차라리 귀주사괴였을 때가 더 풍족했다.

마구오신은 뇌궁에 몸담은 것을 후회하지 않는다. 육신은 귀주사괴였을 때가 더 편했지만, 진정한 무인으로 살아가는 뇌궁 생활을 기쁜 마음으로 즐긴다.

자신의 안위는 접었다. 마구오신은 언제든 죽을 수 있다고 생각한다. 마단이나 현문 중 어느 한 문파가 조만간 공격해 올 것도 짐작하고 있다.

그럼 무엇이 신령에게 가장 중요한가.

"뇌궁의 뿌리는 궁주님이에요. 궁주님을 가장 중요하게 생각해요. 뿌리가 없어지면 뇌궁은 폭삭 주저앉죠. 한 사람의 죽음이 아니라 모두의 죽음이에요. 멸망(滅亡)."

"혜월 말이 맞군. 궁주님이 불안한 거야."

"불길한 거겠죠. 궁주님은 어디 있죠?"

"강변에 나갔는데요? 황림하고 백화금을 데리고."

대물은 말을 하다 말고 미간을 찡그렸다.

"나 같으면 강변에 있는 궁주님을……."

뒷말은 마천옥이 받았다.

"습격이야!"

왕가달은 한달음에 치달려 강변에 도착했다.

모래가 넓게 깔려 있어서 평소 독사가 수련장으로 애용하는 곳이다.

그곳에는 아무도 없었다. 발자국은 어지럽게 흩어져 있는데, 사람은
그림자도 보이지 않았다.

왕가달은 강변에 서서 더 이상 움직이지 않았다.

사람이 있는가 없는가만 확인하는 것이 그의 임무다. 생각 같아서는
당장 모래밭으로 달려 들어가 주위를 수색해 보고 싶지만, 그래서는 남
아 있는 흔적마저도 사라진다.

잠시 후 삼지를 비롯해 마구오신이 당도했다.

잔심마도의 모습은 보이지 않았다. 중간 어디엔가 숨어서 사태를 지
켜보고 있을 게다. 그러다 싸움이 벌어지게 되면 뇌궁 전 식솔을 소집
하는 향전(響箭)을 쏘아 올릴 것이다.

삼지와 마구오신이 도착한 순간, 왕가달도 뒤로 몸을 뺐다.

마구오신은 향전을 쏘고 자신은 준마를 필적하는 신법으로 냅다 달
려나가야 한다. 적이 쫓아오면 다른 곳으로 유인하여 잔심마도가 뇌궁
으로 달려갈 여유를 벌어주고, 쫓아오지 않는다면 자신이 뇌궁으로 달

려간다.

잔심마도와 왕가달은 약속된 신호에 따라서 몸을 움직였다.

삼지는 왕가달처럼 강변에 머물렀을 뿐, 모래밭으로 뛰어들지 않았다. 반면에 마구오신은 민첩한 행동으로 모래밭을 누비며 요모조모를 살폈다.

"누군가 저기서 걸어왔군."

광안이 발자국 하나를 발견해 냈다. 아니다, 발자국은 세 개다. 하나는 가기만 한 발자국이고, 다른 두 개는 오고 간 발자국이다.

"뒤따를 수 있겠지?"

"이 정도는 누워서 식은 죽 먹기지. 황림과 백화금은?"

광안의 눈길을 받은 진취가 코를 벌름거리며 말했다.

"황림, 그 계집아이가 사향(麝香)을 차고 있군. 쪼그만 게 벌써부터…… 음! 저쪽으로 갔으니… 뇌궁으로 간 것 같은데? 우리랑 길이 엇갈렸나?"

"허! 우리가 괜한 우려를 했나 보네."

통음이 귀를 기울이다가 아무 소리도 들리지 않자 싱겁게 웃었다.

삼지는 신령의 행동에 주목했다.

다른 사람들이 관찰하고 분석한 것도 버릴 말이 하나 없지만 신령의 행동은 수천 마디로도 표현하지 못할 무엇인가를 전해주었다.

신령은 강변에 도착한 후에 불안해서 어쩔 줄 모르던 행동을 멈췄다. 자신이 언제 그랬냐는 듯 전처럼 차분하고 냉정해졌다.

"썩을 놈의 세상. 모질게도 춥네."

말투도 예전과 같았다. 그러나 다른 점이 있다. 행동은 예전과 다름이 없지만 무엇인가 다르다는 느낌이 든다.

마천옥이 모래밭을 걸어가 신령 앞에 섰다.

그제야 무엇이 달랐는지를 알게 되었다.

신령이 눈가에 눈물이 글썽인다. 볼을 타고 흐르는 눈물은 아니지만 나이 든 사내가 눈시울을 붉힌다는 것만으로도 내면의 슬픔과 격동을 읽을 수 있다.

"뭡니까?"

"준비를 해야겠네."

"뭘 말입니까?"

"불길…… 빌어먹을! 내 생전에 다시는 이놈의 불길하다는 말을 하지 말아야지."

"……."

"이 중 하나가 하나를 죽일 걸세."

신령은 광안이 찾아낸 발자국을 가리켰다.

"발자국 두 개가 발자국 하나를 죽일 거야. 허! 허허! 내 눈엔 보여. 이 발자국이 피를 흘리고 있어."

발자국 두 개는 왔다 간 것, 한 개는 가기만 한 것이다.

짐작으로 발자국 한 개는 뇌궁주 독사다.

"궁주님이 죽는다는 말이오?"

"피를 흘린다니까! 피를 철철 흘려! 발자국마다 피가 고여 있어! 더 말해 줄까!"

신령이 소리를 꽥 질렀다. 그러나 곧 예전처럼 잠잠해져 조용한 음성으로 말했다.

"준비를 해야지. 바람처럼 왔다가는 것이 인생이니……. 좋은 관이나 준비해야지."

"무슨 썩을 소리를 하는 거야!"

광안이 눈을 부릅뜨며 발자국을 좇아 신형을 날렸다.

광안은 채 십 장을 나아가지 못했다.

새우눈을 찢어지도록 부릅떴지만 발자국 흔적은 뚝 끊겨 버렸다. 오고 간 발자국도 끊겼고, 가기만 한 발자국도 끊겼다. 모래밭은 아무도 다니지 않은 것처럼 태고의 신비를 고스란히 드러냈다.

"진취, 아무 냄새도 안 나?"

"안 나. 바람이 이렇게 센 곳은 냄새도 금방 달아나거든."

"통음?"

"젠장! 바람 소리밖에 안 들려."

"신령?"

광안은 신령에게 말을 걸려다가 포기해 버렸다.

신령은 독사의 죽음을 받아들이기라도 한 사람처럼 의욕을 잃고 있다. 그런 사람에게 뭘 묻는단 말인가.

"제길! 이건 궁주님 수작이야. 궁주님은 우리가 따라올 줄 알았어. 우리 능력도 잘 알고 있고. 어디로 갔는지는 모르지만 아예 쫓아올 생각을 못하게 만들어 버리는군."

대물이 말했다.

"현장에 사람이 있었잖아. 황림하고 백화금. 그 아이들을 찾아야 돼. 무슨 일이 있었는지는 알아야지."

길이 엇갈렸다.

황림하고 백화금은 독사의 말을 무시하고 뇌궁으로 치달렸지만, 그래도 완전히 무시하지는 못해서 사람들의 눈을 피해 으슥한 곳만 골라서 달린 탓이다.

"크, 큰일났어요!"

황림은 만월기루에 도착하기 무섭게 지하 밀실로 뛰쳐 들어갔고, 제일 먼저 만난 지천도에게 자초지종을 이야기했다.

"궁주님이 남긴 말은 없었냐?"

지천도는 침착했다. 궁주에게 변괴가 생긴 것은 직감했지만 아이들을 상대로 호들갑을 떨어서는 안 된다. 당황한 아이들은 할 말도 못하게 되니까.

"아무 말도……."

"아무 말도 없었어?"

"네."

지천도는 황림의 얼굴에서, 그리고 백화금이 눈길을 돌리는 모습에서 무엇인가 숨기는 것이 있다는 것을 알아챘다.

"너희에게 당부 말도 하지 않았더냐?"

"네."

황림의 눈빛이 흔들렸다.

"무엇인가 말한 것을 알고 있다. 그렇지?"

황림은 우물쭈물하다가 고개를 끄덕이고 말았다.

"이번 일과 상관있는 일이면 말해야 한다. 그래야 궁주님을 살릴 수 있어."

"상관… 없어요. 무공을 전수해 주기는 했지만……."

백화금이 황림의 옆구리를 꼬집었다. 그제야 황림도 자신의 실수를 깨닫고 다급히 두 손을 들어 입을 막았다.

'암혼사를 전수해 주었군.'

지천도는 황림이 옆구리에 두르고 있는 장삼을 보았다.

피로 얼룩진 장삼은 틀림없이 독사의 옷이었고, 군데군데 글자도 보였다.

'이게 무림으로 흘러나가면 피가 내를 이루겠군.'

"너희는 지금 곧장 어련으로 가라. 신검서생에게 말해서 호법을 서달라고 해. 그리고 하루라도 빨리 그 장삼에 있는 구결을 외우고, 장삼을 불태워라."

황림과 백화금의 얼굴이 경악으로 물들었다.

"빨리!"

황림과 백화금은 다급히 밀실을 빠져나갔다.

"유시 초, 금사강 백운애."

지천도는 혼잣말로 중얼거렸다.

너무 늦었다. 지금은 유시 초를 넘어서 유시 정(酉時正)으로 들어서고 있다.

싸움이 있었다면 벌써 끝났으리라.

금사강 백운애까지 급하게 달려간다고 해도 한 시진은 걸리니 술시(戌時)나 되어서야 도착할 수 있다.

더군다나 상대는 지금까지 만나본 적이 없는 초강자다.

상대가 얼마나 강한지는 쉽게 짐작된다. 독사가 혈서로 장삼에 구결을 적을 정도라면 죽음을 생각했다는 것인데, 일 대 일의 대결에서 독사가 죽음을 생각할 정도라면……

그때, 때맞춰 삼지와 마구오신이 뛰어들어 왔다.

"황림이나 백화금 봤어요?"
대물이 다급히 물었다.

시간은 늦었지만 가만히 있을 수만은 없다.
지천도가 뇌궁 무인들을 소집하는 짧은 시간에 혜월은 건마(健馬)를 준비했다.
마침 엽수낭랑도 도착했다.
그녀는 뇌궁에 별일이 없는 것을 보고 안도했으나, 부산한 움직임을 보고는 다시 긴장했다. 그리고 마천옥을 통해 자초지종을 듣고 나서는 망연자실했다.
"독사가 맞을 거예요. 독사와 싸우는 사람은 최고수일 거예요."
엽수낭랑이 불곰과 일장 대결을 벌였다는 것은 문제도 되지 않았다. 그녀가 음경지의로 만든 단약에서 독을 빼냈다는 것도 말할 틈이 없었다. 그런 것들은 모두 지엽(枝葉)에 불과했다.
삼지에 강변에서 돌아왔을 때부터 채 일 다경도 지나지 않아서 뇌궁 무인들이 준비를 마쳤다.
빠진 사람은 어련에 나가 있는 일수일살과 신검서생, 그리고 암기와 독에 몰두하고 있는 당문삼기뿐이다.
그들 다섯 명에게 연락을 취하지 않은 것은 마천옥의 뜻이다.
"우리가 여기서 죽더라도 누군가는 무림에 우리 일을 알려야겠지. 무림인들은 사실을 알 필요가 있어. 그들이 어떤 행동을 취하느냐는 그들 마음에 달렸고. 사실만 알리면 되겠지."
어련이 제 위치를 찾으면 일수일살과 신검서생은 문파 하나를 차지하고 있는 격이나 마찬가지다. 막강한 힘이다. 그것 역시 마단이나 현문이 공격을 하지 않는다는 전제 하에서 이뤄질 일이겠지만.

그래서 당문삼기를 빼냈다. 그들이라면 무림에 아는 사람도 많고 도움도 받을 수 있을 테니, 뇌궁 사건의 전모를 무림에 알리는 일이 가능할지도 모른다. 못하면 못하는 것이고.

"가요!"

마음이 다급해진 엽수낭랑이 제일 먼저 고삐를 잡아당겼다.

히히힝……!

준마가 앞발을 번쩍 들더니 힘차게 내달리기 시작했다.

그 시간, 당문삼기는 전혀 예상치 못했던 손님을 맞이했다.

당문삼기로 하여금 너무 놀라 입을 열지 못하게 한 사람.

손님으로 인해 천 년이라는 세월을 산다고 해도 오늘 일만은 결코 잊을 수 없을 게다.

세상이 얼마나 넓고 깊은지를 깨닫게 되었으니까.

당문의 무공과 의술이 결코 최고가 아님을 알고 말았으니까.

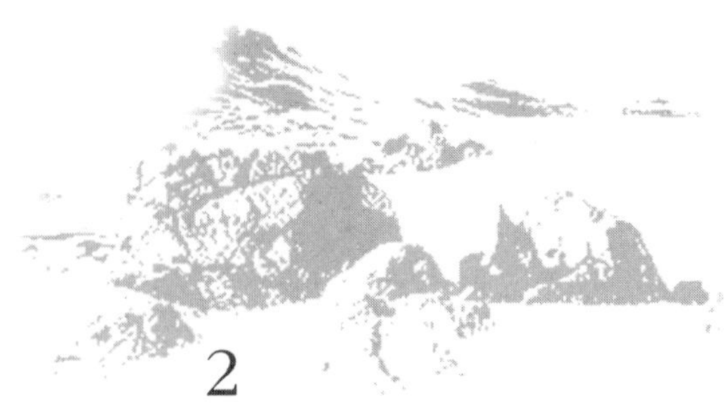

2

천붕(天崩)

독사는 천천히 걸었다.

시간은 유시 초지만 발길 닿는 대로, 걷고 싶은 대로 걸었다.

산도 보고, 물도 보고, 두 팔을 활짝 벌리고 얼굴을 스쳐 가는 바람도 맞았다.

세상은 살 만한 곳이다.

자연과 함께 숨을 쉬는 사람에게는 속인(俗人)들이 말하는 부귀와 명예가 덧없다. 은자 백 냥은 삶을 풍족하게 해주지만, 나무뿌리 하나는 마음을 상쾌하게 해준다.

가족이 딸리면 자연과 더불어서 살기 힘들다.

식솔을 부양하기 위해 일해야 하고, 돈 벌어야 하고, 양식을 구해야 한다. 그러자면 나무뿌리 같은 것에 관심을 가질 여가가 없다. 찬바람은 단지 추울 뿐이지, 찬바람 속에 스며 있는 상쾌함은 알지 못한다.

독사는 홀가분함을 느꼈다.

백비로 들어가면서부터 ‘무리’라는 것을 알게 되었고, 멸혼촌을 빠져나올 무렵에는 수장이 되어 무리들의 안위를 보살펴야 했다.

크고 작은 싸움들이 있을 때면 자신의 안위보다도 수하들의 안위가 더욱 염려되었다. 누구 다친 사람은 없는지, 누가 곤욕은 당하지 않았는지…….

무리를 떨쳐 버리고 혼자가 되니 비로소 나무뿌리도 눈에 들어오고 바람도 맞이할 수 있다. 살을 에는 추위도 시원하게만 느껴진다. 멀리 보이는 산은 한 폭의 그림같이 아름답다.

‘요빙, 약속을 못 지킬지도 모르겠어. 하지만 우릴 죽음으로 몰아넣었던 무천문은 이겼지. 봤어?’

‘봤어. 잘하더라.’

‘봤구나. 춥고 외로운 곳에 너무 오래 있어서 보지 못할 줄 알았거든. 아님 삐쳐서 오지 않던가.’

‘호호호! 넌 언제나 어린애 같아. 내가 그럴 것 같았어?’

‘응.’

‘됐어. 약속은 지킨 것으로 할게.’

‘고마워.’

‘힘껏 싸워. 욕심 부리지 말고. 이길 생각도 하지 마. 최선만 다해. 살고 죽는 것은 하늘의 뜻이야.’

‘그럴게.’

오랜만에 요빙이 나타났다.

독사는 요빙의 얼굴이 비치는 강물을 한없이 바라봤다.

요빙의 얼굴이 물살에 쓸려 나가고, 흐르는 강물만이 보일 때도 눈을 떼지 않았다.

날이 어둑해졌다.

유시초는 훨씬 넘었고, 아마도 유시 정을 치달리고 있을 게다.

독사는 그제야 일어나 백운애를 향해 걸어갔다, 무심하게.

현문 제이존이 제일 먼저 눈에 들어왔다.

백운애에는 나무가 단 한 그루밖에 없었고, 그가 비스듬히 어깨를 기댄 채 서 있었다.

다른 사람들도 눈에 띄었다.

나란히 늘여놓은 가마에 앉아 있는 사람들은 칠잔앙이다. 칠잔앙 옆에는 독사도 안면있는 석정하와 막세건이 서 있었다.

독사는 불곰을 찾았지만 불곰은 눈에 띄지 않았다.

현문 제이존이 큰 걸음으로 거침없이 걸어와 독사 앞에 섰다.

"죽인 후에 일몰을 보려고 했는데, 죽이기 전에 봤어."

"나도 죽기 전에 일몰쯤은 봐야 하지 않나."

"죽는 놈이 일몰은 봐서 뭐 하게?"

"그런가? 사실 일몰은 보지 못했지."

"왜? 정리할 게 그렇게 많았나? 세 시진이면 충분할 줄 알았는데. 그럼 진작 말하지 그랬어, 몇 시진쯤은 더 줄 수도 있었는데."

스릉……!

독사가 먼저 검을 뽑았다.

노룡검신(怒龍劍神)의 애병(愛兵)이었던 노룡검이 은은한 검음을 토해냈다.

사람을 베어도 피가 묻지 않고, 물방울을 떨어뜨리면 방울져 떨어진다는 명검.

"약속은 유효한가?"

현문 제이존은 대답 대신 일잔앙을 쳐다봤다.

일잔앙이 말했다.

"자네가 현문 제이존을 꺾는다면 현문은 뇌궁에서 손떼겠네. 뇌궁이 사천무림을 마음껏 휘젓고 다녀도 현문에서는 간섭하지 않겠네."

"후후후!"

독사는 웃었다.

"뭐가 웃긴데?"

현문 제이존은 독사의 웃음이 비위에 거슬린 듯 눈을 가늘게 뜨며 물었다.

"칠잔앙이 말하는 걸 보니 네가 현문 최고수인 것을 알겠군. 그럼 이렇게 생각할 수도 있겠지, 자네를 죽이고 나면 현문은 내 눈치를 살 펴야 할 것이라고."

"뭐라고!"

석정하가 분기를 참지 못하고 발끈했다. 하지만 칠잔앙 앞에서는 망 동할 수 없는지 얼굴만 붉힐 뿐 행동으로 이어지지는 않았다.

일잔앙이 기분 좋게 웃어 젖혔다.

"하하하! 자네 말이 옳아. 제이존이 죽으면 현문에서 자넬 당할 사 람은 없어. 이 아이들은 한참 못 미치고, 제일존은 엽수낭랑에게조차 고배를 마셨으니 자넨 더욱 못 당하지."

"무슨 말이오?"

독사의 눈빛이 잠시 흔들렸다.

"자네가 이리 오기 전에 불곰과 엽수낭랑의 대결이 있었지. 걱정 말게, 불곰이 패했으니까. 그런데 불곰 말이 이상하더군. 분명히 검으로 베었는데 베어지지 않았다는 거야. 난 그런 사람들을 알지. 마단에 사신(四神)인가 뭔가 하는 놈들이 있는데, 그중 검신(劍神)이란 놈의 수하들이 검에 베여도 베이지 않지. 어떻게 마단의 무공이 뇌궁으로 흘러들었는지 궁금한데, 말해 줄 수 있는가?'

'성공했구나, 엽수낭랑!'

독사는 웃고 싶었다.

일잔앙이 말한 검신은 누구보다도 잘 안다. 자신의 손에 죽었으니 잊을 리 없다. 무엇보다도 그와의 싸움이 기억나는 것은 그가 싸움에도 쾌감이 있다는 것을 가르쳐 주었기 때문이다.

싸움에 몰입하다 보니 몰아(沒我)의 경지에 빠져들었고, '지면 죽는다' 라는 생각이나 '살기 위해서는 죽여야 한다' 는 생각 따위는 새카맣게 잊어버렸다. 오로지 싸움에만 열중했고, 그 순간 말로 표현하지 못할 진한 쾌감이 찾아들었다.

검신은 잊을 수 없는 자다. 또한 검에 베여도, 창에 찔려도 죽지 않던 검신의 수하들 역시 잊지 못한다. 그들 몸에서 떼어낸 인피는 아직까지 엽수낭랑의 손에서 떨어지지 않고 있으니까.

엽수낭랑이 성공했다. 불곰의 일격이 어떨지는 쉽게 짐작이 되는데, 그런 일격을 맞고도 베이지 않을 정도라면 완벽한 성공이다.

"적에게 비기(秘技)를 가르쳐 주는 사람도 있던가?"

"허허허! 그 말도 맞군. 우린 적이지. 허허허!"

현문 제이존이 지겹다는 듯 기지개를 켜며 긴 하품을 했다.

"이제 그만. 빨리 죽이고 가서 술이나 한잔해야겠어. 이걸 어떡하나? 네 육신이 썩어 들어갈 때 난 계집을 끼고 술을 먹고 있겠군. 어디

가 좋을까? 만월기루에나 들러볼까? 아! 걱정 마. 날 건드리지 않는 이
상 나도 안 건드려.”

현문 제이존은 말을 하면서 검을 뽑았다.

스으응……!

검음이 묵직했다. 검광도 어둠을 닮은 칠흑빛이었다. 묵광(墨光)이
반짝이지 않았다면 검이란 사실도 모를 만큼 시커멨다.

“십 초를 받아내지 못하면 잔인하게 죽는다. 몸이 열 토막으로 잘라
질 거야. 백 초를 받아내지 못하면 목이 잘린다. 목만 노릴 테니까. 백
초를 넘겨도 넌 죽는다. 약속 하나 더 하지. 이백 초만 받아내. 내가 죽
어줄 테니까.”

현문 제이존의 말투는 사람으로 하여금 믿을 수밖에 없도록 만드는
힘이 있었다.

검을 들어 상대를 겨누는 순간, 독사는 귀신에 홀린 것처럼 상대를
놓쳐 버렸다. 상대가 감쪽같이 사라졌다. 그가 서 있던 자리에는 칠흑
같은 어둠만 맴돌 뿐 그는 어디에도 없었다. 방금 전까지만 해도 묵검
에서 윤기가 자르르 흘러나왔는데, 그것마저도 사라져 버렸다.

신법을 펼쳐서 움직인 것이 아니다. 미욱한 사술로 위장한 것도 아
니다.

암혼사는 현문 제이존이 그 자리에 그대로 있다고 말해 준다. 숨 막
히는 답답함도 여전하고, 검의 예기(銳氣)도 사납기 그지없다.

그는 여전히 그 자리에 있으나 형체가 사라져 버린 것이다.

“저, 저건! 이, 이럴 수가! 이럴 수가!”

지켜보던 막세건이 몸을 부르르 떨었다.

“음……!”

석정하도 신음을 토해냈다. 사나운 맹수가 상처를 입어 화가 난 것처럼 꼼짝하지 못하고 속으로만 으르렁거렸다.

독사는 석정하와 막세건의 태도에서 불현듯 한 가지 무공을 생각해냈다.

현문 삼대절공 중 하나인 묵천신공(墨天神功)이다. 현문도라면 모르는 사람이 없는 묵천신공이다. 묵천신공으로는 절대 최강자가 될 수 없다는 생각에 현문도를 비관하게 만든 바로 그 묵천신공이다.

현문은 다른 무공을 원해왔다.

근래에 단파를 얻은 후 현문이 얼마나 활기를 띠었던가. 수십 년 동안 묵천신공을 수련하면서도 얻지 못한 포만감을 겨우 두어 달 남짓 수련한 단파에서 얻지 않았는가.

일인비전이라는 암혼사는 어떤가. 수련하기가 그토록 난해한 암혼사를 못 잊어하는 사람은 또 얼마나 되는가.

모순되게도 현문 최강자라는 사람이 묵천신공을 펼치고 있다.

묵천신공을 절정으로 수련하면 소림사의 금강불괴와 버금가는 묵강흑인(墨剛黑人)이 된다고 했는데, 그런 경지를 보여주고 있다.

아무도 믿지 않았다. 묵강흑인은 단지 전설일 뿐이라고 생각했다.

‘묵강흑인……’

독사는 침음했다.

참으로 힘들게 싸웠던 마단 무인들처럼 현문 제이존 역시 베어도 베이지 않을 것이다. 마단 무인들은 머리가 잘린다는 치명적인 약점이라도 있었지만 묵강흑인에게는 그런 점조차 기대하기 힘들다.

어디를 어떻게 베어야 하는가.

현문 제이존은 마단 무인들처럼 약하지도 않다. 검이 몸에 닿도록 방치할 자가 아니다.

어려운 싸움이다.

온 신경이 팽팽하게 곤두섰다. 세맥까지 충만해 있는 진기는 금방이라도 폭발할 듯 용틀임했다.

파앗!

신형을 먼저 띄운 사람은 독사였다.

이 장 거리를 단숨에 좁혀 검의 거리를 만든 후, 소수천라변의 화려한 수법을 검으로 펼쳐 냈다.

사락! 쒜…… 엑!

하늘에서 내려온 그물이 땅을 뒤덮는다. 노룡검의 성난 이빨이 거치적거리는 것들을 모두 잘라낸다.

검을 들지 않은 왼손으로는 여의지를 쳐냈다.

광무신승의 불범성공(不凡聖功)에 기재된 지법(指法)으로 처음에는 의술에 사용되는 줄만 알았던 무공이다. 위타중생혈·육·골(爲他重生血·肉·骨)이라는 말처럼 피와 살과 뼈에 새 생명을 불어넣는 의공(醫功)이기도 하다.

독사는 여의지의 다른 묘용을 찾아냈다.

여의지에는 의술이라고 할 수 없는 난해한 구결이 있다.

대각추상요호(大覺追上妖狐).

말 그대로 풀이하면 큰 깨달음이 아름다운 여우를 추월한다는 뜻인데, 도무지 무슨 뜻인지 알 수 없었다.

암혼사의 경지가 사성으로 올랐을 때, 세상이 지금껏 보던 세상과 다른 것을 깨달았을 때 그가 익힌 모든 무공이 새롭게 재탄생되었다.

여의지도 싸움에서 소용이 되지 않는 의공에서 뛰어난 무공으로 거듭 태어났다.

요호란 깨달음을 얻지 못한 자의 눈으로 본 세상이다. 인간일 수도 있고 무공일 수도 있다. 깨달음을 얻어 한 겹 장막을 걷어내고 올바른 눈으로 세상을 보면 여의지가 보인다는 뜻이다.

여의지는 깨달음을 얻은 자만이 사용할 수 있는 무공이니, 광무신승은 최소한 독사의 경지는 넘어선 사람이었다.

지법이란 혈(穴)을 타격하는 것을 기본으로 한다. 혈이 아닌 곳을 칠 때는 훨씬 파괴력이 높은 권각(拳脚)을 사용한다. 하지만 인체의 모든 곳이 혈도라면… 눈 감고 아무 곳이나 쳤는데 치명적인 혈도라면 그때는 창과 다름없는 지법이 훨씬 우월해진다.

여의지는 인간의 세맥조차도 치명적인 요혈로 바꿀 수 있는 무공이니 암혼사와 일맥상통한다고 볼 수 있다.

까앙! 탁탁탁!

노룡검은 묵검에 막혀 움직임을 잃었다. 하지만 왼손으로 쳐낸 여의지는 현문 제이존의 오른팔을 세 번이나 격타했다.

손가락과 팔이 마주쳤는데 돌벽을 두들기는 소리가 났다. 손가락에 집중된 내력은 일점에 전신 진기를 집중시키는 암혼사의 묘용이 숨어 있는데, 현문 제이존은 꿈쩍도 하지 않았다.

'쇳덩이를 두들기는 게 낫겠군.'

독사는 손의 방향을 틀어 눈을 찌르려 했다. 순간 현문 제이존의 묵검이 노룡검을 밀어붙이고 들어와 가슴을 노렸다.

휘익!

급히 상반신을 뒤로 꺾자 묵광이 눈앞을 스쳐 갔다.

독사의 검도 쉬지 않았다. 허리를 뒤로 꺾으면서 검은 제이존의 아랫배를 그었다.

터억! 쓰으윽……!

검에 닿는 감촉이 딱딱했다. 쇳덩이를 벨 때처럼 손목에서 은은한 무게가 느껴졌다.

검이 훑고 간 자리는 오른발이 뒤따랐다. 들어 올린 무릎이 직각으로 꺾이면서 사내의 허리를 걷어찼다.

퍼억!

오른발은 정통으로 틀어박혔다. 보통 무인들 같으면 즉사를 면키 어렵고, 베어지지 않는 마단 무인들이라도 나가떨어질 만큼 충격이 무겁다.

현문 제이존도 일검, 일각을 맞는 동안 삼 검을 쳐냈다.

허리가 뒤로 꺾인 독사의 배를 향해 일검을 꽂았다. 독사가 허리를 살짝 비켜 틀었지만 내리찍는 검에서 옆으로 찍는 검으로 변화시켜 계속 배를 노렸다. 독사가 신형을 띄워 옆구리를 걷어차며 뒤로 물러설 때, 묵검은 양다리를 베어갔다.

두 사람 모두 이득을 보지 못했다.

권심시내기는 효과가 없었다. 그것은 전력을 다한 지법, 권각이 효과를 발휘할 수 없다는 뜻이기도 했다.

독사의 권각은 타격을 가하는 선에서 그치지 않는다. 여의지의 묘용이 가미된 권각은 타격 지점에 매우 강한 충격을 줌과 동시에 상대의 몸 안에 강제로 암혼사의 진기를 심어버린다.

타격 부위는 급격하게 부풀어 오르고 상대의 진기는 자신의 의지와는 상관없이 타격 지점으로 쏠리게 된다. 독사가 임의로 권심시내기를 쳐내는 것과 같은 현상이 벌어지는 것이다.

열려 있지 않은 세맥에 막대한 진기가 쏟아져 들어가니 혈맥이 부풀어 오르다 종내는 터져 버린다.

독사는 손바닥 노궁혈에만 집중되기에 권심시내기라고 불렸던 암혼사의 진기를 권각까지 확대시켰고, 타격 부위를 집게로 쥐어뜯는 듯한 효과까지 불러왔다.

하지만 현문 제이존은 아무런 영향을 받지 않았다. 여의지로 찔러도, 권각으로 타격해도 살갗에서 충격을 팅겨 버렸다. 마치 단단한 철벽으로 몸을 감싸고 있는 것처럼.

현문 제이존의 반격은 매서웠다. 그는 몸 자체가 섬광이었다. 하지만 독사의 신형이 조금 더 빨랐다. 신형이 빨랐다기보다는 암혼사가 읽어낸 느낌이 판단이 되어 몸을 움직였고, 즉각 운용된 방위나이가 간발의 차로 검을 비켜나게 만들었다.

일 초, 이 초…… 십 초.

현문 제이존이 처참하게 죽을 것이라던 십 초는 눈 깜빡할 사이에 흘러갔다.

쉐에에에엑……!

현문 제이존의 검이 급변했다. 지금까지는 몸 전체를 노리고 달려들었지만, 급변한 검은 오로지 목만을 노렸다.

공격 부위가 좁혀졌으니 싸움은 독사에게 유리해져야 한다.

한데 실상은 그렇지 못했다. 현문 제이존은 마치 지금까지는 장난이었다는 듯이 비호처럼 움직여 맹공을 퍼부었다.

쉭! 쉭! 쉭! 쉭……!

검이 스쳐 가자마자 바로 짓쳐 왔다. 어찌 보면 손목의 굴절만으로 검을 쳐내는 것 같은데, 검에 깃든 진력은 태산을 무너뜨릴 듯하다.

깡!

노룡검과 묵검이 부딪치며 불똥을 튀겨냈다.

독사는 자신이 밀린다는 느낌을 받았다. 순간적으로 쳐낸 검일지언정 전신 진기가 일점에 집중된 검인데도 상대를 밀어내지 못하고 오히려 밀려 버렸다.

이런 싸움은 최악이다. 오공사수와 싸울 적에도 이렇게 고전하지는 않았다. 무참하게 얻어맞기는 했지만 싸워볼 만하다는 느낌을 가졌다. 하지만 현문 제이존과는 어떻게 싸워야 할지를 모르겠다.

천하 명검인 노룡검도 묵검의 강한 힘을 견디지 못하고 이빨이 나가기 시작했다.

평범한 검이었다면 벌써 부러졌으리라. 검을 부러뜨린 묵검은 내처 독사의 목까지 잘랐으리라.

어처구니없게도 뇌궁 제일고수인 독사가 명검에 의지하여 싸움을 지속하고 있다.

'소수천라변. 소수천라변을 검법에 응용하고 있다.'

독사는 현문 제이존의 검초를 파악해 냈다. 화려한 듯하면서도 실전적인 검법은 다름 아닌 소수천라변이다.

독사는 마음을 추슬렀다.

상대가 급박하게 싸움을 걸어온다고 자신도 따라서 급박하게 상대하면 적의 싸움으로 끌려 들어가는 꼴이 된다.

매일초식온이준(每一招式穩而準), 강유병제(剛柔　濟), 충만내경(充滿內勁)…….

마해추룡의 월사창법 구결이다.

매 초식은 법도에 따라 평온하게, 강함과 부드러움을 아우르고 내경은 충만하게…….

마해추룡도 광무신승 못지않은 고수였다.

그의 월사창법은 하수(下手)나 상수(上手)를 불문하고 모두에게 최적합한 무공을 선사한다. 암혼사가 똑같은 구결을 가지고 체득하기에 따라서 성취가 높아지듯, 월사창법도 깨달음의 경지에 따라서 전혀 다른 창법을 안겨준다.

마해추룡 역시 광무신승처럼 독사의 경지는 넘어선 것이 틀림없다.

그들과 같은 반열에 올라서려면 그들이 남긴 무공 구결을 꿰뚫고 있어야 한다. 사통팔달(四通八達), 막힘이 없어야 한다. 좀 더 나아가서는 그들의 무공을 완전히 잊어버려야 한다. 그리고 자신의 무공이 창출될 때 그들과 비슷한 경지로 올라설 것이다.

독사는 싸움을 방어 위주로 돌렸다. 빠름으로는 현문 제이존에게 뒤지지 않으나 공격할 곳이 없으니 섣불리 달려들 수는 없다.

방위나이는 현문 제이존의 섬광 같은 검을 적절하게 막아줬다. 덕분에 여의지와 노룡검을 공격에만 사용할 수 있는 여유를 얻었다.

현문 제이존의 검은 독사의 목을 치지 못했다. 독사의 검과 여의지는 육신에 작렬했지만 손톱만한 상처도 입히지 못했다.

이십 초, 삼십 초…… 초수는 시간의 흐름과 비례하여 늘어만 갔다.

"이거야말로 용호상박(龍虎相搏)이군."

석정하가 아랫입술을 잘근 깨물며 말했다.

묵천신공의 놀라움을 눈으로 목격하니 짙은 패배감이 전신을 휘감았다.

제일존을 인정하지 않았다. 얼굴도 보지 못한 제이존은 더 더욱 인정할 수 없었다. 자신은 묵천신공에 달통했고, 단파까지 수련하고 있으니 현문주가 될 사람은 자신이라고 생각했다.

단파는 그에게 야심을 품을 만한 힘을 주었다.

진기가 완벽하게 고갈되어 손가락 하나 들어 올릴 힘조차 없어도 원정(元精)에서 쏟아져 나온 힘이 전신에 충만된다.

원정을 사용하는 무공이니만큼 손실은 막대하다. 불구가 되는 것은 양호한 편이고, 거의 대부분은 목숨을 잃는다. 하지만 원정으로 충만한 육신은 본래보다 서너 배는 강한 무인으로 탈바꿈시켜 준다. 또한 단파를 꾸준히 수련하면 원정을 쏟아내지 않고도 강한 힘을 유지할 수 있고, 그때가 되면 불구나 목숨의 위협을 느끼지 않고 단파를 사용할 수 있다.

초기에는 지극히 위험하나 일정 경지에만 올라서면 단숨에 초절정 고수가 되는 신비의 무공이 단파다.

요즘 석정하는 단파의 수련에 매진했다. 단파의 성취가 높아질수록 현문주를 차지할 수 있는 기회도 가까워진다고 생각했다.

그런데 이게 뭔가. 단파를 극성으로 수련해도 제이존을 상대할 수 있을지 의문시된다.

묵천신공이 이렇게 강했나? 이렇게 강한 무공이었던가?

그런 마음은 막세건도 같았다.

그는 석정하처럼 현문주에 연연하지는 않았다. 그가 추구하는 것은 절정무공이었고, 암혼사의 오의만 깨우치면 독사가 보이는 무위를 따라잡을 수 있다고 생각했다.

독사가 깨우쳤다면 자신도 깨우칠 수 있다. 자신이 독사에게 진 것은 깨우침이 모자랐을 뿐이지 수련하는 무공이 약해서는 아니다. 깨달음을 얻기 위해 부단히 수련하다 보면… 수련이 차곡차곡 쌓여 완벽하게 준비되었을 때 깨달음은 불현듯이 찾아오리라.

막세건은 세상에서 가장 강한 무공이 암혼사라 생각했고, 그 생각에는 한 줌의 의혹도 가지지 않았다.

그런데 아니다. 세상에서 가장 강한 무공은 묵천신공이다. 눈으로 보고 있지 않은가. 독사조차도 어쩔 수 없는 철갑괴인을. 검이 빠르면 뭐 하고, 허점을 찾아낸들 뭐 하는가. 중검(重劍)을 익힌들 뭐 할 것이며, 환검(幻劍)을 익힌들 손가락이나 건드릴 수 있는가.

석정하와 막세건은 허탈했다.

그러나 그들은 기재다. 현재 자신의 무공이 약하다고 해서 마냥 주저앉아 있을 만큼 나약하지도 않다.

'묵천신공… 묵강흑인…… 나도 할 수 있지. 묵강흑인은 묵강흑인조차도 깨뜨릴 수 없으니, 제일좌(第一座)를 혼자 차지하지는 못해도 같은 위치에 올라설 수는 있어. 해보는 거야!'

시간이 지나면서 석정하와 막세건의 얼굴은 평온해졌다.

싸움은 이미 백 초를 넘어섰다.

두 사람의 신형은 처음처럼 눈으로 식별할 수 없을 만큼 빨랐다. 사실 두 사람이 주고받는 공수(攻守)는 너무 빨라서 정확히 알아볼 수 없었다.

독사는 점차 여유를 찾아갔고, 쳐내는 검광도 빛을 더해갔다.

하지만 반드시 독사에게 유리한 싸움은 아니다. 아무리 무공이 강하다고 해도 피와 살로 이루어진 인간이니 언젠가는 진기가 고갈될 때가 있으리라.

그런 상황에 이르러도 묵강흑인의 철벽은 무너지지 않는다. 반면에 독사는 검을 맞게 될 것이며, 상처가 하나둘씩 늘어가다가 치명적인 일격을 당하리라.

아니다. 독사가 유리하다.

현문 제이존은 이백 초만 넘어서면 자신이 죽어주겠다고 공언했다.

싸움 전에야 무슨 말인들 못할까마는, 현문 제이존처럼 무공에 자긍심이 높은 자는 자신의 말을 실천할 가능성이 농후하다. 실천하지 않아도 어쩔 수 없는 일이지만.

초수가 백오십 초에 이르렀을 때, 현문 제이존이 뒤로 훌쩍 물러서며 검을 정비했다.

독사는 따라붙지 않았다. 그도 잠시 생각할 시간이 필요했다. 자신이 수련한 모든 무공을 동원해 봤어도 흠집 하나 낼 수 없는 자를 어떻게 처리해야 하는가.

"잘 싸웠다."

현문 제이존의 입에서 담담한 음성이 새어 나왔다.

"철벽이군. 기운이 빠지게 만들어. 도대체 어떻게 해야 철벽을 무너뜨릴 수 있나?"

독사도 상대를 인정했다. 상대는 누가 뭐래도 그가 만난 무인들 중 최강이다. 아직 만나보지 않은 상대, 마단주가 이자를 능가한다면 싸움은 하나마나다.

"그거야 네가 생각해야지 내가 가르쳐 줄 수는 없지. 그건 그렇고, 이제 장난은 그만 해야겠어. 몸에서 땀이 나기 시작했거든. 땀을 흘리면 옷을 갈아입어야 되는데, 오늘 사 입은 새 옷이라서 말이지."

“하하하! 새 옷이라……. 나도 그만 끝내야겠다고 생각했는데, 생각이 통했군.”

천요문, 벽력도제, 광무신승, 마해추룡, 비락봉에서 깨달은 독수리의 사행(斜行)…… 어느 것도 소용없었다.

상대를 격중시키지 못한 것이라면 초식의 변화를 생각해 볼 텐데, 검에 맞아도 죽지 않는 인간을 상대로는 초식이 무용지물이었다.

독사는 이미 소용없음이 확인된 암혼사에 승부를 걸었다.

허심구공(虛心求功), 무공집사광익(武功集思廣益), 부단진보(不斷進步).

빈 마음으로 무공을 구하라. 무공은 넓고 유익한 곳에 사용할 것이며 부단히 정진하라.

싸움에 도움이 되지 않는 유의 사항에 불과하다.

하지만 독사가 최후의 순간에 암혼사의 마지막 구결을 떠올린 것은 지금 이 순간이야말로 삶과 죽음을 초월한 배움이 필요하다고 생각했기 때문이다.

요빙도 이와 비슷한 말을 했다.

이기려 생각하지 말고 최선을 다하라고.

지금까지 한 번도 시도해 보지 않은 무공을 사용할 참이다. 강적을 앞에 두고 인증되지 않은 무공을 사용하는 것이 어찌 보면 어리석기 짝이 없지만, 독사로서는 최선을 다하는 거다.

파앗!

현문 제이존의 신형이 어둠 속에 잠겨 버렸다.

확실히 이전과는 달랐다. 독사가 백오십 초를 견딜 수 있었던 것은 암혼사가 상대의 위치를 파악해 주었기 때문이다. 한데 암혼사로도 상대의 진기를 읽을 수 없다. 상대의 위치를 파악할 수 없다.

'이런 일이!'

슈우욱……!

느닷없이 코앞에서 묵광이 치솟았다.

독사는 반사적으로 튕겨 올랐다. 그리하면 복부에 일격을 당할 테지만 얼굴을 베이는 것보다는 낫다. 더불어서 일격도 가할 수 있다.

푸욱!

장검이 복부를 뚫고 들어왔다.

살아오면서 고통이란 고통은 모두 맛봤다고 생각했지만 상상을 초월하는 아픔이 뱃골을 울렸다.

빠악!

독사도 일격을 가했다. 장검이 복부를 꿰뚫는 순간 그의 머리는 현문 제이존의 정수리 한가운데를 가격했다. 파락호 시절에 종종 사용하던 박치기였으나 이번에는 암혼사의 진기가 실린 것이 다르다.

현문 제이존이 검을 놓치며 주춤주춤 밀려났다.

독사는 곧바로 쫓아가며 다시 한 번 허공으로 도약하여 무릎으로 안면을 찍어 눌렀다.

뻐억!

코뼈가 부러지는 소리는 철옹성 같은 상대를 무너뜨렸다는 희열감을 동반했다. 순간, 현문 제이존은 독사의 복부에 꽂혀 있는 장검을 움켜잡았고, 옆으로 부욱 갈라 버렸다.

핏물이 튀고 내장이 쏟아져 나왔다.

독사는 묵강흑인이 아니었다. 검을 맞으면 베일 수밖에 없고, 피를 흘릴 수밖에 없는 몸이다.

퍼억!

현문 제이존의 오른발이 독사의 안면에 작렬했다.

독사는 허공으로 붕 띄워져 백운애 아래로 휠휠 날아갔다.

'결국······.'

어둠 속에 웅크리고 있던 거대한 바위가 꿈틀거렸다. 지진이라도 만
난 듯 가늘게 경련했다.

현문 제일존 형영(邢穎), 아니, 불곰.

그는 자신과 엽수낭랑의 싸움처럼 독사가 기적을 일으켜 주기를 바
랐다. 하지만 현실은 냉정했고, 독사는 신이 아니었다.

'이렇게······ 끝나는구나, 독사.'

불곰은 칠잔앙과 현문 제이존을 거들떠보지도 않고 등을 돌려 백운
애를 떠나갔다.

원래가 올 수 없었던 곳이다.

칠잔앙은 그에게 폐관을 명했고, 백운애에 오지 않을 것도 명했다.

하지만 올 수밖에 없었다, 독사가 싸우기에······.

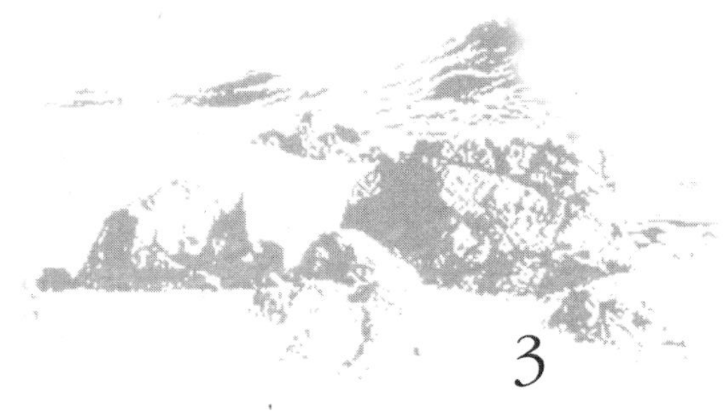

3

천붕 (天崩)

“이럇! 이럇!”

엽수낭랑은 말이 어떤 상태인지도 고려하지 않고 막무가내로 질주만 명령했다.

아무리 준마라 한들 내처 달릴 수는 없는 노릇이다. 일정 거리는 있는 힘껏 치달릴 수 있지만 말도 폐를 가지고 있는 동물이니 힘에 부치면 쉬어줘야 한다.

모두 한가할 때 이야기다. 엽수낭랑처럼 마음에서 불길이 일어나면 앞뒤 가릴 짬이 없어진다.

뇌궁 무인들도 급하기는 마찬가지였다.

독사가 없는 뇌궁은 구심점을 잃어버린다.

인정(人情)을 떠나 현실적인 면만을 고려해 볼 때도 뇌궁은 더 이상 버텨내기 힘들어진다.

현문이 독사를 죽인다면 상황은 더욱 심각해진다.

독사를 죽일 정도로 강한 무인이 존재하는데 무슨 수로 그들과 싸우겠는가.

언젠가 농담 중에 독사와 맞서려면 몇 명 정도가 나서야 될까 하는 말을 주고받은 적이 있다. 결과는 뇌궁 무인들 전부가 나서도 승패를 점칠 수 없을 것이라고 귀결되었다.

싸워보지 않았으니 모두 추측에 불과하지만 무공에 눈을 떴다는 사람들이 내린 결론이니 신빙성은 있다.

그런 사람을 죽인 사람과 싸운다?

생각하기도 싫다.

삼지가 있고 목숨을 아끼지 않는 무인들이 있으니 현재의 전력만으로도 그럭저럭 버틸 수는 있지만 결정적인 상황에서는 초강고수가 필요한데, 뇌궁에는 독사와 견줄 만한 사람이 없다.

독사는 꿈이다. 희망이다. 삶의 보람이다. 그가 없으면 뇌궁도 없는 것이고, 뇌궁 무인들의 운명도 도망만 다니다가 척살되는 것으로 결정된다.

독사가 죽으면 대책이 없어진다. 죽기 전에 손을 쓸 수 있으면 써야 한다. 뇌궁 무인들 태반이 죽더라도 독사만은 살려야 한다. 그래야 남은 사람이 단 한 명일지라도 살아가는 희망이 생긴다.

"끼럇!"

"하앗!"

뇌궁 무인들은 촌각을 다투며 채찍을 휘둘렀다.

당한은 등줄기가 땀에 젖도록 달려본 적이 없었다.

당문에서 무공을 수련할 적에는 하루 온종일 땀에 젖어 살았지만, 당문십비가 된 이후에는 암기 수련에 몰두했지 신법 때문에 땀을 흘리지는 않았다.

참으로 오랜만에 땀에 젖었다. 물속에 들어갔다 나온 것처럼 온몸이 땀으로 후줄근했다. 하지만 당한은 자신이 땀에 젖었다는 사실조차도 깨닫지 못했다.

그의 마음은 급하기만 했다.

'자칫하면 몰살한다. 내가 조금만 늦으면 몰살이야. 다리야, 달려라. 조금만 더 빨리. 빨리…….'

바위가 나오면 뛰어넘었다. 개울이 나오면 건너뛰었다. 다리가 가시에 긁혀도 따가움을 느끼지 못했다.

두두두두……!

멀리서 지축을 뒤흔드는 말발굽 소리가 들려오자 그의 마음은 더욱 조급해졌다.

'안 돼! 여기서 놓치면 안 돼! 제발! 제발!'

소리쳐서 들린다면 소리라도 질러보련만 거리가 너무 멀었다.

당한은 더욱 빨리 달렸다. 진기가 흐트러지는 것을 감지했지만 두 발을 멈출 수는 없었다. 흐트러진 진기를 정돈시키지 않아서 피가 머리로 쏠렸지만, 머리 속 혈관이 터지는 한이 있더라도 일단은 달리고 봐야만 했다.

두두두두두……!

질풍처럼 달려오는 일단의 무리가 시야에 들어왔다.

당한은 산을 치달려 내려갔다.

다리가 나무에 긁히고 바위에 찢겼지만, 한순간의 오차가 평생의 한으로 남을 순간이니 머뭇거릴 틈이 없었다.

'안 돼! 너무 늦었어!'

당한은 순간적으로 판단했다.

반듯한 길을 치달려 온 말들은 눈 깜짝할 순간에 자신을 지나쳐 저 멀리로 사라져 버릴 게다. 그전에 자신이 삼십여 장을 달려가 말들 앞에 나타난다는 것은 도저히 불가능하다.

당한이 이를 악물고 팔목을 걷어붙이자 가죽으로 만든 완갑(腕鉀)이 모습을 드러냈다.

'다치는 사람이 없어야 하는데…….'

피유웅……!

철전(鐵箭)이 바람을 가르며 날았다.

독사가 만들었으며 당문삼기에게 전수되어 빛을 보고 있는 소궁에서 쇠로 만든 화살 다섯 자루가 달려오는 말들을 향해 날아갔다.

"기습!"

"적이닷!"

고함이 분분히 터져 나왔다.

반응도 민첩했다. 두 발을 들어 안장에 올려놓음과 동시에 반탄력을 이용해 허공에 솟구쳤다.

히히힝! 히잉!

말들은 횡사를 면하지 못했다. 다섯 자루의 철전은 정확이 몸통에 틀어박혔고, 앞발을 번쩍 들어 올렸다가는 풀썩 쓰러져 버렸다.

무인 두 명은 남들처럼 움직이지 못했다. 그들은 쓰러지는 말과 함께 땅 위에 나뒹굴었다.

철전에 격중당한 사람들이다.

당한은 이런 점을 염려했다. 당문십비인 자신이 직접 쏘아냈고, 소궁의 성능 또한 독사의 소궁보다 대여섯 배는 뛰어나게 개량해서 웬만한 무인들은 막을 수가 없다.

더군다나 암습이다. 저들의 마음이 온통 독사에게 쏠려 있어서 주위를 경계하는 마음도 전과 같지 않다.

저들이 비록 난다 긴다 하는 무인들이지만 철전의 암습에 모두 무사할 수는 없다.

당한은 계속 치달려, 억지로 서버린 뇌궁 무인들 앞에 나타났다.

"이게 무슨 짓인가!"

지천도가 버럭 노성을 내질렀다.

"가면 안 됩니다. 모두 몰살해요!"

당한은 이마에서 흘러내리는 굵은 땀을 닦을 생각도 하지 못하고 다급히 말했다.

"알고 있었나? 일부러 연락하지 않았는데. 몰살은 이미 각오한 것, 비키게. 빨리 가야 궁주님을 구할 수 있네."

"궁주님은 죽습니다. 우리가 가든 안 가든 죽을 수밖에 없어요."

"뭐야! 지금 그걸 말이라고……!"

"묵강흑인의 현신이오."

"무, 묵강흑인?"

"마단의 인피. 베어도 베어지지 않던 자들처럼 병기가 소용없는 자요. 천하명검 노룡검도 벨 수 없는 자죠."

"그, 그게 사실인가?"

그때 마천옥이 눈빛을 반짝였다. 그는 지천도나 다른 뇌궁 무인들처럼 흥분만 하지는 않았다.

"독탑주, 그런 걸 어떻게 알았습니까?"

당한은 급했다. 지금 이렇게 한가한 말을 주고받을 때가 아니다. 백운애로 가는 길, 그리고 백운애에서 나오는 길은 오직 이곳뿐이다. 자칫하면 현문도와 마주치게 되고, 혈전(血戰)을 피하지 못한다.

"지금 이런 이야기를 하고 있을 시간이 없소. 말을 버리고 날 따라와요."

당한은 급하게 몸을 돌려서 오던 길을 되돌아갔다.

풍덩!

뭔가 묵직한 물체가 떨어지는 소리가 들렸다.

"저쪽이야!"

당옥이 급하게 말했다. 혹여 누가 들을까 봐 개미 기어가는 소리로.

당호는 이미 노를 젓고 있었다.

별빛 한 점 없는 밤은 어디가 허공이고 어디가 강인지도 모르게 만들었다. 백운애의 아름다운 절경도 지금은 그저 시커먼 어둠의 일부일 뿐이다.

"이 근처인 것 같은데……."

물속으로 떨어진 물체는 쉽게 찾아지지 않았다.

당호가 소리나지 않게 노를 놓고 뱃전을 잡았다.

"왜?"

"물속으로 들어가서 찾아야죠."

당호는 물방울 튀기는 소리도 죽이며 스며들듯 잠수해 들어갔다.

물속은 땅 위보다도 위험하다.

당호의 눈에는 그저 시커먼 어둠뿐이지만, 이런 물속을 대낮같이 보는 자들이 있다.

마수귀.

마단이 교가를 포위할 때부터 금사강의 물고기가 되었던 자들이다. 그들이 백운애의 싸움을 모를 리 없다. 자신도 들은 소리를 그들이 못 들을 리 없다.

'빨리 찾아야 되는데…….'

당호는 호흡이 가빠지는 것을 느끼며 물위로 솟구치려 했다.

그가 막 자맥질하여 신형을 위로 뽑을 때,

스스슥…….

커다란 물고기 몇 마리가 물살을 헤집으며 가까이 접근해 왔다.

당호의 눈에는 아무것도 보이지 않았다. 하지만 무인의 직감으로 무엇인가 다가온다는 것은 깨달았다.

'싸우면 불리하다. 물속에서는 저들이 왕이야.'

당호는 확인할 생각도 하지 않고 즉각 손을 품속에 넣어 계란만한 밀랍덩어리를 꺼내 들었다.

스스슥……!

느낌은 더욱 확실해졌다. 물살을 가르는 소리가 전보다 날카로운 것으로 보아 분수자(分水刺)를 사용하고 있다.

누가 다가오는지도 확신하지 못하고 있는데 벌써 공격 대상이 된 것이다.

당호는 즉각 밀랍덩어리를 깨뜨렸다.

화악!

밀랍덩어리는 계란 껍데기처럼 깨져 나갔다. 그러나 안에 들었던 부균독이 어떻게 되었는지는 당호도 확인하지 못했다. 물살에 퍼져 나갔을 텐데, 눈에 보이지 않으니 확인할 길이 없지 않은가. 대낮 같으면 붉은색이라도 보였을 텐데, 어둠은 색깔을 구분하는 눈마저도 빼앗아 갔다.

물살이 뒤틀렸다.

위에서 아래로 흐르는 강물은 변함없는데, 당호는 물살이 요동치는 것처럼 느꼈다.

'됐어!'

물에 강한 독을 구하기가 쉽지 않았다. 더군다나 손님을 맞이하고 급하게 뛰어나오느라 독다운 독도 챙기지 못했다.

백운애에 오는 동안 마수귀를 상대할 방법을 모색했지만 역시 독이 최고. 그가 지니고 있는 독 중에 물에서도 사용할 수 있는 독은 부균독뿐.

하지만 확신이 들지 않았다. 부균독은 전에 사용한 적이 있다. 멸혼촌을 빠져나오며 마수귀에게 부균독을 사용했다. 당시에는 죽통에 부균독을 담았고 색깔도 먹물 같은 검은색이었다. 하지만 시간을 두고 차분히 제련한 덕분에 부균독을 밀랍으로 감쌌다. 색깔도 붉은색으로 바뀌었고 독성도 더욱 지독해졌다.

하지만 같은 부균독임에는 틀림없고, 해약을 준비했다면 소용이 없으리라.

똑같은 독에 똑같이 당한다면 무인이 아니다.

마수귀는 부균독에 대한 준비를 했을 게다.

물에서 효험이 있는 줄은 알지만 한 번 사용했던 독인지라 다시 사용하기가 저어됐다. 하지만 어쩌겠는가, 그가 지닌 독이 부균독밖에 없으니.

그런데 성공했다. 마수귀는 부균독에 대한 준비를 하지 않았다. 이런 것을 보고 천우신조(天佑神助)라고 하는가. 아니면 당문처럼 독을 중히 생각하지 않기 때문인가.

당호는 물 위로 솟구치려다 문득 끌리는 것이 있어서 다시 물속으로 자맥질해 들어갔다.

호흡이 가빴다. 무공이 강한 것과 물속에서 호흡할 수 있는 것은 전혀 별개의 문제다.

당호는 얼마 들어가지 않아서 목을 움켜잡고 허우적거리는 물고기들을 찾아냈다.

그들은 정말 물고기였다. 물고기처럼 비늘로 된 어갑(魚鉀)을 입어서 커다란 물고기처럼 보였다. 그리고…… 그가 찾고자 하던 독사를 찾아냈다. 물고기의 겨드랑이에 끼어져 있는 독사를.

시간이 흘러 자정에 이를 무렵, 당안과 그를 뒤따라온 뇌궁 고수들은 당옥, 당호 형제와 합류했다.

"세상에!"

독사를 본 뇌궁 고수들은 입을 쩍 벌린 채 할 말을 잃어버렸다.

독사는 죽었다. 복부가 갈라지고 내장이 꾸역꾸역 기어나왔다. 당호가 대충 수습은 했지만 금방이라도 누런 내장이 쫙 벌어진 복부를 비집고 삐져 나올 것 같았다.

얼굴도 퉁퉁 부어올라 독사의 모습이라고는 믿기 어려웠다.

"숨은…… 붙어 있는가?"

지천도가 힘들게 말했다.

당호는 고개를 살래살래 흔들었다.

그들의 꿈이 사라지는 순간이었다.

엽수낭랑은 바들바들 떨기만 할 뿐 쉽게 다가서지 못했다. 그녀도 독사가 죽었다고는 믿지 못하는 표정이었다.

"우선 안전한 곳으로 가야죠. 여기 있다가 발각이라도 되는 날에는 끝장입니다."

당호가 숨겨놨던 배 두 척을 더 꺼내왔다.

"허허! 더 이상 끝장날 게 뭐가 있는가?"

지천도는 잠깐 사이에 구십 노인이 된 듯했다.

뇌궁 고수들 중 지천도의 말에 반박할 수 있는 사람은 아무도 없었다. 그들도 말을 하지 않아서 그렇지 입을 열었다면 지천도와 같은 말을 했으리라.

엽수낭랑이 살포시 다가가 독사의 맥문을 움켜잡았다.

뇌궁 고수들은 혹시나 하는 심정에서 엽수낭랑을 뚫어지게 쳐다봤다. 당호의 의술을 믿지 못하는 것은 아니고, 사람이 죽었나 살았나 하는 따위는 꼭 의원이 아니라도 알 수 있는 것이지만, 엽수낭랑은 당문에서도 알아주는 의원이지 않은가.

"야속한 사람."

처연히 흘러나온 음성은 뇌궁 고수들을 다시 한 번 나락으로 떨어뜨렸다.

"빌어먹을! 무인으로 사는 게 사람답게 사는 길이었는데, 이젠 벌레가 되었군."

광안이 주먹을 불끈 쥐며 말했다.

다른 사람들은 그런 말을 할 힘도 남아 있지 않았다. 특히 영은촌 패거리는 닭똥 같은 눈물을 뚝뚝 흘리며 숨죽여 흐느꼈다.

그때 엽수낭랑이 완전히 꺼진 촛불에 불길을 당겼다.

"제게 독사를 현재 상태로 유지시킬 수 있는 방법이 있어요. 영원히 그럴 수 있는 것은 아니고, 칠 일 정도밖에 못해요. 그 안에 멸혼촌에 갈 수 있을까요?"

"멸혼촌에를? 그 지옥에는 왜? 아!"

지천도가 무슨 생각이 났는지 손을 들어 이마를 탁 쳤다.

"거기면 되겠는가?"

"몰라요. 하지만 지금으로서는 거기밖에 없어요."

왕가달, 마천옥, 당문삼기…… 멸혼촌을 아는 사람들은 일제히 한곳을 떠올렸다.

골인들의 무덤, 빙굴.

"독사가 수련한 암혼사는 양강지기(陽剛之氣)예요. 본래의 음경지의는 순정(純正)의 순음지기(純陰之氣)를 지니고 있으니 자극을 주면……."

뒷말은 당호가 했다.

"한 올의 진기만 살아 있으면 자극을 받을 것이고, 암혼사가 스스로 움직여 상처를 치유시킨다? 그야말로 꿈같은 말이군. 있을 수 없는 일이야."

엽수낭랑이 고개를 저으며 말했다.

"그렇지 않아요. 세상에 상식을 깨는 일은 얼마든지 있어요. 묵강흑인의 등장도 그렇고 단파도 그래요. 한 올의 진기만 있으면 초절정고수도 격살할 수 있다니 믿을 수 있어요? 검에도 베이지 않는 사람은 또 어떻고요."

"음……!"

"설혹 회생시키지 못해도…… 전 독사를 빙굴에 안치하고 싶어요.

그럼 지금 이 상태 그대로 십 년이고 백 년이고 가겠죠. 전 보고 싶으면 언제든지 볼 수 있고요.”

멸혼촌은 오지 중에 오지다. 마단이 철망을 펼치지 않아도 평생 사람 그림자를 볼 수 없는 곳이다. 더군다나 음경지의를 키워내는 음살지동(陰煞之洞)의 한기 때문에 여타 동물들도 발을 들여놓지 않는 곳이다.

엽수낭랑의 말은 여차하면 자신 역시 오지에 묻혀 평생을 보내겠다는 것이 아닌가.

“다시 무림에 나올 가망은 거의 없어요. 그러니 도움도 쉽게 청할 수 없네요. 가실 분만 가세요.”

엽수낭랑은 차분했다. 독사의 맥문을 움켜쥘 때부터 차분했었다. 마음속으로 자신의 행동을 결정했기에 그럴 수 있었던 게다.

엽수낭랑은 품에서 검은색 진액을 꺼내 독사의 상처에 바르기 시작했다.

삽시간에 시체 썩는 냄새가 진동했다. 오뉴월 시궁창 냄새 같기도 했다. 엽수낭랑이 검은색 진액을 물에 갤 때마다 역한 냄새가 풍겨서 머리가 아파왔다.

아무도 엽수낭랑에게 무엇을 바르는 거냐고 묻지 않았다.

거름이면 어떻고 흙이면 어떤가. 독사를 지금 상태로 단 며칠이라도 보존할 수 있다니 그나마 다행이지.

“너 혼자 그런 곳에 들여보낼 수는 없지. 이 오라비가 동행해 주마.”

당안이 엽수낭랑을 보며 웃었다.

“후후! 당문으로 돌아갈 수도 없는 일 아닌가. 무림 천지에 나돌아다닐 데도 없고. 가자. 멸혼촌은 독을 연구하기에 아주 좋은 곳이니 나도 당진도 종조부님처럼 독이나 연구하며 살 팔자인가 보다.”

당호가 독사를 뱃전 한가운데로 옮기며 말했다.

음풍사장이 말없이 배에 올라 노 하나씩을 움켜잡았다. 그리고 그들을 따라 대물도 배에 올랐다.

사시와 삼화는 다른 배에 탔다. 지천도가 배에 올랐고, 마천옥과 왕가달도 배를 탔다.

한 명, 두 명…… 뇌궁 고수들은 모두 그렇게 배를 탔다.

"이대로 복수도 못해보고 끝낼 수는 없지. 죽었다면 따질 것이고, 살았다면 복수할 기회를 노려야지. 이대로 보낼 수는 없어, 한가장까지 무너진 마당에는 더 더욱."

마지막으로 혜월이 배에 올랐다.

두 번 다시 돌아보지 않겠노라. 멸혼촌이 있는 방향으로는 오줌도 싸지 않겠노라. 멸혼촌에서의 기억은 뇌리에서 완전히 지워 버리겠노라.

금사강을 따라 내려오며 다짐했었다.

이제 금사강을 거슬러 올라간다. 영원히 잊어버리겠다고 되뇌었던 곳을 향해서 자신들 스스로 노를 저어 기어들어 간다.

사흘이 지날 무렵에는 비락봉을 지나쳤다.

칼끝 같은 봉우리들은 여전했다. 차라리 죽는 게 낫다 싶을 만큼 혹독했던 무공 수련도 생생하게 떠올랐다.

뇌궁 무인들은 비락봉을 보며 감회에 젖어 있을 틈이 없었다.

그들은 낮이고 밤이고 쉴 새 없이 노를 저었다. 손에 물집이 잡히고, 물집이 터서 쓰라려도, 터진 곳에 다시 상처가 생겨 핏물이 흘러내려도 쉴 수가 없었다.

칠 일 만에 멸혼촌에 당도하기란 쉬운 일이 아니다.

다섯째 되는 날에는 현문 무인들과 마수귀들이 일장 혈전을 벌였던 섬을 지나쳤다.

현문 무인도 마수귀도… 많이들 죽었다. 멸혼촌을 손아귀에 넣고 골 인들의 운명을 좌우하던 생사신(生死神) 만무타배가 죽은 곳이기도 하다.

뇌궁 무인들은 조금 한숨을 돌렸다.

이곳에서부터는 지리를 환히 알고 있기 때문에 길을 잃는다거나 방향을 잘못 잡을 염려는 없었다. 그래도 쉬지는 못했다. 남은 시간은 이틀. 이틀 안에 도착하지 못하면 독사는 썩기 시작한다.

지금도 죽었다는 생각이 진한데, 막상 썩는 모습까지 본다면 견딜 수 없으리라.

그제야 조금 여유를 되찾은 마천옥이 당한에게 물었다.

"기별도 넣지 않았는데 어떻게 백운애를 찾아왔습니까?"

독사가 죽을 줄 어떻게 알았냐는 질문이다.

이번에는 당한도 순순히 대답했다. 마단도, 현문도 만날 일이 없는 곳이기에.

"요지성녀와 예광이 찾아왔죠."

"방금 뭐라고 했습니까?"

"방금 뭐라고 했죠?"

같은 말이 거의 동시에 튀어나왔다. 먼저 말은 마천옥이 했고 뒷말은 사시 중 철시가 했다.

"방금 요지성녀와 예광이 찾아왔다고 했나요?"

사시가 믿을 수 없다는 듯 되물었다.

사시뿐이 아니다. 세 척의 배에 타고 있던 뇌궁 고수들은 모두 당한의 말을 들었고, 노를 계속 저으면서도 귀는 당한의 입에 맞춰졌다. 난

데없이 요지성녀와 예광이라니.

당한도 계속 노를 저으며 말했다.

"이런 말을 하기는 그렇지만… 요지성녀는 진심으로 예광을 사랑하는 모양입디다. 그동안 예광의 몸을 예전으로 돌려놓으려 부단히 애쓴 흔적도 역력해 보였고."

"예광은 어떻던가요?"

철시의 이번 물음은 특히 골인들의 관심을 끌었다. 영원히 뼈만 남은 채 살 수도 있고, 원래의 몸을 회복할 수도 있는 일이니까. 멸혼촌으로 다시 들어가는 마당에 옛 몸을 찾은들 소용도 없지만.

"……."

당한은 대답하지 못했다.

무언은 한 가지 대답을 의미한다. 골인들은 당한의 말을 알아들었고, 별로 기대하지도 않았다는 듯 노를 부지런히 저었다. 그러나 일말의 실망은 감추지 못했고, 얼굴에 섭섭한 표정이 드러났다.

당한은 그들이 생각에 잠겨 있지 못하도록 급히 말했다.

"요지성녀가 묵강흑인의 존재를 어떻게 알았는지는 나도 몰라요. 사정이 있으니 묻지 말아달라고 합디다. 물어볼 정신도 없었고. 한 가지 분명한 것은 묵강흑인은 마단주와 버금간다고, 독사와 그가 싸우면 독사는 죽을 거라고. 그렇게만 들었소."

"예광은 아무 소리 안 하던가요?"

"말을 못하는 것 같았소. 약의 부작용 때문이라는데 염려할 건 없고, 곧 입을 열 거라고 합디다."

한 가지 궁금증이 풀리니 또 한 가지가 남는다.

요지성녀가 어떻게 나타났을까? 마단 역시 뇌궁을 치려 하는데 왜 뇌궁을 도운 것일까?

지금은 생각할 때가 아니다. 세상일이란 언젠가는 의문이 풀리게 되어 있다. 비밀이란 없는 법이니까.

현재 풀리지 않는 문제는 접어두고, 가장 우선시되는 일에 온 심력을 집중해야 된다. 그것은 칠 일이라는 기간 안에 독사를 빙굴로 데려가는 것이다.

이레째 되는 날, 엽수낭랑이 말한 마지막 날 뇌궁 고수들은 멸혼촌에 도착했다.

백비를 찾았을 때, 몽환소에 중독되어 진기를 잃고 알몸으로 끌려온 곳이다.

일행 중에는 난생처음 멸혼촌에 발을 들여놓는 사람도 있다. 혜월이 그렇고 음풍사장도 처음이다.

멸혼촌에서 빠져나간 사람들 중 오지 않은 사람도 있다.

신검서생과 일수일살이다.

그들이 무사해야 할 텐데…… 그들에게는 궁주가 당했다는 말도 전하지 못했는데……. 뇌궁 고수들이 갑자기 사라져 버렸으니 분명히 찾아 나설 텐데. 제발 그러지 말고 은인자중해야 되는데…….

당호는 땅을 밟기 무섭게 독사를 들쳐 업고 음살지동, 빙굴을 향해 달렸다.

'제발! 기적이 일어나기를. 천지신명이시여! 두 번 다시 목숨을 구해달라고 빌지 않을 테니 이번만은 기적을 내려주소서.'

모두의 한결 같은 바람이었다.

第六十九章

곤란한 상대

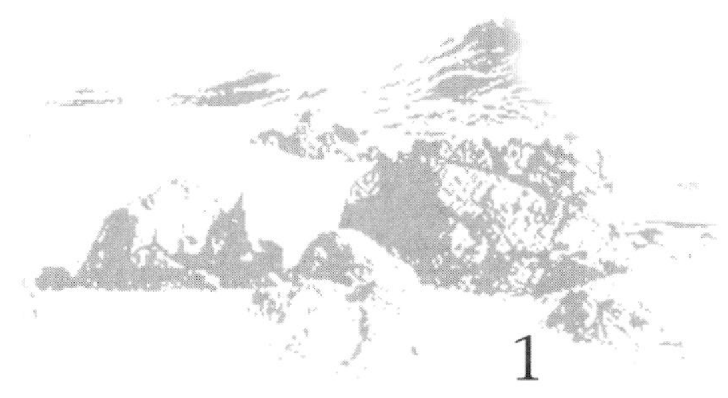

1

정수(淨水)는 문가(文家)가 집성촌(集成村)을 이루고 있는 곳이다.

교가에서도 삼십 리를 더 들어간 곳으로 삼면이 험산으로 둘러싸여 있어서 도보(徒步)로는 넘나들기 힘들다. 특히 눈이 많이 오는 겨울에는 죽을 각오가 아니면 산을 넘는다는 것은 꿈도 꾸지 못한다.

함박눈이 펑펑 쏟아지는 한겨울, 마을 사람들의 이동 수단은 오직 배뿐이었고, 금사강은 다른 마을로 이동할 수 있는 유일한 통로가 되었다.

강이라고 아무 때나 배를 몰아 나아갈 수 있는 것은 아니다.

날씨라도 급강하하면 한 자 두께로 강이 얼어버린다.

그야말로 한겨울 두어 달 동안은 오도 가도 못하고 고립된 채 지낼 수밖에 없다.

하지만 마을 사람들은 꽁꽁 얼어붙은 강을 걸어서라도 건너겠다는 듯 짐을 꾸렸다.

"헉! 이놈! 억!"

밖에서 누군가 죽는 소리가 들려왔다.

"또 누가 죽었나 봐."

"쉿!"

어른들은 철없는 어린아이들의 말소리가 문밖으로 새어 나갈까 봐 다급히 입을 틀어막았다.

조용하기만 하던 문가촌에 피바람이 몰아치기 시작한 것은 첫눈이 내릴 무렵부터였다.

동네 강아지도 꼬리를 흔들며 송이송이 쏟아지는 눈송이를 반길 때, 한쪽에서 비명이 터져 나왔다. 그리고 그날부터 하루가 멀다 하고 비명 소리가 줄을 이었다.

마을은 죽은 사람으로 즐비했다. 그들이 흘린 피가 마을 전체를 빨갛게 물들여 놓았다. 시신을 거두지도 않고 오직 죽이기만 하는 관계로 햇빛이라도 내리쬐는 날이면 사람 썩는 냄새가 마을에 진동했다.

마을 사람들은 오돌오돌 떨기만 할 뿐 누구 한 사람 나서서 어찌 된 일인지 알아보는 사람이 없었다. 그럴 수밖에 더 있는가. 죽지 않으려면 바깥에 나돌아다니지 말아야 한다는 것쯤은 본능적으로 알 수 있지 않은가.

"으악!"

비명 소리가 또 들려왔다.

"지옥이 따로 없군."

"지독한 놈들, 싸우려면 화끈하게 싸울 일이지 참 지저분하게 싸우네. 이게 싸움이야? 살육이지."

"끝장을 보려는 거지. 사람들이 살고 있는 곳이기는 하지만 세상에 소문나지 않게 싸우기는 여기처럼 좋은 곳도 없잖아. 여기서 이기는 문파는 살아남는 거고, 지는 문파는 사라지는 거야. 싸움이 아니고 생존을 건 살육을 시작한 거야. 쉿!"

말을 잇던 신검서생이 다급히 머리를 숙였다.

일수일살은 이미 기척을 눈치 채고 몸을 은신한 후였다.

그들이 숨어 있는 곳에서 삼 장가량 떨어진 곳에 무인 네 명이 비호처럼 날아 내렸다.

그들은 신속하게 주변부터 수색했다.

이인 일조로 한 명이 수색을 하고 한 명은 사주경계를 했다.

수색을 하던 두 명이 거의 동시에 고개를 좌우로 흔들자 그들은 비조처럼 몸을 날려 사라져 갔다.

"확실히 수색이나 추적에는 마단이 한 수 앞서는군. 십이추시라면 우리를 찾아냈을 텐데."

"끔찍한 소리. 십이추시라면 자다가도 이가 갈린다. 이 팔이 괜히 날아간 줄 알아? 이 눈은? 외팔이에 애꾸가 된 것으로 족해. 남은 팔마저 없어져야 되겠냐?"

"더 이상 나가는 것은 무리겠지?"

"발각될 경우도 대비해야겠지."

"이 싸움에 휘말리면 고래 싸움에 새우 등 터지는 꼴이 돼. 가지. 싸움이 시작된 것만 알면 됐어."

신검서생이 슬며시 뒤로 물러섰다.

신검서생이나 일수일살이라면 당장 무림에 나가도 초절정고수의 반열에 들 수 있는 사람들이다. 예전에는 후기지수란 말을 듣거나 한 지역에서 조그맣게 이름을 날린 사람에 불과했지만 비락봉 수련 후 그들의 무공은 급신장했다.

하지만 이곳에서는 그들도 나설 수 없다. 그들과 비견할 만한 고수들이 우글거리니, 발각당하는 날에는 꼼짝없이 죽었다고 봐야 한다.

독사가 있었더라면 그들이 나서는 것조차 말렸을지 모른다. 뇌궁이 소식 한 자 전하지 않고 증발하듯 사라져 버렸지만 걱정하지는 않는다. 황림과 백화금이 독사의 소식을 전하며 엉엉 울어댔지만, 믿음은 흔들리지 않았다. 독사는 무사할 테니까.

독사가 다시 나타날 때를 대비해서 죽은 듯이 숨어서 어련을 키워가야 한다. 어련을 키우는 일만이 독사와 자신들을 위해서 할 수 있는 최선이다.

무림 정세가 어떻게 변하는지도 소상히 파악하고 있어야 한다.

어련을 동원해서 파악할 수 있는 일, 적묘 패거리를 동원해야 할 일, 그리고 이번처럼 자신들이 직접 나서야 할 일.

어떤 것이든 빼놓을 수 없다.

목숨이 위태롭더라도 알 수 있는 데까지는 알아놔야 한다.

독사가 무림에 나왔을 때 가장 소중하게 여길 정보들이니까.

신검서생과 일수일살은 마단과 현문이 본격적으로 싸움을 벌이고 있다는 사실만 확인한 채 몸을 빼기 시작했다.

얼음이 녹는다는 해동(解凍).

수레바퀴도 지나갈 수 있었던 금사강 얼음이 종잇장처럼 얇아졌다. 돌처럼 딱딱하게 굳어 있던 눈이 녹아서 작은 개울을 이루어 졸졸 흘러내린다.

마을 사람들에게는 악몽 같은 겨울이었다.

그러나 해빙이 되면서 비명 소리도 뚝 그쳤다.

하루, 이틀, 사흘…….

날마다 귀에 못이 박히도록 들려왔던 비명 소리가 들리지 않으니 그게 더 이상했다. 하지만 문을 밀고 밖으로 나갈 생각은 추호도 하지 못했다. 문을 밀기만 하면 금방이라도 악귀가 나타나 지옥으로 끌고 갈 것 같았다.

비명 소리가 그친 지 엿새째 되는 날, 용기있는 젊은이가 살며시 밖으로 나왔다.

아직 바람은 차갑다. 두툼한 겨울옷을 입어야 한다. 따스한 햇볕이 내리쬐는 양지를 찾을 때다. 처마에 매달린 고드름이 녹으며 땅에 작은 구멍들을 뚫어놓고 있다.

"없어! 없어요! 없어요!"

청년은 마을을 뛰어다니며 구석구석을 살폈다. 그리고 목청껏 소리쳤다.

한 명, 두 명… 마을 사람들이 나와서 주위를 살폈다.

그렇게 많던 시체가 없었다. 집 안에까지 구더기가 기어들어 올 정도로 부패했는데, 흔적도 없이 사라져 버렸다. 군데군데 남아 있는 피의 흔적만이 격한 싸움이 있었음을 말해 줄 뿐.

"난 이 마을을 떠날래. 더 이상은 못살겠어."

"나도 다른 곳으로 가야겠어. 아직도 비명 소리가 들리는 것 같아서 잠을 못 자겠어."

마을 사람들은 힘없이 집 안으로 들어갔다.

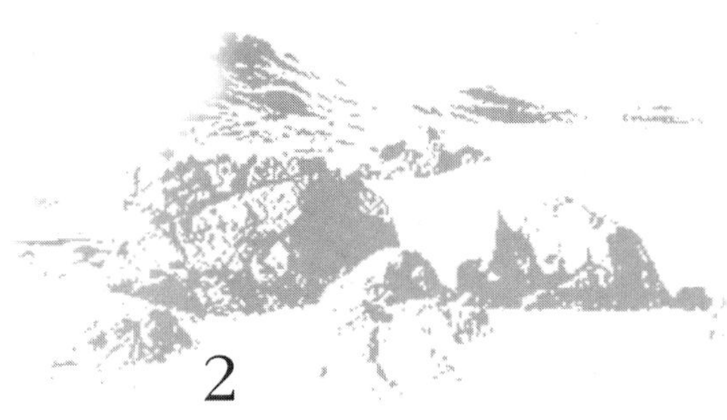

2

곤란한 상대

'묵천신공, 암혼사, 단파…… 모두 하나다. 시작이 다르고 접근 방법이 다르지만, 결과적으로 추구하는 것은 하나다. 금강불괴(金剛不壞).'

정신이 들자마자 번갯불처럼 머리 속을 스쳐 가는 생각이었다.

단파의 일점집중은 암혼사의 권심시내기와 흡사하다.

권심시내기는 노궁혈에만 집중되는 것으로 알았다. 하지만 전신 어느 곳에나 집중될 수 있다는 것을 깨달았다. 그것은 전신이 초강력한 무기가 된다는 것을 의미한다. 바로 묵천신공의 묵강흑인과 같은 맥락이다. 한쪽은 공격으로 전신을 무장하고, 다른 하나는 수비로 전신철벽을 만든다는 차이밖에는 없다.

암혼사와 묵천신공의 싸움은 창과 방패의 싸움이다.

세 무공은 서로 연관성을 가지고 있다.

한 사람이 창안했으니 당연할지도 모르지만, 지금까지 그 누구도 세 무공이 같은 무공이라고 생각해 본 사람은 없다.

암혼사를 전수한 뇌천검객은 묵천신공도 알고 있다. 하지만 묵천신공은 문도들에게 전수하면서도 암혼사만은 일인비전으로 남겨두고 있다. 서로 전혀 다른 무공으로 생각하고 있다는 증거다.

그것은 현문 제이존도 마찬가지다.

그는 묵천신공이 암혼사를 능가할 것으로 생각했다. 절대 패배하지 않는다는 자신감이 넘쳐흘렀다. 자신만이 천하제일인이라고 자부하는 듯했다.

그는 암혼사나 단파를 인정하지 않는다.

세 무공이 같은 맥락 안에 있다면 그런 행동을 취할 수 없다. 좀 더 신중하게 처신했어야 한다. 말 한마디를 하더라도 조심스럽게 운을 뗐어야 한다.

모두 같은 무공을 수련하면서 전혀 다른 무공으로 알고 있다.

이거야말로 희대의 사기극이지 않은가.

독사는 몸을 일으키려다 말고 신음을 토하며 다시 누워버렸다.

“끙!”

오장육부에서 찢어지는 듯한 고통이 엄습했다.

고통은 또 다른 고통도 불러왔다.

‘너무 춥다. 이 추위… 어디선가 겪어본 것 같은데……. 그렇군. 음살지동이군. 엽수낭랑…… 또 날 살렸군.’

모든 상황이 일목요연하게 정리되었다.

그리 놀랍지는 않았다. 자신이 음살지동에 들어왔다면 목숨을 건진 것은 당연하다.

음살지동에서 암혼사는 단파의 묘용을 흉내 냈다.

단 한 올인지 얼마인지는 모르지만 아직 죽지 않고 살아 있던 암혼사의 진기가 음살지동의 한기에 영향을 받아 급속하게 움직였으리라.

막힌 혈도는 뚫고 무너진 곳은 일으켜 세우고…… 빠르게 상처가 아물었을 게다.

역시 현문의 세 절학은 하나다.

의문도 치밀었다.

당시 현문 제이존의 검을 맞고 백운애에서 추락했는데, 어떻게 엽수낭랑에게 보여질 수 있었는지. 교가에서 음살지동까지는 상당히 먼 거리인데 그 거리를 오는 동안 어떻게 진기가 끊어지지 않고 견딜 수 있었는지. 한 시각, 혹은 한두 시진 만에 완전히 끊어질 진기였는데.

엽수낭랑을 비롯해 많은 뇌궁 고수들의 노고가 눈에 보이는 듯 선했다.

자신을 이곳에 데려오기 위해 그들이 치러야 할 대가는 컸으리라. 만약 현문과 부딪쳤다면 뇌궁 고수들 중 태반은 이곳에 없을 것이다.

모두 어떻게 됐는지 안위가 궁금하다. 하지만 안위를 알기 위해서는 우선 자신의 몸부터 추슬러야 한다.

독사는 단전을 활짝 열고 뼈를 에는 음살지동의 한기를 받아들였다.

뇌궁 무인들의 생활은 단조롭지만 평화로웠다. 작은 일에도 웃음이 넘쳤다. 웃음거리를 찾아 작은 일을 만들기도 했다.

같은 멸혼촌이라도 사활근맥단과 출행에 대한 압박이 없으니 그런대로 살 만은 했다.

멸혼촌에 들어와서 가장 바쁜 사람은 엽수낭랑이었다.

그녀는 예전의 요지성녀처럼 몽환소와 사활근맥단의 허실을 탐구하는 데 매달렸다. 잘하면 골인들을 정상으로 회복시킬 수 있다고 했지만, 골인들은 믿지 않았다.

그 말만은 아무리 엽수낭랑이 한 말이라도 믿을 수 없었다.

당진도는 엽수낭랑보다도 뛰어난 의원이었다. 하지만 그는 아무것도 해내지 못했다. 백비에서 잡힌 사람들이 멸혼촌에 들어올 때는 이미 몽환소에 중독된 상태이니 몽환소는 어쩔 수 없다고 해도, 사활근맥단만은 막아야 하는데 유화신공이 알려지기 전까지는 빠져나올 실마리조차 잡지 못했다.

당진도가 못한 일인데 엽수낭랑이 해낼 수 있을까?

만류하지는 않았다. 어차피 멸혼촌에서는 각기 시간 보낼 무엇인가가 필요했다.

당한은 삼십육 수리비망과 소궁에서 발사되는 철전 다섯 개를 연계시키는 초식을 연구했다. 당호는 엽수낭랑처럼 말도 안 되는 연구에 매달렸다. 묵강흑인을 죽일 수 있는 암기를 만들고야 말겠다며 하루 종일 망치질이었다.

모두 할 일을 만들었다.

그러지 않고는 답답한 현실을 이겨낼 자신이 없었다.

무공과는 전혀 상관없는 일에 열중하는 사람도 있다.

돌주먹은 날이 밝기 무섭게 은초홍에게 달려가서 하루 온종일 붙어다녔다.

"칡을 캤는데 씹어봐. 알이 꽉 찼어."

"빨래를 할 참인데 빨래거리 있으면 줘. 하는 김에 손 한 번 더 놀리면 되니까."

"고기 잡으러 갈 생각인데, 같이 안 갈래? 가만이 앉아 있기만 하면
돼. 혼자는 심심해서……."

은초홍은 돌주먹의 관심을 냉정하게 거절했다.

"나는 골인이야. 여기 사시와 이화가 있어. 솔직히 여기서 나를 한
눈에 구별할 수 있어?"

돌주먹은 한눈에 구별해 냈다.

"난 나이가 많아. 네 누나도 큰 누나뻘 될 거야. 여자가 없는 곳에
틀어박혀서 이러는 거라면 한 번 해줄 수는 있어. 하지만 흥은 안 날
거야. 여자의 기능을 상실한 지 오래니까."

어떤 말도 돌주먹의 발길을 막지는 못했다.

겨울이 지나고 해빙이 되면서 은초홍의 싸늘함도 많이 가셨다.

"대체 왜 이러는 건데?"

"아는 게 많잖아. 나 같은 놈들은 배운 게 없어서 많이 아는 사람만
보면 존경스럽거든."

"아는 거로 말하자면 나보다는 혜월이지. 혜월 같은 여자가 있는데
왜 나한테 이러는 거야?"

"이런 말 하면 뭐하지만…… 아냐, 그만둬."

"말해 봐, 말하지 않으려면 오지도 말고."

"초홍이…… 정상인이었다면 나 같은 놈은 상대도 안 하겠지? 골인
이니까 말대꾸라도 해주는 거고. 난 초홍이가 골인인 게 다행스러워.
이렇게 가까이 있을 수 있고."

"뭐야? 그런 거라면 밖에 나가면 많이 아는 여자들 많잖아."

"난 기녀들만 데리고 놀아서… 여염집 여자와는 한 번도 말을 나눠
보지 않아서…… 초홍이처럼 한눈에 끌린 여자도 없었고……."

은초홍은 사천(四川) 사대(四大) 유가(儒家) 중 일가(一家)인 천화원(天華院)의 셋째 딸이다. 천화원주의 일곱 자녀 모두가 문(文)에 조예가 깊었으며, 은초홍은 특히 글씨가 뛰어났다.

그런 그녀가 무공에 관심을 가졌고, 백비를 찾아온 충동적인 행동이 그녀의 인생을 뒤틀어 버렸다.

돌주먹의 말이 맞다. 그녀가 골인이 아니었다면 돌주먹 같은 파락호는 곁에도 오지 못했을 게다.

은초홍은 돌주먹을 안아주었다.

"난… 가슴도 없어, 다 말라 버려서."

"괜찮아, 괜찮아."

그때부터 은초홍과 돌주먹은 공공연히 부부 행세를 했다.

물론 잠자리는 같이하지 않았다. 운우지락(雲雨之樂)을 느껴야 할 잠자리가 골인들에게는 고문이나 다름없었으니까.

그들은 마음으로 맺어진 부부였다.

은초홍은 돌주먹에게 글을 가르쳤고, 돌주먹은 힘들어하면서도 은초홍을 즐겁게 해주기 위해 밤을 세워가며 외우고 또 외웠다.

어쩌면 그들이야말로 멸혼촌에서 가장 행복해진 사람들일지도 모른다. 그들처럼 하루를 어떻게 보냈는지도 모를 만큼 바쁘게 보내는 사람도 없을 것이다.

삼지는 틈만 나면 모여서 무림 판도를 이야기했다.

마단과 현문의 싸움에서 마단이 이겼을 경우와 현문이 이겼을 경우를 각기 따로 설정해 놓고 판도 분석을 했다.

어느 경우나 뇌궁에게는 불리하지만 그래도 마단이 이기는 쪽이 조금은 행동하기 유리했다. 사천무림도 마단을 적으로 돌렸을 테고, 적의 적은 아군이 되니까.

"아이구! 고기 먹고 싶어서 죽겠네. 어떻게 된 게 하루 종일 돌아다녀도 토끼 한 마리 구경할 수 없으니……."

사팔이 진흙투성이가 되어서 돌아와 푸념부터 늘어놓았다.

"후후후! 보아하니 고기 구경은 한 것 같은데?"

당호가 빙그레 웃으며 말했다.

멸혼촌에 돌아오니 좋은 것도 있다.

여자 골인들이 유심동에 쌓아놓은 한옥(寒玉)은 작은 헛간을 가득 채울 만큼 많았고 질도 좋았다.

당문삼기는 심심풀이로 한옥을 가져다가 병기를 만들었다.

여인들을 위해 노리개도 만들었고, 뇌궁 식솔들이 사용할 집기를 만들기도 했다.

지금도 당호는 숫돌에 옥을 가는 중이었다.

"고기는 무슨 고기. 고기가 있었으면 가져와서 같이 나눠 먹지 나 혼자 먹고……."

사팔은 말을 하다 말고 사람들 얼굴을 돌아보았다.

"뭐요? 그 표정들은?"

대물이 혀를 끌끌 차며 사팔을 핀잔했다.

"사팔, 우리만 여기가 처음이지 이분들은 아냐. 평생을 여기서 살았다고. 거짓말을 하려면 진흙이나 털고 와서 하든지."

"이 진흙은……."

당호가 말을 가로챘다.

"우린 흙 색깔만 봐도 어디서 묻은 흙인지 안다네. 폭포 옆에 나뭇

잎이 쌓여서 만들어진 늪지가 있는데, 그곳에서 묻지 않았나?"

사팔의 얼굴이 붉어졌다.

"그래요! 지네 몇 마리 잡아먹었수. 모두 다 같이 나눠 먹을 양도 아니고. 그깟 지네 몇 마리 먹었다고 날 이렇게 핍박할 수 있수!"

"하하! 핍박은 누가 핍박을 해. 말은 자네가 먼저 꺼냈고 우리는 대꾸만 한 것 아닌가."

"하하하!"

"호호호!"

모두 즐겁게 웃었다.

그런데 창피해서 쩔쩔매야 할 사팔의 태도가 이상했다.

입을 쩍 벌리고, 가운데로 모아진 두 눈이 경악으로 물들었다.

뇌궁 고수들은 사팔이 보고 있는 곳을 쳐다봤다. 그리고 자신들도 모르게 벌떡 일어났다.

몸을 움직일 수 없었다. 너무 놀라서 석상처럼 굳어지고 말았다. 크고 작은 일들에 많이도 놀라봤지만 이번처럼 놀라기는 처음일 게다.

"구, 구, 구, 궁…… 주님!"

싸늘함으로는 누구에게도 뒤지지 않는 냉설조차 말을 더듬거렸다.

그들이 보고 있는 사람은 틀림없는 독사였다.

죽었던 사람이 환생했다.

지전(紙錢)을 태워주고, 향 대신 숯불을 피워주고, 제사 음식 대신 물고기 몇 마리를 올려놓기까지 했는데…… 명부(冥府)에 들었던 사람이 살아서 돌아왔다.

"나, 나 좀 꼬집어봐."

대물도 자신의 눈을 믿을 수 없었다.

　그러나 그의 말대로 볼을 꼬집는 사람은 없었다. 너나 할 것 없이 모두 정신이 없었다. 꼭 도깨비에 홀려서 환상을 보는 듯했다.

　"살아…… 나셨군요."

　지천도가 제일 먼저 냉정을 되찾고 반갑게 말했다. 그의 노안에는 눈물이 글썽거렸다.

　"죽은 줄 알았어, 죽은 줄……. 어떻게… 어떻게 이제야 깨어날 수 있어? 내 생각은 하지도 않은 거야? 난 애간장이 다 녹아버렸는데, 무슨 잠을 그렇게 오래 잔 거야?"

　예전의 현숙하던 엽수낭랑답지 않았다. 그녀는 독사를 보자마자 원망부터 터뜨렸다.

　"하하하! 살아났잖아."

　"웃음이 나와? 웃음이 나오냐고! 난…… 난…… 난…… 흑흑!"

　엽수낭랑은 기어이 울음을 터뜨렸다. 그동안 참고 참았던 설움이 한꺼번에 북받치는 듯 두 손으로 얼굴을 감싸고 소리 죽여 흐느꼈다.

　독사는 당황했다. 반갑게 웃으면서 '살았구나' 하고 말할 줄 알았는데, 그녀의 행동은 전혀 뜻밖이었다.

　그녀가 울고 있으니 달래주기는 달래줘야겠는데…….

　독사는 무슨 말인가를 하려다 말고, 또 말하려다 말았다. 도저히 말로는 울음을 멈추게 할 자신이 없었다.

　조용히 다가가 어깨에 두 손을 얹었다. 그러자 엽수낭랑이 무너지듯 품 안으로 안겨들었다.

　"죽은 줄 알았잖아. 흑흑! 안 깨어나서…… 죽은 줄 알았잖아!"

　"살았어. 나 살아 있어."

그러나 엽수낭랑은 울음을 그치지 않았다. 가슴에 얼굴을 묻고 오히려 더욱더 진한 울음을 토해냈다.

가슴이 축축하게 젖어들었다.

'아! 영아…….'

독사는 두 팔로 가녀린 몸을 감싸 안았다. 그리고 힘껏 껴안았다.

잔치는 당연히 벌어졌다.

물고기들이 떼로 잡혀 와서 굽히기도 하고, 끓여지기도 했다.

지천도가 술을 내놨다.

"햐! 언제 술을 담그셨데?"

"궁주님이 죽었을 때, 아니지, 깊은 잠에 빠졌을 때 솔잎으로 담근 술이라 잘 익었을 거야. 사실 이건…… 궁주님 첫 기일(忌日)에 쓰려고 했던 건데……. 허허허!"

당옥은 노루를 두 마리나 내놨다.

그건 독사가 살아온 것만큼은 못해도 깜짝 놀라기에는 충분한 일이었다. 동물이라고는 그림자도 구경할 수 없는 곳에서 노루라니. 그것도 두 마리씩이나.

"암기를 실험하려면 살아 있는 놈들이 필요했거든. 좀 멀리까지 갔다 왔지."

"그럼 이거 죽은 지 오래된 것인데…… 먹어도 괜찮나?"

"하하하! 아직도 모르고 있군, 궁주님이 어떻게 살아났는지."

"아! 음한지기! 모르긴 왜 몰라! 깜빡한 거지."

잔치 음식은 넘쳐 났다.

모두 둥글게 모여 앉아 먹고 마시며 즐겼다.

경계도 필요없었고, 앞날에 대한 걱정도 지금은 할 필요가 없었다. 오로지 독사가 살아난 것을 즐기는 것만도 부족했다.

"하하하! 사나흘이 한계라고 생각했지 뭡니까. 깨어날 사람 같으면 그 안에 깨어날 것이고, 그렇지 않으면 죽은 것이라고. 누가 장장 석 달이나 잠자고 있을 줄 짐작이나 했겠어요."

계두가 물고기 한 마리를 통째로 입 안에 넣고 으적거리며 말했다.

독사는 묵묵히 듣기만 했다.

옆에 앉아 있는 엽수낭랑으로부터 그간의 사정을 상세하게 들어서 알고 있다.

자신이 장장 석 달간이나 음살지동에 누워 있었다는 게 스스로도 믿어지지 않았다. 진기를 운용하지 않으면 평범한 사람은 들어가는 즉시 얼어버리는 음살지동에서 석 달이나 살아 있을 수 있다니.

독사를 음살지동에 넣은 후, 뇌궁 고수들이 할 수 있는 일이라고는 기다리는 것뿐이었다.

영약으로 살릴 수 있었으면 살렸을 것이다. 하지만 독사의 상세는 인간의 힘으로는 살릴 수 없는 지경이었다. 오로지 하늘만이 살릴 수 있었다.

닷새가 지난 다음, 엽수낭랑과 당호는 독사의 죽음을 말했다.

인간은 음살지동에서 닷새를 버틸 수 없다. 죽은 것이나 다름없는 독사가 버티기란 더욱 힘들리라.

마음은 더 기다려 보자는 쪽이었으나 의원으로서의 냉철한 판단은 독사의 사망이었다.

독사는 엽수낭랑의 소원대로 음살지동에 안치되었다.

그는 앞으로 평생 썩지 않는 신체를 유지하며 천 년이고 만 년이고 지날 것이다. 때가 되면 독사의 옆에 엽수낭랑이 누워 있을 테니 외롭지는 않을 것이고.

그런데 석 달이나 지나서 살아왔으니 귀신을 본 것처럼 놀랄 수밖에 더 있는가.

"여기 모두 돌팔이들뿐이에요. 뭐? 당문십독? 당문제일의녀? 아이구! 그동안 내 속 타 들어간 것 생각하면……."

사팔이 입에서 나오는 대로 말하다가 찔끔했다.

당호의 비수 같은 눈빛은 견딜 수 있겠는데 엽수낭랑의 살쾡이 같은 눈빛은 감당할 자신이 없었다.

"내 말은 그게 아니라……."

"사팔, 오늘 지네 먹었다고 했죠?"

"제, 제발! 잘못했으니 제발!"

사팔은 손이 발이 되게 빌었다.

"오늘 저녁에 배가 아플까요, 안 아플까요? 두드러기가 날까요, 안 날까요? 숨이 막힐까요, 안 막힐까요?"

"아이구! 잘못했습니다."

사팔이 벌떡 일어나 오체투지(五體投地)했다.

"하하하!"

"허허허!"

낮에 이어 또 한 번 사팔 때문에 웃었다.

낮에는 멍하니 있는 것보다 웃는 게 나아서 웃었지만, 지금은 팽팽한 투지가 섞인 밝은 웃음이다.

독사는 혼자만 살아난 게 아니다. 뇌궁 고수들의 영혼과 운명까지 살려냈다.

독사는 아까부터 두 사람을 쳐다보는 중이었다.

음풍사장은 비락봉에서부터 한시도 떨어진 적이 없는데, 돌주먹이 계두, 사팔, 쇠스랑과 떨어져 이화 옆에 앉아 있지 않는가.

돌주먹도 독사의 눈길을 의식했는지 겸연쩍게 머리를 긁적이며 말했다.

"우리…… 혼인했어."

뇌궁 고수들은 밤새도록 술과 음식을 즐겼건만 날이 밝아와도 두 눈은 맑기만 했다.

술기운에 흐트러진 사람은 아무도 없었다.

그들은 오로지 독사에게 눈길을 주었다. 독사가 하는 말, 행동, 얼굴 표정, 주량, 음식을 먹는 양…… 모든 것을 살폈다.

"가요. 잠자리 봐줄게요."

엽수낭랑이 독사를 일으켜 세웠다.

독사는 순순히 일어섰다.

그는 알고 있다. 자신이 자리를 피한 다음에 뇌궁 고수들은 자신의 몸 상태에 대해서 의견을 주고받을 게다. 그런 연후에 멸혼촌을 나갈 날짜를 선정할 것이고, 의견 개진이라는 명목으로 전해올 것이다.

다른 때 같았으면 말 몇 마디로 시원하게 속을 풀어주련만, 지금은 할 수 없었다.

독사 자신도 자신의 몸 상태가 어떤지 알지 못했으니까. 완벽하게 나았고 무공은 한층 더 진보했다고 생각하지만, 멸혼촌을 나서기 전에 시험해 볼 필요가 있으니까.

"잘 자요."

엽수낭랑이 그녀의 침대를 내줬다.

나무로 엮어 만든 침대에 나무껍질로 요를 대신한 딱딱한 침대였지만 멸혼촌에서는 이것도 호사다.

"안령."

"네? 방금 뭐라고……? 안령이라고 했죠?"

"영아, 이리 와서 옆에 누워줄래?"

엽수낭랑 당안령은 얼굴을 붉혔다. 오매불망 원하던 일이기는 했지만 동시에 평생 이뤄지지 않을지도 모른다는 생각도 했다.

엽수낭랑은 침대에 걸터앉았다.

"위로라면 싫어요."

"아까가 더 예뻤어. 마구 쏘아붙이는데 할 말이 없더군."

"어멋! 싫어요. 그 일은 잊어버려요."

"어떻게 잊나, 가장 예쁜 모습이었는데."

엽수낭랑은 깨달았다. 독사의 마음속에는 자신이 있다. 전에도 있다는 것은 알았지만… 독사가 자신을 받아들이기로 결정했다.

요빙의 그림자는 지워지지 않았을 것이다. 어쩌면 평생 지우지 못할지도 모른다.

괜찮다. 좋다. 독사가 그토록 사랑하는 여인만큼 자신 역시 사랑받을 수 있으니 여한은 없다.

엽수낭랑은 침상 위로 올라가 독사 옆에 누웠다.

"드르릉……!"

어느새 독사는 코까지 골며 잠들어 있었다.

내력이 심후한 독사지만 음살지동에서 나오자마자 술까지 먹은 데다 밤을 꼬박 밝혔으니 피곤했을 것이다. 잠을 청해서 자는 것이 아니라 둔기에 얻어맞았을 때처럼 깜빡 정신을 놓아버렸을 게다.

"풋!"

엽수낭랑은 맑게 웃었다. 그리고 독사의 가슴에 얼굴을 묻으며 그를 꼭 껴안았다.

찌륵! 찌르륵……!

어디선가 찌르레기 우는 소리가 자장가처럼 들려왔다.

3

곤란한 상대

무림은 조용했다.

지난겨울, 엄청난 태풍이 휩쓸고 지나갔지만 무림인들 대부분은 태풍이 있었는지도 몰랐다.

사천오주는 여전히 굳건했다.

어찌 된 일인지 무천문도 부침이 없었다. 뇌궁에게 그만한 타격을 입었으면 문도의 사기가 저하될 만도 한데, 무천 무인은 싸움에서 승리한 사람들처럼 당당했다.

"무천문에 뇌궁 간자가 있었다네그려. 사혼마인가 뭔가 하는 작자인데, 그놈 때문에 무천문이 수난 좀 겪었지. 하지만 무천문주가 누군가? 천하영웅 아닌가. 사혼마란 놈의 모가지를 뎅겅 베어내고 단신으로 달려가 뇌궁을 초토화시켜 버렸지."

뇌궁을 무너뜨린 공로가 무천문주에게 넘어갔다.

현문의 묵인이 없었다면 있을 수 없는 일이다. 아니, 현문이 적극적으로 권했는지도 모른다.

그런 추측을 하게 만든 이유는 현문의 건재함에 있다.

정수의 싸움에서, 마단과 현문의 싸움에서 예상을 뒤엎고 현문이 이겼단 말인가. 도저히 무너질 것 같지 않던 마단이 상대가 되지 않을 것 같던 현문에게 무너졌단 말인가? 현문 제이존의 활약이 결정적이었을까?

어쨌든 마단은 증발해 버렸고 현문은 건재했다.

동천주 삼태의 현문 총단은 조만간 있을 현문과 도림의 공식 비무로 한참 분주했다.

무림인의 예상은 언제나처럼 도림의 우세다.

현문이 도림을 뒤쫓기 위해서 안간힘을 쓰고 있지만 묵천신공만으로는 어림없다는 게 중론이었다.

사천무림은 눈뜬장님이었다.

봄은 새 생명이 태동하는 계절이다.

눈이 쌓이고 얼음이 덮였을 때는 땅속의 생명도 모두 죽었을 것 같은데 봄이 되면 어김없이 풀이 자라고 꽃이 만개한다.

스윽! 사사삭……!

미풍이 살며시 불며 풀잎을 흔들었다.

보름달 밝은 달빛이 대낮처럼 산야를 비추고 있지만 미풍의 모습은 풀잎에 가려져 보이지 않았다.

찍! 찌익! 찍찍찍……!

쥐들이 굴에서 나와 활동하는 시간인가? 쥐들은 포식자들의 눈치도 보지 않고 요란하게 극성을 부렸다.

사사삭……!

또다시 미풍이 불며 풀잎을 흔들었다.

그때, 밝은 보름달 빛에 언뜻 사람의 모습이 비쳤다.

이십여 명이 훨씬 넘는 많은 사람이 움직이고 있건만 발자국 소리는 전혀 들리지 않았다. 대신 들리는 것은 미풍 소리요, 쥐들의 울부짖음이었다.

찌익!

제일 앞서 나가던 자가 쥐 소리를 냈다. 그와 동시에 바로 뒤를 따르던 자가 신속히 신형을 날려 무덤 앞에 이르렀다.

그는 익숙한 손놀림으로 상석(床石)을 만지작거렸다.

구르르릉……!

상석이 옆으로 밀려나며 시커먼 동혈이 드러났다.

"마구오신, 음풍사장, 근접하는 자는 모두 죽여라."

"넷!"

상석을 움직인 자, 그는 독사였다. 독사는 명을 내림과 동시에 망설임없이 시커먼 동혈 속으로 뛰어들어 갔다.

일정한 틀이 없는 미로진, 천지만변미로진(天地萬變迷路陣)이 뇌궁 고수들을 맞이했다.

"이상하네요? 기름이 말랐어요."

엽수낭랑이 석벽에 파인 기름 길을 만져 보며 말했다.

"사용한 지 오래된 것 같군요."

당한이 석문을 살피며 말했다.

　석문은 미로진에서 중요한 부분을 차지한다. 석문이 열렸다고 경솔하게 뛰어들어 갔다가는 석옥에 갇힌 꼴이 되고 만다. 뿐만 아니다. 석벽에 파인 홈에서 화살과 같은 병기라도 튀어나오는 날에는 꼼짝없이 죽고 만다.

　현문의 허락이 없이는 한 걸음도 들여놓을 수 없는 곳이 천지만변미로진이지 않은가.

　당한이 유의해서 본 부분은 석문 밑바닥이다. 천지만변미로진은 완벽하지만 석문이 움직이면서 돌로 만든 바닥에 흔적을 남기는 것만은 어쩔 수 없다.

　당한이 쳐다보는 곳에는 먼지가 쌓여 있다. 석문이 움직이며 남긴 흔적에 뿌연 먼지가 켜켜이 쌓여 있다.

　당옥이 독사를 쳐다보며 명을 재촉했다.

　독사는 고개를 끄덕이는 것으로 명령을 대신했다.

　당옥이 입가를 비틀어 잔인한 미소를 흘리며 말했다.

　"천지만변미로진은 자체로 완벽하지. 천하에서 가장 완벽하다는 천지만변미로진. 이제 내 손에 부서져 봐."

　당옥은 허리춤에서 면도(緬刀)를 꺼내 들었다.

　두께는 매미 날개보다도 얇지만 쉽게 부러질 것 같지 않은 도다.

　스윽……!

　면도는 석벽과 석면이 이어져 있는 틈을 파고들어 갔다.

　"걸려라, 빨리. 부술 게 한두 개가 아니란 말이야."

　당옥은 면도를 천장에서부터 바닥까지 훑어 내렸다.

　투욱.

　무엇인가 석벽 안쪽에서 끊어지는 것 같은 소리가 들려왔다.

그러자 미리 약속이라도 되어 있는 듯 지천도와 냉설이 달려들어 석문을 힘으로 밀어냈다.

구르르릉……!

석문은 반항할 힘을 잃어버렸다.

"텅 비었는데?"

현문 비밀 총단을 샅샅이 뒤져 보았지만 개미 한 마리 눈에 띄지 않았다.

당문삼기와 엽수낭랑은 혹시 자신들이 숨겨져 있는 곳을 찾지 못했나 싶어서 다시 한 번 꼼꼼히 훑어봤지만 무려 두 시진 동안이나 공들인 보람이 있어서인지 파괴되지 않은 기관은 없었다.

뇌궁 고수들은 더 이상 은밀하게 행동하지 않았다. 소리도 죽이지 않았다. 문이 있으면 힘껏 열어젖히고, 어떤 때는 발길로 뻥 내지르기도 했다.

현문도는 없었다. 현문 비밀 총단은 오래전부터 비워놓은 듯 썰렁한 한기마저 돌았다. 곳곳에는 거미줄이 가득했고, 천지만변미로진을 조종하는 조종실도 먼지만 풀썩였다.

"제 머리도 한계에 이르렀군요. 이런 상황은 예측하지 못했습니다."

마천옥이 처음으로 두 손을 들었다.

지금까지 그가 한 예측은 모두 맞았다.

사천오주가 건재하다는 소문을 들었을 때, 그는 사혼마의 죽음을 말했다.

무천문주가 사혼마 같은 사람을 쉽게 죽일 리 없다. 그러나 무천문주는 결국 사혼마를 죽이고 말았다. 자의가 아니라 타인의 강압으로 죽였다는 결론밖에 되지 않는다.

배후는 물론 현문이다.

사혼마의 존재는 현문에게도 거치적거렸고, 뇌궁 멸살의 공과 사혼마의 죽음을 맞바꾸기로 밀약한 것이다.

현문은 속을 빤히 드러낸 무천문을 도왔다. 무천문은 현문과 마단을 모두 무너뜨리고자 했는데, 그런 무천문을 도와주었다. 가만히만 있어도 쇠락의 길을 걸을 게 자명한 무천문인데.

무천문주에게는 현문의 제안이 기사회생(起死回生)하는 계기가 되었다. 사기를 잃고 침잠해 있는 무천 무인들을 다시 일으켜 세우고 자신에 대한 존경심을 발휘하게 만드는 좋은 기회다.

결국 소문을 추적하다 보니 마천옥의 예측대로 사혼마가 죽었다.

두 번째로 마천옥은 현문의 소재로 요명산 비밀 총단을 꼽았다.

당금 무림에 현문이 적이 있는가? 없다. 청성파도 아미파도 현문의 적수가 되지 못한다. 엄밀히 말하면 현문 제이존 한 사람을 잡을 사람이 없다.

현문이 야심을 드러낸다면 사천무림은 현문의 손아귀에서 놀아나야 한다.

한데 현실은 조용하기만 하다. 현문은 마단이라는 강적을 물리쳤으면서도 아무런 일도 없었던 것처럼 숨을 죽이고 있다.

현문이 무림의 수호자임을 자처한다면 모든 상황이 설명된다. 그리고 어떤 공과를 올렸든 간에 비밀 수호자 역할을 다하기 위해서는 무림인들 앞에서 사라져 줘야 한다. 현문 천 자 배 고수들이 평생을 숨어서 살아왔듯이.

그들이 있을 곳은 현문 비밀 총단밖에 없다.

그런데 텅 비었다. 아무도 없다. 마천옥도 여기서부터는 지혜를 모으지 못했다.

"방법은 있습니다. 동천주 삼태의 현문 총단은 건재합니다. 그곳부터 치면……."

독사는 마천옥의 말을 듣고 있지 않았다. 그의 고민은 다른 데 있었다, 아주 심각한 고민이.

'현문이 무림의 수호자라면 일검의 빚이 있다고 현문을 치는 것이 타당한가. 마단은 백비로 사람을 유인하여 골인으로 만들었으니 마(魔). 마를 공격한 현문은 정(正). 정을 공격하려는 우리는 뭔가? 현문을 공격하는 명분은 인성(人性)을 상실한 잔인함에 있다. 마를 치기 위해서라지만 애꿎은 사람들을 멸혼촌에 들여보내 죽게 만든 행위는 용납되지 않는다. 다시는 일수일살이나 냉설 같은 무인들이 나와서는 안 된다. 다시는 설향처럼 무림과 상관없는 사람들이 죽어서도 안 된다. 현재 마단은 패했고 현문은 숨었다. 앞으로 이런 일이 벌어질 가능성은 거의 없다. 그래도 쫓아야 하는가?

암혼사로 다듬어진 심성은 악한 자라도 회개를 했으면 용서해야 한다고 말한다. 하지만 그렇게 된다면…… 뇌궁 식솔들의 삶은 어떻게 되는 것인가.

'일단은 가보자. 이들만이라도 자유롭게 무림을 활보할 수 있게 해줘야 해.'

독사는 자신만 쳐다보고 있는 뇌궁 고수들을 돌아보았다.

동천주 삼태의 현문 총단은 밤이 되면서부터 적막에 휘감겼다.

"나 혼자 들어간다."

“그건 안 되죠. 너무 위험해요. 또 전과 같은 일이 벌어지면…….”

당한은 말을 하다 말고 옆을 돌아보았다.

혜월이 옷자락을 잡아당기고 있었다.

“왜?”

혜월은 당한에게서 독사에게로 눈길을 옮기며 말했다.

“그러세요. 혼자 들어가시고, 무슨 일이 있으면 바로 호적(呼笛)을 부세요.”

‘무슨 소리야! 호적을 불라니! 불 사람보고 불라고 해야지, 독사는 죽어도 호적을 불 사람이 아니야!’

당한은 아무 소리도 하지 못했다. 혜월이 한쪽 눈을 찔끔 감는 것으로 보아 그가 생각하지 못하는 무엇인가가 있는 것 같아서.

독사는 비쾌하게 신형을 날려 담을 타넘었다.

그제야 당한이 혜월을 보며 물었다.

“방금 그게 무슨 소리……?”

“모르겠어요?”

“모르니까 묻는 것 아니오!”

“궁주님은 고민하고 있어요, 현문을 쳐야 되는지 말아야 되는지.”

“그건 또 무슨 소리요? 이 마당까지 왔는데 칠까 말까 망설인다니?”

“현문은 정도(正道)예요. 현문은 욕심도 버렸어요. 마단과 싸웠지만 아무도 모르잖아요. 많은 사람이 죽었는데도. 현문도 문도들의 죽음이 안타깝기는 마찬가지일 거예요. 그래도 아무런 생색을 내지 않고 무림에서 사라졌어요. 과정이 잘못되었지만 그만하면 용서받을 수 있겠죠. 궁주님은 그것 때문에 망설이는 거예요.”

당한은 할 말을 잃어버렸다.

하지만 그렇게 되면 자신들은 어떻게 되는가. 무림에 나오자마자 일수일살과 신검서생의 안위가 염려스러워서 제일 먼저 교가로 달려갔다. 하지만 그들을 만나지는 않았다. 비밀리에 전서를 전했고, 그들이 수집해 놓은 무림 정보를 전해받았을 뿐이다.

얼굴을 맞대고 밤새워 술을 마셔도 모자랄 사람들인데 말 한마디 나눠보지 못하고 요명산으로 달려갔다.

요명산부터 삼태까지는 또 어떻게 왔는가. 혹여 사람들을 만날까 봐 낮에는 자고, 밤에만 움직이는 생활을 이어왔다.

모두 뇌궁이 건재하다는 사실이 비밀에 부쳐져야 하기 때문에 행한 행동들이다.

앞으로도 이렇게 살아야 한단 말인가.

당한은 털썩 주저앉고 말았다.

현문의 구조는 머리 속에 단단히 각인되어 있다.

잠시 동안밖에 머물지 않은 곳이지만 현문 구석구석을 샅샅이 살필 수 있는 기회가 있었다.

현문주 빙천검객의 처소 정도는 눈 감고도 찾아갈 수 있다.

독사는 신형을 날리다 말고 멈칫거렸다.

'이상한데? 경계가 너무 허술해. 이게 마단과 싸운 현문인가? 경계가 이 정도라면 조금만 무공이 뛰어난 사람은 모두 월장할 수 있을 텐데. 음……!'

현문은 세간에서 평가하는 중소문파 수준에 불과했다. 그때였다.

"타앗!"

"어림없지. 받앗!"

어디선가 비무를 하는 듯 낭랑한 음성이 들려왔다.

위치는 금방 파악되었다. 커다란 산처럼 우뚝 서 있는 장격각을 굽이돌면 오백 평 크기의 연무장이 나타난다.

한때 독사가 크게 감명을 받은 곳이다. 이것이 무공이구나 하고 전율을 느끼던 곳이다.

음성으로 미루어 비무하는 자들의 나이도 추측되었다.

이제 갓 열 살 안짝의 어린 소년, 소녀들이다.

'현문이 십삼대 제자를 받아들였군. 저들 또한 명문세가의 자제들일 테지. 하나같이 자질이 뛰어날 테고.'

독사는 석정하, 요신화, 막세건, 곽상…… 수많은 십이대 제자들의 얼굴을 떠올렸다.

'가자. 현문은 공성계(空城計)를 펼치고 있어. 이것이 경계의 전부다. 숨어 있는 자들은 없어.'

그 생각은 옳았다. 빙천검객의 거처에 이를 동안 그의 앞길을 막는 자는 없었다.

끼이익……!

문을 밀치고 안으로 들어섰다. 그리고 태연히 화섭자를 꺼내 대황촉에 불을 밝혔다.

"누구냐."

휘장 너머에 있는 침상에서 낯선 음성이 들려왔다. 빙천검객의 음성은 묵직한 편인데, 방금 들린 음성은 창노했다.

'빙천검객이 정수 싸움에서 변고를 당했나?'

"뇌궁 궁주 설서린."

독사는 태연자약했다. 어차피 삼태의 현문 총단에서는 싸울 일이 없다. 이곳에 들어온 목적은 숨어 있는 자들을 찾기 위해서다.

"뭐라고? 설서린?"

휘장이 걷혔다.

"엇!"

이번에는 독사가 놀랐다. 침상에 일어나 앉은 노인은 뜻밖에도 일잔앙이었다. 두 다리가 없는 일잔앙은 등을 벽에 기대고 지팡이로 휘장을 걷어 독사를 쳐다보았다.

"정말 독사군. 허허허! 꽤 명이 길군, 그렇게 당하고도 목숨을 부지했다니."

일잔앙은 언제 놀랐냐는 듯이 태연했다.

"정수 싸움은 어떻게 된 것이오?"

"허허! 그것도 알고 있었나? 하기는 그 정도는 알고 있어야 자네답지. 현문이 이기고 마단이 졌네. 뜻밖인가?"

"뜻밖이오."

독사는 솔직히 말했다. 현문 제이존이 무적이라지만 마단도 만만치 않았다. 마단이 무너졌다고는 지금도 생각되지 않는다. 믿을 수 없다.

"완벽한 승리는 아니었지. 마단주가 모습을 보이지 않아 죽이지 못했으니까. 오공사수가 싸움을 지휘했는데 그도 죽이지 못했고, 죽이지 못한 사람이 많이 있네. 불씨지. 언젠간 되살아날 불씨."

독사는 잠잠히 일잔앙의 말을 들었다.

마단과 현문 싸움이 어떻게 진행되었는지 윤곽이 잡혔다. 싸움 방식은 신검서생이 전해준 비밀 서신으로 대충 알고 있었던 터였다. 짐작대로 마단이 졌고 현문이 이겼다. 아마도 현문 제이존의 활약이 대단했으리라.

독사가 차분하게 가라앉은 음성으로 말했다.

"내가 여기 온 것은 싸우러 온 게 아니오. 한 가지 청을 드리고자 왔소."

"청? 허허허! 청이라…… 뭔가?"

"뇌궁을 인정해 주시오."

일잔앙이 침묵했다. 독사의 말이 뜻밖이라는 듯 눈을 가늘게 뜨고 진의를 살피는 듯했다.

"뇌궁이 무림을 활보할 수 있게 해달라는 말인가? 골인들까지?"

독사는 대답 대신 말을 계속 이었다.

"한 가지 더. 내 목숨이 없어지는 날까지 현문을 감시할 생각이오. 현문에서 인성을 상실한 행동을 한다면… 가차없이 벨 생각이오. 어떤 목적에서든 사람을 도구로 이용하는 것은 용납할 수 없소. 그건 현문 제이존이라고 해도 마찬가지요."

일잔앙이 뚫어지게 독사를 쳐다봤다. 그러다 길게 한숨을 내쉬며 말했다.

"난 어느 것도 들어줄 수 없네."

"……!"

"난 죽은 빙천검객을 대신해서 이 자리에 있을 뿐이네. 자네 청은 문주님만이 해결할 수 있을 듯한데, 현문은 아직 문주를 내정하지 못했네."

"내 뜻이 받아들여지지 않는다면 현문은 다시 한 번 싸워야 할 거요, 뇌궁과. 마단이나 현문만큼 크지는 않지만 하나같이 고수들이오. 상당한 출혈을 예상해야 할 것이오."

"……"

일잔앙은 눈을 감고 깊은 생각에 잠겼다.

독사는 기다렸다. 일잔앙의 대답 여하에 따라서 뇌궁의 앞길도 피로 점철되느냐, 아니냐가 결정된다. 독사는 현문이 마를 없앤 것으로 멸 혼촌에서 죽은 무인들의 영혼에 사죄를 구할 생각이었다.

반 각이라는 시간이 지루하게 흐른 후 일잔앙이 눈을 뜨며 말했다.

"아까도 말했지만, 현재 현문은 문주가 정해져 있지 않네. 또한 자네 말은 문주밖에 결정할 수 없는 일이고, 난 정수 싸움 이후로 현문 운영에 대해서는 완전히 손을 뗀 상태라…… 현재 현문에서 가장 강한 사람은 제이존일세. 어떤 결과가 나올지는 모르나 제이존을 만나보는 게 어떤가?"

독사는 이상한 예감이 들었다.

빙천검객이 죽었다면 당연히 현문 제이존이 문주를 이었어야 한다. 한데 아직은 아니다? 그렇다면 불곰과 현문 제이존이 현문주 자리를 놓고 다투기라도 한단 말인가?

"어디 있는지 알려주시오."

독사는 현문 제이존부터 만나보기로 했다. 그와 또 싸우게 될 가능성이 농후하지만 전처럼 쉽게 당하지 않을 자신이 있었다.

자신은 현문 제이존이 모르는 것을 알고 있다.

현문 삼대절학의 근본 이치가 하나라는 것. 현문 제이존은 방패, 자신은 창이라는 것을. 전에는 방패가 강했지만 이번에는 창이 강할 수도 있다는 것을.

일잔앙은 현문 제이존을 철저히 믿는 듯 조금도 망설이지 않았다.

"죽을 각오가 되어 있거든 찾아가게. 친구를 위해서, 세상을 위해서 가장 큰 사랑을 베풀 자신이 있거든 찾아가게. 세상에서 가장 큰 사랑은 희생이지. 얼굴도 못 본 사람을 위해서 죽는 길."

"무슨 소리요?"

"거기 지필묵을 가져오게. 약도를 그려줌세."

일잔앙은 아주 상세한 지형도를 그렸다.

그는 한 폭의 지도를 다 그린 후 제일 위에 지명을 써넣었다.

—**명옥산**(冥玉山).

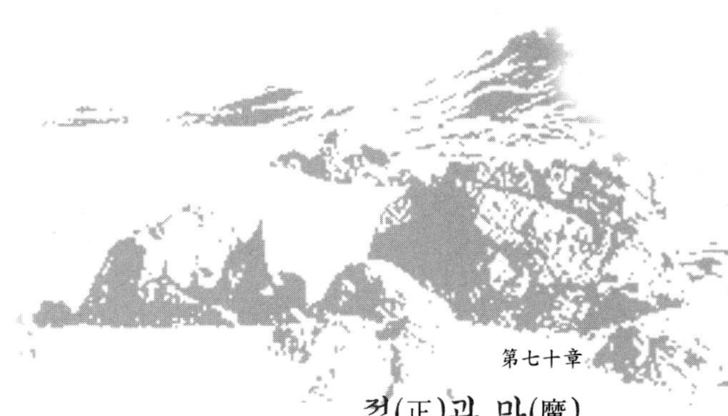

第七十章

정(正)과 마(魔)

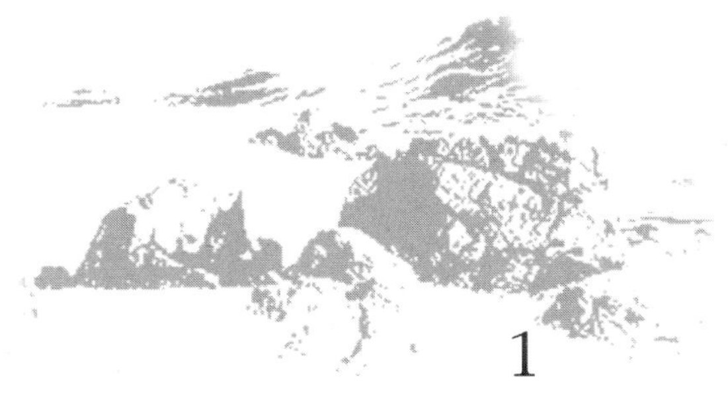

1

정(正)과 마(魔)

만월기루가 다시 불을 밝혔다.

오랜만에 문을 열어서인지 초저녁에는 손님이 뜸하더니, 밤이 깊어감에 따라 술 냄새도 진해지고 취객들의 고성도 높아졌다.

만월기루는 교가의 명물로 자리잡았다.

그러나 후원 깊숙한 밀실에서는 여흥과는 동떨어진 말들이 오갔다.

"명옥산(冥玉山)? 사천에 그런 산도 있었나?"

뇌궁 궁도들 중 사천 지리에 가장 정통한 사람은 엽수낭랑이다. 그녀는 영물이나 약초를 구하기 위해 가보지 않은 곳이 없다.

그러나 그녀도 명옥산에 대해서는 알지 못했다.

"도대체 현문 비밀 총단이 몇 개나 되는 거야! 마단까지 무너뜨린 놈들이 숨기는 왜 숨어? 당당하게 나설 일이지."

"마단주와 오공사수가 살아 있다잖아. 썩을 놈들이 명은 길어요."

통음과 진취가 농을 주고받았다.

현문을 상대로 싸우는 것은 뇌궁 고수들에게도 부담이 컸다. 한데 잘만 하면 현문 제이존과 싸우는 것으로 발목을 옥죄던 족쇄가 풀릴 듯하지 않은가. 자연히 긴장이 풀어졌다.

"아마도 화초산처럼 지역 주민들에게만 통용되는 산인지도 모르겠네요. 명산에서 찾을 게 아니라 작은 야산에서 찾아야 할 것 같아요."

엽수낭랑이 아미를 찡그린 채 말했다.

통음이 또 농을 했다.

"그놈들은 소위 명문정파라는 놈들이 요상한 데만 숨어 있네그려. 요명산도 그렇고 뭐? 명옥산? 어찌 한결같이 귀신과 관계있는 산만 찾나 모르겠어."

통음은 신령의 눈짓을 보고 멀뚱멀뚱 딴 곳을 보는 척했다.

독사가 말했다.

"어련을 총동원해. 지역 주민들에게만 통용되는 산이라면 어련만큼 많이 아는 사람도 없지. 물길 닿는 곳마다 샅샅이 찾아보라고 해."

보름이 지나도록 어련은 명옥산을 찾아내지 못했다.

신검서생과 일수일살은 어련의 방식대로 그들이 뒤진 곳은 먹칠을 했다.

먹물이 한 장의 지도에 점점이 뿌려지더니 보름이 지날 무렵에는 교가 주위는 물론이고 상당히 먼 곳까지 새카맣게 물들었다.

"찾았어도 벌써 찾았어야 하는데 이상하네. 물길 닿는 마을이란 마을은 죄다 뒤졌는데……."

신검서생이 지도를 뚫어지게 쳐다보며 말했다.

“우리는 물길 닿는 곳만 찾았지. 물길 닿지 않는 곳에 있을 수도 있잖아. 멸혼촌이나 유심동같이 사람 발길이 닿지 않는 오지에 있을 수도 있고.”

순간, 신검서생이 손을 들어 이마를 탁 쳤다.

“명옥산!”

“왜? 알아?”

“멸혼촌이야!”

“뭐? 무슨 소리야, 그게?”

“골인들이 옥을 캐던 광산! 그곳이 명옥산이야!”

“뭐야! 그럼, 궁주님하고 현문 제이존이 같은 곳에 있었단 말이야? 몇 달 동안이나?”

“빨리 궁주님께 전해야겠어.”

신검서생은 벌써 대청을 뛰어나가고 있었다.

신검서생의 판단은 나름대로 일리가 있었다. 우선 골인들이 옥을 캐던 광산은 산 전체가 그늘에 덮인 듯 어두웠다. 산에는 큰 나무가 자라지 않았고, 음지에서 자라는 풀들이 무성했다.

명옥산의 명(冥)과 들어맞는다. 또 산에 옥이 무궁무진하니 옥(玉)과도 통한다.

단번에 고개를 젓게 만드는 것도 있다.

골인들, 특히 옥에 대해서 잘 알고 있는 사시와 이화는 고개를 내저었다.

“말도 안 돼요. 그곳에는 비밀 총단 같은 게 없어요. 우리가 노상 드나들던 곳인데 비밀 총단 같은 게 있다면 진작 알았죠. 비밀 총단은 고사하고 사람 사는 움막 한 채 없는 곳이에요.”

일잔앙이 그려준 지형도는 도움이 되지 못했다.

“아녜요. 그곳은 이런 지형이 아녜요. 여긴 상당히 가파른데, 광산은 완만한 곳이었어요. 안에 들어가서 곡괭이질 하는 게 힘들었지, 산을 올라가는 것은 쉬웠거든요. 여긴 너무 가팔라요. 골인들이라면 숨이 턱에 닿았을 거예요.”

사시와 이화가 한결같이 고개를 내둘렀지만, 단 한 번 멸혼촌을 방문했던 혜월은 다른 소리를 했다.

“신검서생 말대로 명옥산은 이곳이 맞을 거예요, 장소만 다를 뿐이지. 골인들은 제한된 곳만 움직였어요. 그러니 다른 곳은 모르죠. 근처를 뒤져 보면 비슷한 곳이 있을 거예요.”

현재로서는 빈 걸음일지라도 혜월의 말을 확인해 보는 수밖에 다른 방도가 없었다.

독사는 신검서생에게 계속 명옥산을 찾으라고 일러놓고 뇌궁 고수들과 함께 세 번째로 멸혼촌을 찾았다.

“엇! 저, 저……!”

배를 강안에 대려던 잔심마도가 깜짝 놀라며 창을 뽑아 겨눴다.

얼마 전까지만 해도 뇌궁 식솔들밖에 없었던 곳인데, 그들이 떠나면서 텅 비어 있어야 옳은데 이번에는 멸혼촌이 비어 있지 않았다.

강안에는 뜻밖에도 불곰이 기다리고 있었다.

“어서 와라. 일잔앙에게서 전서를 받았다.”

뇌궁 고수들은 경계를 늦추지 않으며 배에서 내렸다. 몇 달 전까지만 해도 죽고 죽이는 사이였지 않은가.

“불곰이 이상한데요?”

엽수낭랑이 귓속말로 살짝 말했다.

그녀가 말하지 않아도 독사는 불곰이 예전 같지 않다는 것을 직감했다.

불곰을 직접 본 것은 이번이 처음이다. 그가 무림에 나서서 뇌궁과 부딪친 것은 단 두 번, 그 두 번 모두 엽수낭랑과 손속을 마주쳤다.

독사가 본 불곰은 엽수낭랑의 입을 통해서 전해 들은 것뿐이다. 하지만 그 정도로도 불곰을 상상하는 것은 어렵지 않았다.

패도(覇道)가 피어오르는 불곰, 거치적거리는 것은 모두 베어 넘기겠다는 강력한 힘, 자신만만함.

지금의 불곰은 그렇지 않았다. 눈빛은 공허했고, 말에는 힘이 담겨 있지 않았다. 의욕 같은 것은 아예 보이지 않았고, 오랜만에 만나는 벗인 독사를 대하고도 무덤덤했다.

"오랜만이다."

"그렇군. 넌…… 오지 말아야 할 곳에 왔어."

"그런가?"

"차라리 죽어라."

"불곰, 너 이 새끼!"

옆에서 듣던 계두가 눈에 쌍심지를 돋우며 달려들려 했다.

독사가 계두를 잡으며 말했다.

"당했구나. 철저하게 영혼까지 무너졌어."

불곰은 피식 웃었다. 그리고 말했다.

"친구로서 충고하는데…… 지금 이대로 배를 돌려 떠나라. 평생 아무도 없는 곳에 숨어서 살아라. 제일 큰 충고야."

"작은 충고는?"

불곰이 독사를 쳐다보다 길게 한숨을 쉬며 말했다.

"제이존을 만나면 즉시 죽여라. 그가 입을 열게 하면 안 돼. 그리고 그가 죽자마자 바로 떠나라. 물론 네가 제이존을 이긴다는 전제 하에서 하는 말이지만."

"제이존의 혀에 삶과 죽음이라도 달려 있나요?"

엽수낭랑이 말했다.

"그가 말을 하면…… 휴우! 차라리 무공이 부족해서 죽는 게 낫다고 느낄 거야. 나처럼 평생 벗어날 수 없는 지옥에서 살고 싶지 않으면, 세상에 존재하지 않는 유령이 되고 싶지 않으면."

불곰의 말은 아리송했다. 하지만 그의 모습을 보면 허언만은 아닌 것 같다.

"불곰, 넌 친구까지 버린 더러운 놈이야. 일잔앙에게서 전서를 받았다고? 그럼 충실한 견자(犬子)답게 길이나 안내하지 그래. 더러운 새끼, 엽수낭랑이 누구인지 알면서도 죽이려고 들어?"

여간해서는 욕을 하지 않는 돌주먹도 사정없이 쏘아붙였다. 영은촌 독사 패거리에게 불곰은 배신자였다, 친구에게 검을 들이대는.

"그러지. 충실하게…… 길을 안내하지."

불곰이 먼저 등을 돌려 뚜벅뚜벅 걸어갔다.

불곰은 골인들이 말하는 일명 '노루골'을 거슬러 올라갔다.

생김새가 노루를 닮았다 해서 노루골이라고 명명했지만, 워낙 삭막한 곳이라 발길을 들여놓는 이는 거의 없었다.

이동을 하는 동안 말을 주고받는 사람은 없었다.

천근같은 무게가 어깨를 짓눌러 떼어놓는 걸음이 무겁기만 했다.

지금 걷는 이 길이 마지막 길이 될지도 모른다. 두렵지는 않다. 어차피 살아생전에 한 번은 큰 위기를 넘겨야 하고, 지금이 그때다.

노루골을 타고 산등성이로 올라서자 넓은 분지가 나왔다. 멀리 보이는 높이 솟은 산, 깊은 골……. 일잔앙이 그려준 지형도와 똑같은 지형이다.

뇌궁 고수들은 경치를 감상할 여유도 없었다. 그들의 눈길은 일제히 분지에 모여 있는 고수들을 향해 집중되었다.

일잔앙을 제외한 칠잔앙. 정수 싸움에서 살아남은 것으로 보이는 천 자 배 고수들 십여 명. 안면이 있는 자도 있다. 쾌천검객과 소천검객이 천 자 배 고수들과 섞여 있다. 멸혼촌에서 독사에게 귀궁 원로라며 자신을 소개했던 천리검, 백단살 부부도 있다.

천 자 배 고수들의 안색은 초췌했다. 독사에게 호의적이던 소천검객도 희미한 미소만 배어 물 뿐이다. 불곰처럼 그들도 하나같이 영혼이 빠져나간 껍데기 같다.

독사에게 일격의 패배를 안겨준 현문 제이존은 가장 안쪽에 턱 버티고 서 있다.

해볼 만하다는 생각이 들었다. 독사가 현문 제이존만 막아주면 나머지는 뇌궁 고수들이 도맡을 수 있다.

"그런 중상을 당하고도 살아남았다니…… 나와 겨룰 자격이 있군. 하하하!"

현문 제이존은 통쾌한 듯 앙천광소를 터뜨렸다.

"일검의 빚은 잊었다. 여기 온 것은 너와 싸우러 온 게 아니다. 일잔앙에게 전서를 받았다면 내가 무엇……."

"알아, 알아. 뇌궁을 인정해 달라. 그리고 또 뭐지? 아! 나를 감시하

겠다? 세상에 어떤 미친놈이 그런 조건을 받아들이겠나? 네가 내 입장
이라면 받아들이겠나?”

“넌 선택의 여지가 없어. 일잔앙에게는 요청이었지만 네게는 강요니
까. 받아들이지 않으면 밀고 나갈 생각이다.”

“그래 봐.”

“……”

“밀고 나갈 생각이라며? 그래 보라니까.”

독사는 제이존의 말이 떨어지기 무섭게 그의 앞으로 걸어갔다.

그는 검을 들고 있지 않았다. 노룡검은 먼저 싸움에서 망실되어 버
렸다. 당옥이 노룡검보다는 못하지만 상당히 날카로운 옥검을 만들어
주었지만 그마저도 들고 있지 않았다.

적수공권(赤手空拳)이다.

제이존도 묵검을 뽑지 않았다. 진기를 끌어올려 전신을 묵빛으로 만
들며 주먹을 오그렸다 폈다.

쉬익!

제이존이 먼저 선공을 가했다. 독사가 몸과 몸이 부딪칠 거리까지
무방비 상태로 걸어왔으니 일권을 전개하지 않을 수 없었으리라.

퍼억!

일권은 여지없이 명치끝에 틀어박혔다. 그 순간, 독사의 일권도 작
렬했다.

퍼억!

제이존의 명치에도 독사의 관수(貫手)가 송곳처럼 파고들었다.

“괜…… 찮군.”

제이존이 뜻밖이라는 듯 의외의 표정을 떠올렸다.

"묵강흑인과 정면으로 부딪치겠다는 뜻인가?"

"코가 비틀어졌군. 내 철두공(鐵頭功)이 효과가 있었나 보지?"

"하하하! 한낱 박치기를 철두공과 비유하다니. 하긴 철두공보다 나았지. 내 코뼈를 으스러뜨렸으니까. 좋아. 묵강흑인의 한계를 시험해 보고 싶다면 응해주지. 대신 조건이 있어. 내가 지면 현문을 내어준다. 넌 현문주가 되는 것이고, 네 뜻대로 뇌궁은 자유롭게 무림을 활보할 수 있다. 그러나! 네가 지면 저기 있는 친구들…… 모두 자진해야겠어. 자진하지 않아도 죽여 버릴 생각이지만. 귀찮아서 말이야."

"그러지. 현문 따위는 관심없지만, 뇌궁이 자유로울 수 있다는 내 조건이 포함되어 있으니까. 난 두 번째 조건도 이행할 생각이야. 현문을 철저히 감시할 테니 그리 알도록."

"좋아."

쉬익! 퍼억!

쾌속하게 다가온 제이존의 일권. 그리고 바로 뒤따라 찌른 독사의 관수.

두 사람은 무인의 싸움이라고는 할 수 없는 이상한 싸움을 지속했다. 초식도 없었고, 수비도 없었다. 힘 자랑하는 장한들이 서로 한 대씩 주고받자는 식으로 너 한 대, 나 한 대 두들길 뿐이다.

쉬익! 퍼억! 쉬익! 푹!

공격이 계속됨에 따라 독사의 입가에서 가는 선혈이 흘러나왔다. 내지르는 관수도 상당히 둔탁해졌다. 반면에 제이존의 권력은 더욱 맹위를 떨쳤고 표정도 편안해 보였다.

쉬익! 퍼억!

제이존의 일격에 꿈쩍 않던 독사의 신형이 미미하게 흔들렸다.

쉬이익! 푸욱!

독사의 관수는 여전히 철벽을 두드렸다. 영원히 열리지 않는 문을 두들기는 사람처럼 가련하게까지 비쳤다.

티격은 이십여 번이나 더 이루어졌다.

독사는 일격을 받을 때마다 상반신이 크게 휘청거렸다. 어떤 때는 허리를 푹 꺾고 한참 동안 숨을 고르기도 했다.

미련한 싸움은 누가 봐도 제이존이 유리했다.

그런데 이변이 일어났다.

사력을 다한 일격이 제이존의 명치에 걸리자, 제이존의 눈꺼풀이 미미하게 떨렸다.

미세하던 떨림은 시간이 지날수록 더욱 커졌다. 멀리서도 몸이 바르르 떨리는 모습을 볼 수 있었다. 뿐만 아니라 휘청거리며 네다섯 걸음 뒤로 물러서기까지 했다. 그러다 육신을 제대로 가눌 수 없는지 풀썩 쓰러져 손을 허우적거렸다.

이제는 상황이 완전히 뒤바뀌었다. 무공을 모르는 사람이 봐도 독사의 승리였다. 독사는 움직일 수 있으나 제이존은 도저히 일어날 수 없을 것 같았다.

그때였다.

"물러섯!"

일단의 무리가 귀신처럼 날아 내리며 독사를 포위했다. 그중에 한 명은 연달아 칠 초나 발길을 뻗어냈다.

독사는 당황하지 않았다. 엽수낭랑도 느꼈겠지만 아무리 은밀하게 숨어 있어도 암혼사를 벗어나지는 못한다. 음살지동에서 회생하며 일성을 더 높인 오성의 암혼사는 땅속에 기어다니는 개미조차도 찾아낼 수 있다.

　이들이 숨어 있다는 것은 분지에 올라서면서부터 알고 있었다.

　퍽퍽퍽퍽!

　상대의 각법은 미리 준비하고 있던 독사의 수공(手功)에 모두 막혔다. 느닷없이 전개된 공격이고 매섭기도 이를 데 없었지만 독사를 어쩌지는 못했다. 그러나,

　“엇!”

　나타난 사람을 보고는 독사도 경악성을 내지르고 말았다.

　더욱 놀랄 일은 뒤에 벌어졌다.

　“단주님!”

　오공사수가 쓰러진 제이존을 껴안으며 내뱉은 말이다.

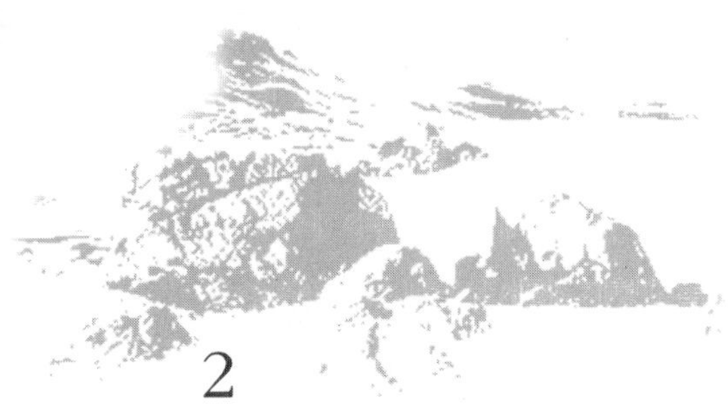

2

정(正)과 마(魔)

혼란스러웠다.

현문 제이존이 마단주였다. 놀라운 일은 이것뿐만이 아니다. 현문이 마단이었고, 마단이 현문이었다.

그렇다면 정수 싸움은 무엇이란 말인가. 숱한 세월 동안 서로 죽이지 못해서 안달한 이유는 무엇 때문인가.

현문에서도 자세한 사정을 알고 있는 사람은 칠잔앙뿐이었다.

이제는 속사정을 아는 사람이 더 생겼다. 불곰과 정수 싸움에서 살아남은 천 자 배 고수 십여 명이 그들이다.

이들 외에 현문에서 무공을 수련하는 십삼대 제자들은 현문의 양 가죽 뒤에 숨겨진 늑대의 얼굴을 모르고 있다. 정수 싸움에 가담하지 않은 십이대 제자들도 까마득히 모른다.

만일 이 사실을 알게 된다면 통곡을 할 게다.

그런 문제는 마단에도 존재했다.

마단에서 모든 사실을 알았던 사람은 마단주와 오공사수뿐이다. 평생을 마단에 헌신하다 목숨을 잃은 만무타배도, 유심동에서 평생을 썩은 요지성녀도 자신들을 괴롭히던 적이 실은 자신들과 같은 모습이었다고는 꿈에도 생각하지 못했다.

이제 마단에도 사실을 아는 사람이 더 생겼다.

일마 도신과 신신.

현문이나 마단을 구별할 필요도 없다. 양쪽 고수들이 받은 정신적 충격은 지금껏 살아왔던 인생 자체를 뒤헝클어 버렸고, 좀처럼 혼돈에서 헤어 나오지 못하게 만들었다.

불곰을 비롯해 천 자 배 고수들이 겪고 있는 심적 충격이 그렇다. 일마와 신신은 정수 싸움에서 죽어간 수하들을 생각하며 피눈물을 흘리고 있다.

이게 무슨 도깨비놀음이란 말인가.

뇌궁 고수들의 충격도 만만치 않았다. 골인들은 물론이고 마천옥을 비롯한 삼지도 전혀 상상할 수 없었던 상황에 할 말을 잃었다.

하루 해가 뜨고 지고, 또 하루가 시작되고 날이 지고…….

하루하루 시간이 흘러갔지만 공허해진 마음은 메워지지 않았다.

마단주는 숨을 가쁘게 몰아쉬었다.

그는 참 미련한 자다. 아니, 인내심이 타의 추종을 불허하는 자다. 독사의 관수에 묵강흑인이 깨져도 참았다. 장기가 손상돼도 참았다. 참을 수 있을 때까지 참다가 쓰러졌다.

“이건 저주야.”

음성도 개미 소리만했다. 속으로 기어드는 음성은 귀를 기울이지 않으면 듣지 못할 만큼 미약했다.

촛불이 꺼져 간다. 한 생명이 사라져 간다.

"아버지는 내게 이 저주를 물려줬지. 나는… 내 자식에게 물려줄 수 없었어. 후후후! 내가 겪어봤는데…… 내 자식에게까지……. 그래서 혼인하지 않았고…… 자네가 선택된 거지."

"……"

독사는 말을 하지 않았다. 묵묵히 듣기만 했다.

"원래는 불곰이었어. 후후후! 훈장에게 초야에 묻힌 여자들 중 근골이 뛰어난 여자를 골라서 가정을 꾸리라고 했지. 자식이 태어나면… 지켜보다가…… 무재(武才)가 뛰어나면 내게 보내라고."

훈장은 열여섯 명의 아내에게서 열여섯 명의 아이를 얻었다.

그중에 일곱 명이 여아였고, 아홉 명이 사내였다.

여아는 태어나자마자 원인 모를 병에 걸려 죽었다. 여덟 명의 자식도 여아들의 운명과 다르지 않았다.

훈장은 뛰어난 무재가 아닌 자식은 필요없었던 것이다.

불곰이 절대무재의 근골을 지니고 태어나지 않았다면, 그 역시 앞선 이복 형제들과 같은 운명에 처해졌을 게다.

"알고 있소. 오공사수에게 들었소."

"후후후! 원래는 불곰이 저주를 받을 운명이었는데…… 네가 끼어든 거야. 한가장 한림이 죽은 일은 전혀 의외의 변수였지. 예상보다 빨리 불곰을 끌어들여야 했으니까. 후후후! 변수는 많았어. 뇌천이 널 청광검으로 만들어서 멸혼촌에 들여보낼 줄이야……. 그것까지는 아무 상관 없었는데…… 오공사수가 널 보고 반한 게 문제였지. 불곰을 능

가하는 무재. 나보다 두어 수 아래라면 마단주를 넘겨주려고 했는
데…… 살아생전에 나와 버금가는 무공을 익힐 수 있는 기재. 후후후!"

"좀 쉬십시오."

마단주가 힘들어하자 오공사수가 말리려 했다.

마단주는 손을 휘휘 내저었다.

"놔둬. 어차피 말하는 것도 오늘이 마지막일 것 같은데."

"단주님!"

"후후후! 나보다 내 상태를 더 잘 아는가?"

"……."

"이제 저주는 네게 이어졌어. 사람이 할 짓은 못 되지만… 이것 하
나만은 확실하지. 백 명 죽을 걸 한 명으로 그칠 수 있다는 것."

십달통……. 그들의 임무는 마인(魔人) 선별이다.

흉포한 자, 무공을 살인에 사용하는 자…… 그들을 찾아서 백비에
들 것을 종용하는 역할을 한다. 지극히 은밀하게, 계획적으로 진행된
일이기에 마인들은 백비에만 가면 천하제일의 무공을 얻을 수 있다고
생각한다.

그들은 마단으로 끌려오게 되고 '절대무'의 완성이라는 마단주의
계획에 동참하게 된다.

그들에게는 상상할 수 없던 무공이 전수되고, 더불어서 강력한 통제
도 시작된다. 마단주의 무공이 완성되기 전에는 절대 무림에 나갈 수
없다는 불문율이 지배하게 된다.

마단과 현문은 사소한 충돌을 끊임없이 일으키며 서로를 견제한다.

그러나 여기에도 한계는 있다. 마단 문도들의 무공과 세력이 강성해
져서 더 이상 통제할 수 없을 지경이 되면 어쩔 수 없이 폭발시켜 줘야

한다.

그래서 필요한 곳이 현문이고, 현문 삼대절학이다. 과거에 있었던 수많은 싸움이 그랬고, 얼마 전에 있었던 정수 싸움도 같은 맥락에서 치러졌다.

덕분에 사천무림에는 마인이 없다.

각 문파는 꾸준히 성장을 거듭했다. 도림, 무천문, 당문은 구파일방과 어깨를 나란히 할 정도로 강성해졌다.

그들의 강성함은 걱정하지 않는다. 근본이 정도에 있으니 오히려 강성할수록 좋다. 혹여 무천문처럼 무림제패에 뜻을 두더라도 마단이라는 초유의 문파가 웅크리고 있다면 쉽게 움직이지 못한다.

마단의 존재는 여러 면에서 사천무림을 통제한다.

멸혼촌 골인들은 마단이 원하지 않은 사람들이었다. 그들은 십달통의 계획과는 상관없이 제 발로 기어온 사람들이다.

그들은 불가피하게 희생시킬 수밖에 없었다. 백비의 존재를 뚜렷하게 각인시켜 마인들로 하여금 다녀갈 마음이 일어나게 하기 위해서. 그들을 억류할 수밖에 없었다. 마단의 존재가 세상에 드러나 많은 무인들이 불안해하는 것을 막기 위해서. 마단의 존재는 사천오주의 장문인들만 알고 있으면 되었으니까.

사천오주 장문인들에게 마단의 실체를 알릴 필요도 없었다.

무림이란 살아 있는 강물과 같아서 제 스스로 알아서 움직이는 것이다. 발전을 하는 문파도 있고 쇠퇴하는 문파도 있다. 문파의 흥망성쇠는 각 문파의 몫이다.

마단은 각 문파가 자신의 힘을 믿고 경거망동하는 것만 막으면 된다. 사천무림을 피로 물들이는 것만 막으면……

하지만 이것은 마단이나 현문 무인들에게는 저주다.

특히 모든 사실을 알고 있는 사람들…… 현문은 언젠가 문도가 전멸될 것을 알면서도 웃는 낯으로 대해야 한다. 마단은 더하다. 그들은 평생을 무림에 나서지 못하고 오지에 숨어 살아야 한다.

마단의 힘이 잘못 악용될 소지도 있다.

마단주가 생각 한 번 잘못하면 무림은 피로 물든다. 때문에 마단주의 심성은 누구보다 곧아야 하고 강인해야 한다. 평생 외롭게 숨어 살면서 누구 한 사람 알아주지 않는 일을 하는 사람이 마단주다.

저주가 아니고 무엇인가.

"쿨럭! 쿨럭!"

마단주가 거센 기침을 토해냈다. 기침을 할 때마다 입가에 진한 선혈이 배어 나왔다.

오공사수가 얼른 달려가 마른 천으로 입가를 닦아주었다.

"절대무란 존재하지 않지. 하지만 존재해야 해. 마단 문도들에게 절대무의 환상을 심어주어서 꼼짝하지 못하도록 만드는 게 네 일이지. 네가 마단주의 저주가 싫다면… 모든 게 싫다면…… 어쩔 수 없지. 강요할 일이 아니니까. 한 가지 한이 남는다면…… 골인들…… 그들은 정상으로 만들어줬어야 하는데……. 요지성녀가 잘하고 있으니 조만간 좋은 결과가 나오겠지. 후후! 안 되도 날 원망하지는 마."

독사가 거절하면 마단과 현문의 싸움은 여기서 종지부를 찍는다. 현문은 현문대로, 마단은 마단대로, 뇌궁은 뇌궁대로…… 각기 자신들의 길을 걸어가게 된다.

승낙하면 잔인해져야 한다.

새롭게 사실을 안 사람들 중에 혼란을 극복하지 못할 사람은 과감히 죽여야 한다. 그리고 또… 과거에 그랬던 것처럼 죽고 죽이는 싸움을 지속해 나가야 한다.

"생각할 시간을 주시오."

마단주는 시간을 주지 않았다. 그는 희미하게 웃는 듯하더니 눈을 감고 말았다.

오공사수가 말했다.

"운명하셨습니다."

독사는 음살지동으로 들어갔다.

마단, 현문, 뇌궁 고수들은 누구 한 사람 멸혼촌을 벗어날 생각을 하지 못했다.

육잔앙과 오공사수는 마단주의 계획을 이해하는 사람들이다. 그들은 독사가 결정을 내릴 때까지 단 한 명도 멸혼촌을 벗어나지 못하게 할 것이다. 만약 억지로 벗어나려는 사람이 있다면 과감하게 죽일 게다.

불곰이라고 해도 죽는다. 도신, 신신도 죽는다. 엽수낭랑, 혜월도 죽는다.

독사가 가(可)든 부(不)든 결정을 내릴 때까지는 누구도 벗어나지 못한다.

독사는 사흘 만에 나왔다.

얼굴이 수척해지고 눈이 퀭하니 들어간 것이 마음의 번민이 극심했던 것 같다.

모두 독사의 말에 귀를 기울였다.

"불곰, 십이대 현문주로 명한다. 네게 칠잔앙과 십일대 천 자 배 고수들의 척살권을 준다."

불곰이 입술을 비틀었다. 웃는다고 웃는 것이지만 썩 보기 좋은 웃음은 아니었다.

"차후, 상호 연락은 내가 취한다. 동조하지 않는 사람은 지금 말하라. 전임 마단주는 척살했지만, 난…… 은거의 기회를 주겠다."

불곰이 검을 챙기며 말했다.

"마단주가 되었군. 저주를 받아들인 이유… 물어도 될까?"

독사는 보일 듯 말 듯 희미하게 웃으며 말했다.

"여기 오기 전 일잔앙이 그러더군, 얼굴도 못 본 자를 위해서 죽을 각오가 되어 있거든 찾아가라고. 그 말이 무슨 뜻인지 몰랐는데 이제는 조금 알 듯해. 이 순간, 난 세상에서 사라지지만 얼굴조차 못 본 자들이 많이 살겠지. 후후! 파락호의 일생치고 이만하면 괜찮지 않아?"

"괜찮지, 나는 너보다 좋은 팔자니까. 아! 이번만 봐주기 바라. 다음에 보면 단주님으로 깍듯이 모시지."

불곰은 현문 총단으로 돌아갈 것이고, 육잔앙과 천 자 배 고수들은 비밀 총단을 찾아가 때를 기다리며 평생을 고독하게 보내리라.

"떠날 사람은 떠나도 좋아. 마단과 현문의 일만 발설하지 않는다면 어디든 가도 좋아."

떠나는 사람은 없었다.

오공사수도 도신, 신신도, 뇌궁 고수들도.

딱 한 사람, 혜월만 몸을 일으켰다.

"난 숨어 살기 싫군요. 세상에서 잊혀지는 것도 원치 않아요. 무림에 나가서 가장 뛰어난 지략가가 될 생각이에요. 잊지 않았죠? 오라버니를 죽인 당신, 제 적이에요. 전 복수할 거고, 마단주가 되었으니 더욱 좋네요."

아무도 반박하지 않았다. 반박할 수 없었다. 다른 사람은 몰라도 혜월만은 독사와 같이 있으라고 강요할 수 없는 사람이다. 차라리 죽이면 몰라도.

"한림 일은 미안하오. 잘 가시오."

혜월이 당한에게 눈길을 돌렸다.

"같이 안 갈래요?"

"……?"

"평생 숨어 살 수는 없잖아요. 저와 같이 가요."

"소저, 나는……."

"제가 싫어요?"

당한의 얼굴이 발개졌다.

"좋아요. 그건 차차 말하기로 하고, 우선 같이 가요. 마단주를 상대하려면 당신 도움이 절실하거든요."

"나보고 당신을 도와서 궁주… 아니, 단주님을 상대하라는 거요?"

"왜요? 못해요? 불곰은 하는데 전 왜 못하죠?"

그때 대물이 벌떡 일어서며 말했다.

"미, 미안하지만 나, 나도 가야겠는데. 숨어서 사는 것보다는 현문이 낫겠어. 지금 현문은 불곰을 시기하는 놈들도 많을 텐데, 도움이 필요하겠지? 아무래도 도와야 할 거야."

그제야 혜월의 말뜻을 눈치 챈 뇌궁 고수들은 동요했다.

남을 사람은 남고 떠날 사람은 떠났다.

독사는 그들의 선택에 일절 개입하지 않았다. 자신이 그랬던 것처럼 그들도 본인 스스로 결정을 내려야 할 사안이다.

"단주님, 우린 이제 제가 바라던 대로 적이 됐네요. 조심하세요. 자칫 방심하다가는 현문에게 먹힐 수 있거든요."

혜월은 떠났다.

"하하하! 잊지 마. 내가 일지고 그대가 이지야. 일지가 있는 한 그런 일은 절대 없어."

마천옥은 남았다.

"난…… 가야겠어. 이해들 해줘."

당한이 혜월을 힐끔거리며 말했다.

"현문에 가도 당문도임이 드러나지 않도록 숨어 살아야 하는 것은 마찬가지 아니오. 그럴 바에는 아예 속이나 편한 게 낫겠소."

당옥과 당호는 남았다.

지천도, 사신, 이화, 왕가달…… 골인들은 남았다.

문파에게 버림받은 냉설이 남았고, 음풍사장은 떠났다.

마구오신에게는 그들에게 가장 적합한 임무가 부여되었다.

십달통과 긴밀히 연락을 주고받으며 백비를 재건하고 관리하는 일이다. 백비를 찾은 사람들에게 몽환소를 풀어서 중독시켜야 한다. 마인과 계획에 없던 사람들을 구분하여 마단과 멸혼촌으로 보내야 한다.

이 부분은 조만간 수정될 것이다. 엽수낭랑이 연구하고 있는 실운단(失雲丹)이 완성되면, 멸혼촌에 들여보내는 대신 백비를 찾을 때부터 돌아갈 때까지의 기억만 상실된 채 돌려보내질 것이다.

"단주님, 마단으로 가시죠."

오공사수가 수하의 예로 독사를 대했다. 그 뒤에서 도신과 신신이 한쪽 무릎을 꿇은 채 하명을 기다렸다.

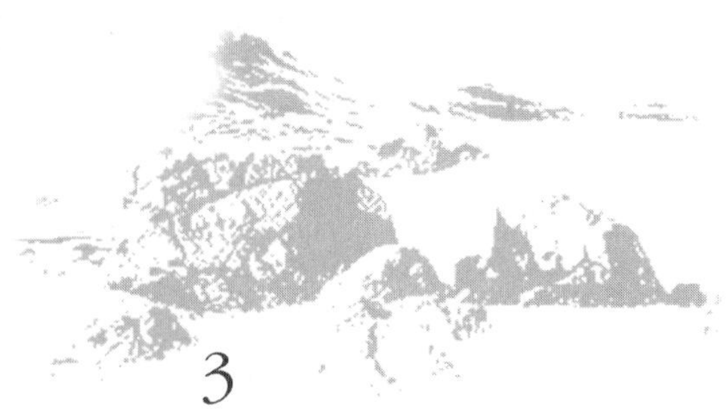

3

정(正)과 마(魔)

불타 버린 폐가는 어린아이들의 놀이터였다.

독사는 폐허를 지나쳐 검게 그슬린 장독대로 다가갔다.

'요빙……'

장독대를 파헤치자 작은 옹기가 엊그제 일어난 참상을 말해 주듯 고스란히 드러났다.

'같이 가자. 이제부터 널 떼어놓지 않을게.'

영은촌에 방갓을 쓴 괴인이 다녀간 사실은 아무도 알지 못했다.

*   *   *

엽수낭랑은 고관대작들의 묘를 능가하는 화려한 무덤 앞에 막 피기 시작한 장미 꽃다발을 올려놓았다.

독사는 요빙의 유골을 가져와 무덤을 만든 후, 하루도 거르지 않고 들러서 잡초를 뽑았다.

그런 정성은 독사를 이해하고 있는 엽수낭랑마저 질투가 날 정도였다.

요빙의 무덤에는 비석도 세워졌다.

비석을 만든 자에는 '망부(亡夫) 뇌궁(雷宮) 궁주(宮主) 설서린(薛瑞麟)'이라고 적혀 있다.

언젠가 왜 뇌궁 궁주라고 적었냐고 물은 적이 있다.

독사의 대답은 간단했다, 요빙에게 가장 자랑하고 싶었던 때가 그때였다고.

독사에게는 지금이 더 자랑스러울 수도 있다. 무림의 안위를 위해 자신을 버리는 사람만큼 큰 사람은 없으니까.

사람들은 뇌궁 궁주 설서린보다 대형 설서린을 더 존경한다.

하지만 그가 요빙에게 보여주고 싶었던 모습은 완벽한 강자의 모습이 아니었다. 살아서 꿈틀거리는 무인의 모습이었다. 이름도 없던 파락호가 설서린이라는 이름을 얻었을 때의 모습. 그래서 대형 설서린보다 뇌궁 궁주 설서린이라는 이름을 적어 넣었을 것이다.

"언니, 이제 독사를 내게 주면 안 될까요? 많이 사랑해요, 너무 많이. 숨도 쉴 수 없을 만큼 사랑해요."

'호호호! 내가 어떻게 독사를 가졌는지 알아? 데리고 잤거든. 그리고 책임지라고 했지.'

"그래도 될까요?"

'난 동생을 볼 만큼 봤어. 두 사람…… 행복할 거야.'

"언니, 고마워요."

엽수낭랑은 산 아래를 쳐다봤다.

독사가 낫 한 자루를 들고 걸어오고 있었다, 산들거리는 미풍을 살포시 감싸 안으면서.

〈大尾〉

　　요즘 들어서 부쩍 죽음이 뭔가 하는 화두(話頭)에 시달립니다.

　　내일 죽는다면 오늘 뭘 해야 될지. 몇 개월밖에 살지 못한다면 무엇을 해야 할지.

　　시한부 삶을 많이 보기도 했습니다.

　　죽음에 직면해서 인간이 할 수 있는 일이란 정말 없다는 생각도 듭니다.

　　시름시름 앓으면서도 '죽음은 오지 않겠지' 하는 생각을 하다가 운명을 맞이합니다.

　　죽음을 대충은 알 수 있을 것 같기도 합니다.

　　어쩌다 보니 전신마취제를 맞을 일이 있는데, 주사 놓는 것을 보는 순간 아무것도 의식하지 못하게 되죠.

　　정말 순간적입니다.

　　눈을 뜨면 산 것이죠.

　　마취를 당하는 순간부터 눈을 뜨는 순간까지 잠시 죽었던 것은 아닐까요? 마취를 당하고 깨어나지 못하면 죽음이 아닐까요?

　　죽은 사람은 세상에 남겨진 사람을 걱정할 필요가 없다고 하는데, 정말 그런 것 같기도 합니다.

많은 사람이 기적을 원합니다.

10권에서 독사의 죽음은 다른 식으로 쓸 수도 있지만, 전 넣고 싶었습니다.

완벽한 죽음에서 말도 안 되는 기적이 일어나기를 소원하는 마음에서죠.

저에게도, 기적이 필요한 많은 분께도 기적이 일어나기를 바랍니다.

아픈 사람은 홀홀 털고 일어나고, 곤궁에 처하신 분은 깨끗이 털어버릴 수 있는 기적이 일어나기를 소원합니다.

죽음이라는 화두가 아니라 삶이라는 화두에 매달리시기를 바랍니다. 그래서 좀 더 밝고 활기찬 생활을 할 수 있다면 바랄 게 없겠죠.

건강하세요.

雪峰 拜上.